«PANDORA»

Della stessa autrice

Fine dell'estate • *Palomino* • *Una perfetta sconosciuta* • *Stagione di passione* • *Una volta nella vita* • *Un amore così raro* • *Due mondi due amori* • *Incontri* • *La tenuta* • *Ritratto di famiglia* • *Svolte* • *Promessa d'amore* • *Menzogne* • *Ora e per sempre* • *L'anello* • *Giramondo* • *Amarsi* • *Amare ancora* • *Cose belle* • *Il cerchio della vita* • *Il caleidoscopio* • *Zoya* • *Star* • *Daddy-Babbo* • *Messaggio dal Vietnam* • *Batte il cuore* • *Nessun amore più grande* • *Gioielli* • *Le sorprese del destino* • *Scomparso* • *Il regalo* • *Scontro fatale* • *Cielo aperto* • *Fulmini* • *La promessa* • *Cinque giorni a Parigi* • *Brilla una stella* • *Perfidia* • *Silenzio e onore* • *Il ranch* • *Un dono speciale* • *Il fantasma* • *La lunga strada verso casa* • *Immagine allo specchio* • *Dolceamaro* • *Forze irresistibili** • *Le nozze** • *La casa di Hope Street** • *Il viaggio** • *Granny Dan-La ballerina dello zar** • *Aquila solitaria** • *Atto di fede* • *Un uomo quasi perfetto** • *Il bacio** • *Il Cottage** • *Tramonto a Saint-Tropez** • *Una preghiera esaudita* • *Un angelo che torna** • *Appuntamento al buio** • *Un porto sicuro** • *La casa** • *Il miracolo** • *La stagione delle emozioni (Scomparso, Forze irresistibili, Il bacio)* • *Sua Altezza Reale** • *Sorelle** • *Ricominciare** • *Una grazia infinita** • *Una volta ancora** • *Irresistibile** • *Gli inganni del cuore** • *Una donna libera** • *Le luci del Sud** • *Una ragazza grande** • *Happy birthday** • *44 Charles Street** • *Legami di famiglia** • *Una notte da ricordare** • *Hotel Vendôme** • *I peccati di una madre** • *Un giorno per volta** • *Al primo sguardo** • *Piccola Minnie a Parigi* • *Fino alla fine dei giorni** • *Tradita** • *Pegaso - Le ali del destino** • *Gioco di potere** • *Ogni istante di felicità** • *Una vita perfetta** • *L'appartamento** • *L'eredità segreta** • *L'amante** • *Doni preziosi** • *Una magia a Parigi** • *La duchessa** • *Il momento giusto** • *Come una favola** • *Oltre ogni ostacolo** • *Lo spettacolo** • *Sulle orme di un padre** • *A ogni svolta** • *La spia** • *Una notte silenziosa** • *Il gioco della vita**

*Di questi libri è disponibile la versione ebook

DANIELLE STEEL

IL GIOCO DELLA VITA

Traduzione di Berta Maria Pia Smiths-Jacob e Chiara Brovelli

Sperling & Kupfer

Questa è un'opera di fantasia. Nomi, personaggi, luoghi e avvenimenti sono frutto dell'immaginazione dell'autrice o sono usati in chiave fittizia. Qualsiasi rassomiglianza con fatti o località reali o con persone realmente esistenti o esistite è puramente casuale.

Pubblicato per

Sperling & Kupfer

da Mondadori Libri S.p.A.

ISBN 978-88-200-7097-7

I Edizione febbraio 2021

Anno 2021-2022-2023 - Edizione 1 2 3 4 5 6 7 8 9 10

Ai miei adorati figli,
Beatrix, Trevor, Todd, Nick,
Sam, Victoria, Vanessa,
Maxx e Zara.

Non invecchiate mai,
colmate la vostra vita con un lavoro gratificante,
brave persone e immensa gioia!

A ciascuno di voi auguro
una vita lunga, infinito amore e felicità.

Con tutto il mio amore

Mamma/d.s.

La saggezza dell'età

17 anni. Vi sentite frustrati. Quando diventerete adulti e sarete trattati come tali? A diciotto? Un'eternità.

27 anni. Che età seccante! Siete finalmente cresciuti, però nessuno vi prende sul serio. I trenta cambieranno la situazione?

39 anni. La vita termina qui? Comincia o finisce con i quaranta? O è la gioventù a sfiorire? La parte migliore della vita si è conclusa o sta per iniziare? Tutto dipende da voi, adesso. Avete in mano le carte vincenti: giocatevele!

56 anni. È iniziato il declino? Quello della vostra carriera, del vostro aspetto? Dove sono gli uomini, le opportunità, il lavoro, l'eccitazione? La partita si è chiusa o c'è ancora tempo? E, se c'è, quanto? Cosa sarete in grado di fare, di avere e di essere prima di arrivare ai

sessanta? E poi? Potrebbe esservi rimasto solo un terzo della vita! Godetevela!

92 anni. O avete sciolto ogni interrogativo oppure ci state ancora lavorando. Sapete cosa è importante, non siete confusi. Ogni istante conta. Avete le idee chiare su chi volete frequentare e riconoscete il bello, quello vero. Siete più saggi e più creativi che mai. La vostra bellezza interiore trasuda con tanta intensità da farvi splendere anche da fuori. Siete gentili e orgogliosi. Conoscete le risposte e le condividete senza timori. Possedete la saggezza dell'età, il senso dell'umorismo di una vita. Provate la fierezza di essere arrivati così lontano. E adesso... avanti verso il centenario senza fermarvi, senza esitare, senza rallentare. Sfoggiate la vostra età come una corona, siete un esempio, siete amati, onorati e invidiati. Adoranti ci prostriamo ai vostri piedi.

d.s.

1

Pennie Jackson aveva appena concluso il penultimo anno di liceo in una delle migliori scuole private di Greenwich, in Connecticut, nota per preparare gli studenti all'ammissione nei più rinomati college del Paese, per l'eccellenza dei suoi insegnamenti e per incoraggiare progetti sociali e attività di ogni genere volti ad accumulare crediti da aggiungere al curriculum. Un duro lavoro, premiato, alla fine degli studi, dalla possibilità di trovarsi spalancate le porte di una lunga lista di college celebri.

Pennie, diciassette anni, avrebbe iniziato l'ultimo anno di liceo nell'autunno seguente. Il suo ragazzo, Tim Blake, diplomatosi due settimane prima, a fine agosto avrebbe detto addio all'istituto superiore. Senza di lui, la prospettiva dell'anno finale aveva perso ogni attrattiva agli occhi di Pennie. Stavano insieme da tre anni, e si sarebbe sentita sola quando lui fosse andato a Stanford, in California, dove era stato ammesso. Studente modello con ottimi voti e con una media altissima, Tim era stato capitano della squadra di basket e per due estati consecutive aveva fatto uno stage presso gli uffici di un senatore di Washington.

Pennie e Tim facevano coppia da quando lei frequentava il primo anno di liceo, e non riusciva più a immaginare la sua quotidianità senza di lui. Pur portando avanti la loro storia, avevano entrambi continuato a prendere buoni voti, a praticare sport e a impegnarsi in attività extracurriculari. Sin dal primo anno di liceo, Pennie si dedicava a un servizio di volontariato in un rifugio per senzatetto, dove si occupava principalmente di bambini e, a Natale, organizzava una giostra con i giocattoli. Adorava i suoi piccoli amici al punto da non avere mai saltato un sabato in loro compagnia, e i bambini ricambiavano il suo affetto.

Due settimane prima aveva guardato Tim lanciare in aria il tocco da diplomato con il resto della sua classe con una tristezza che era riuscita a mimetizzare piuttosto bene. Conoscevano entrambi il significato di quel gesto. Avevano preso la decisione quando lui era stato accettato a Stanford, e lo avevano fatto con ponderazione, ritenendo che fosse la soluzione migliore per entrambi. Desideravano comportarsi da persone ragionevoli, non portare avanti una storia a distanza con i problemi che ne sarebbero derivati, sentendo l'uno la mancanza dell'altra, vedendosi soltanto per il Ringraziamento, a Natale, durante la pausa primaverile e rischiando, prima o poi, di deludersi a vicenda. Così, avevano fissato la data del diploma di Tim come quella dell'addio. Lui sarebbe partito per una vacanza in Cina, regalo dei genitori per il diploma, e lei, come ogni estate da cinque anni, sarebbe stata capogruppo di un campo estivo. In agosto, Tim sarebbe andato all'università e lei sarebbe ritornata nella vecchia scuola, da sola, e avrebbe continuato a studiare e a impegnarsi nel volontariato.

Era il loro accordo e lo avrebbero rispettato. Si erano lasciati tre giorni prima ed entrambi, due settimane più tardi, sarebbero partiti. Avevano pianto ma, fedeli alla parola data, non si erano sentiti più né al telefono né per messaggio né altro modo, e il dolore era più grande di quanto Pennie si fosse aspettata. Avrebbero continuato a essere amici, ma per il momento tentavano di abituarsi alla lontananza. Pennie aveva l'impressione che il cuore le si fosse spezzato in due quando si erano detti addio. Erano stati inseparabili per tre anni, e all'improvviso era da sola. Tim non era soltanto il suo ragazzo, ma anche il migliore amico e confidente. Lasciarlo andare era la cosa più dolorosa e adulta che avesse mai fatto.

Pennie aveva dei meravigliosi occhi verdi, lunghi capelli lisci color grano, gambe lunghe e un fisico da urlo, un seno generoso e una vita così sottile che Tim la circondava quasi tutta con le mani. Era la tipica ragazza della porta accanto, che tutti avrebbero desiderato avere come vicina. Tim l'aveva notata sin dal primo giorno, a scuola, lei una matricola e lui al secondo anno. A Natale erano già innamorati. Un mese dopo il quindicesimo compleanno di lei, avevano fatto l'amore per la prima volta e da allora erano sempre stati attenti. Di rado rischiavano, se si escludevano un paio di volte che comunque non avevano avuto conseguenze.

Tim era bello quanto Pennie. Alto, atletico, spalle larghe, lineamenti scolpiti, aveva capelli biondi come lei e profondi occhi azzurri. Spesso la gente li scambiava per fratello e sorella. Figlio unico, era adorato dai genitori. Pennie, invece, aveva due fratelli gemelli di sei anni più piccoli, che spesso le davano sui nervi. Sebbene li amasse, detestava quando invadevano il suo spazio, si appropriavano delle sue cose senza restituirgliele e la prendevano in giro. Tra i due, Seth era quello leggermente più sensibile, mentre Mark, completamente privo di tatto, ci andava sempre giù pesante. Tim, dal canto suo, li trovava divertenti.

In qualche occasione, Pennie e il suo ragazzo avevano parlato di sposarsi, di come sarebbe stato essere marito e moglie, se fossero riusciti a tenere in piedi la loro storia fino all'età giusta per il matrimonio. Quando però il college si era trasformato in realtà, si erano resi conto che sposarsi non sarebbe stato possibile. Dopo essere stato amato e seguito dai genitori per tutti quegli anni, per Tim era arrivato il momento di spiegare le ali. Impaziente di partire per la nuova avventura, era convinto che Pennie meritasse la stessa libertà. All'inizio della loro storia, lei aveva pensato di candidarsi alla Stanford per restargli accanto, ma i suoi non volevano che si trasferisse lontana da casa e preferivano una delle università appartenenti alla Ivy League orientale, come lei stessa aveva sempre affermato di volere. Il rendimento di Pennie era elevato quanto quello di Tim, e con la sua media e i crediti accumulati con il volontariato avrebbe avuto ottime possibilità di accedere a un istituto di alto prestigio.

Il sogno di Tim era di laurearsi in Economia e, in seguito, concludere gli studi con un master nella stessa materia. Pennie, al contrario, non aveva ancora individuato la sua vera passione. Le materie in cui eccelleva erano l'inglese e la storia. Le sarebbe piaciuto insegnare oppure laurearsi in Letteratura inglese, ma non aveva ancora le idee chiare, a differenza di Tim. Il padre di lui, un investitore bancario di New York, voleva che il ragazzo seguisse le sue orme lavorando nella finanza. La madre si occupava di beneficenza e faceva parte di numerosi comitati.

Pennie e Tim sapevano che per loro il matrimonio era lontanissimo e non volevano illudersi. Avevano ancora una lunga strada da percorrere, dovevano trovare un lavoro e costruirsi una carriera. Dovevano andare dove la vita e le opportunità li avrebbero portati. I genitori di Tim, più conservatori e avanti con gli anni di quelli di Pennie, provenivano da famiglie molto riservate originarie dell'Est degli Stati Uniti. All'inizio, avevano temuto che la storia tra i due ragazzi potesse distogliere il figlio dagli studi e comprometterne i voti, ma Tim era riuscito a destreggiarsi bene tra responsabilità scolastiche e vita sentimentale. I genitori di Pennie erano più giovani e di mentalità più aperta. La madre, Eileen, sapeva che andavano a letto insieme da due anni e mezzo. La figlia non aveva segreti con lei. Quelli di Tim, al contrario, nonostante sperassero che i due non avessero rapporti sessuali, evitavano di chiederlo in maniera esplicita. Più di una volta il padre gli aveva raccomandato, con notevole imbarazzo, di non mettere incinta nessuna – con «nessuna» intendeva Pennie – e di non rovinarsi la vita. Fino a quel momento non c'erano stati incidenti di percorso, e per loro era un sollievo sapere che la partenza del figlio avrebbe impedito che la loro storia si trasformasse in qualcosa di più serio. Tim non aveva fatto mistero di voler rompere con Pennie prima di andare a Stanford, una decisione considerata saggia da entrambi. Lei era una ragazza deliziosa, brillante, ma era chiaro che il loro rapporto fosse potenzialmente pericoloso per il figlio, e troppo impegnativo per due ragazzi così giovani. Il loro legame andava avanti da diversi anni e quando, di tanto in tanto, avevano suggerito a Tim di provare a frequentare altre ragazze, lui li aveva ignorati. Da quel momento in poi, però, avrebbe dovuto farlo: Stanford lo attendeva.

Pennie aveva conosciuto la verità sul matrimonio dei genitori a quindici anni, quando la madre aveva deciso che era sufficientemente adulta per saperla. Eileen e Paul avevano iniziato a uscire insieme durante il secondo anno di lei al Boston College. A quei tempi, Paul frequentava la Harvard Business School, puntava a Wall Street e a diventare un imprenditore. Sognava in grande. Lo facevano entrambi. Subito dopo il diploma, Eileen aveva trovato un posto come junior editor in una casa editrice newyorkese, l'ambizione della sua vita.

Viveva in un appartamentino al Greenwich Village con tre coinquiline, e adorava il suo lavoro. Terminati gli studi e trasferitasi a New York, la relazione con Paul, che viveva a Cambridge, si era fatta sempre più complicata e, poco dopo, aveva cominciato a spegnersi. Stavano bene insieme, ma non erano innamorati, ed Eileen era più concentrata a costruirsi una carriera che a coltivare il rapporto con Paul.

Era stata assunta da pochi mesi quando scoprì di essere incinta. Aveva male interpretato i segnali, ostinandosi a negarli. Così, il fine settimana seguente al test di gravidanza, era salita sul primo treno per Boston per comunicare la notizia a Paul, incerta su come muoversi. Per entrambi era un fulmine a ciel sereno. Quando lo riferirono alle rispettive famiglie, quella di lei fu devastata e quella di lui oltraggiata. Alla fine, Paul aveva preso la decisione più giusta e, contro il parere dei genitori, aveva lasciato la Business School e sposato Eileen nel municipio di New York. Avevano rispettivamente ventidue e ventiquattro anni. Dopo avere ottenuto un posto in un'agenzia pubblicitaria, Paul e la moglie avevano preso in affitto un appartamentino squallido e poco costoso nel Queens. Eileen aveva continuato a lavorare fino a una settimana prima di partorire Pennie. L'arrivo della bambina aveva bruscamente interrotto i sogni di entrambi. Le famiglie li trattavano come se fossero dei criminali, dei reietti. La madre di Eileen, una donna perennemente amareggiata e scontenta, con un matrimonio difficile alle spalle, non aveva mai perso occasione per rinfacciare alla figlia quanto l'avesse delusa. Nessuna delle due famiglie si offrì di aiutarli, così la neocoppia iniziò a pensare di essersi meritata le difficoltà che da quel momento aveva dovuto affrontare.

Paul ed Eileen scoprirono che la cura di un figlio richiedeva un grosso sforzo finanziario rispetto al misero stipendio di lei, e che sarebbe stato economicamente più sensato restare a casa e badare alla bambina. I sogni di una carriera nell'editoria si erano infranti con la nascita di Pennie, e la sua quotidianità si era trasformata in quella di una casalinga con una neonata. Adorava la piccolina, ma sentiva la mancanza del lavoro e degli amici. In seguito, erano andati a vivere fuori città. Paul, benché insoddisfatto del suo impiego, lo svolgeva egregiamente. Era un giovane responsabile e lavorava sodo per mantenere moglie e figlia. Quello tra lui ed Eileen non era mai stato un grande amore, e le responsabilità coniugali non facilitavano il rapporto; entrambi però erano decisi a trarre il meglio dalla situazione. Paul aveva un talento naturale per la pubblicità. Quanto a Eileen, coglieva al volo ogni possibilità di impegnarsi come editor freelance, ma per la maggior parte del tempo si occupava della casa e della bambina. Come se non bastasse, la madre la tormentava ricordandole di continuo di avere buttato via tutti i suoi sogni per un matrimonio riparatore; sembrava che volesse farle pesare la sua stessa infelicità.

A dispetto delle sfide quotidiane, delle rispettive famiglie non collaborative e della piccola di cui occuparsi, Paul ed Eileen erano riusciti a mandare avanti il matrimonio.

Non si erano mai accusati apertamente dell'accaduto, ma con il tempo Pennie aveva capito che non era quella la vita che i genitori avrebbero voluto e che avevano pagato a caro prezzo quel passo falso. A quindici anni, Pennie era diventata consapevole di quanto la sua nascita avesse influenzato il destino dei genitori, costringendoli a rinunciare per sempre ai loro sogni.

Un altro «errore» commesso quando la primogenita aveva sei anni fu l'arrivo, inaspettato, non di un bimbo, ma di due gemelli. Quando Pennie aveva dieci anni e i fratellini quattro, la famiglia si era trasferita in una stupenda casa in stile coloniale a Greenwich, dove ancora abitava, con camere ampie e luminose, un giardino e un cortile sul retro. Eileen non era mai più tornata al lavoro e con l'arrivo dei gemelli non era neanche riuscita a dedicarsi all'attività di freelance. Aveva tre figli di cui prendersi cura, e Paul aveva il carico di una famiglia di cinque persone della quale ormai da anni si occupava, nonostante la sua vita avesse imboccato una strada diversa da quella che aveva sperato. Talvolta gli capitava di pensare che, se non si fosse comportato in maniera onorevole sposando Eileen, avrebbe potuto essere un imprenditore di successo, il suo sogno più grande ai tempi dell'università. Ma ormai quella speranza era svanita.

Tuttavia, a dispetto degli inizi traballanti e delle previsioni dei rispettivi genitori sulla durata del matrimonio, Paul ed Eileen erano riusciti a creare un legame solido e fondato sul rispetto reciproco. Lei apprezzava gli sforzi professionali di Paul, e lui la considerava una madre eccellente. Erano ottimi genitori e adoravano i loro figli, che fossero stati pianificati o meno. Dopo la nascita dei gemelli, però, per evitare altre gravidanze, Eileen aveva deciso di farsi legare le tube. Tutto sommato, lei e Paul conducevano una vita stabile e senza scossoni, che soddisfaceva entrambi.

Paul si era costruito una solida carriera presso l'agenzia pubblicitaria nella quale aveva mosso i primi passi, e dopo essere passato da responsabile della gestione dei rapporti con la clientela a manager guadagnava molto bene, garantendo alla famiglia ogni agio. Si sforzava di non pensare a cosa avrebbe potuto essere, malgrado la frustrazione per non essere un imprenditore ma soltanto un impiegato. Anche a Eileen mancava il lavoro editoriale che aveva svolto per così poco tempo, e in più di un'occasione si era chiesta come avrebbe potuto evolversi la sua carriera, se non fosse stata obbligata a rinunciarvi.

A trentanove anni, guardava con timore al quarantesimo compleanno. Le pareva di non avere concluso niente nella vita, a parte scorrazzare e allevare i tre figli e dividere la sua quotidianità con un uomo che l'aveva sposata più per dovere che per amore. Tra loro non c'era mai stato neppure un briciolo di romanticismo, ma considerando il modo in cui il matrimonio era iniziato, era sorprendente che il rapporto si fosse evoluto così bene. Eileen era grata a Paul per essere un buon marito e un buon padre, che faceva di tutto per mantenere la famiglia al meglio. La vita che conduceva a Greenwich era piacevole, adorava la sua casa, e gli amici che lei e il marito frequentavano avevano bambini della stessa età dei loro. Ma c'era una cosa che desiderava con tutta se stessa: evitare che la figlia subisse il suo stesso destino. Aveva ambizioni più elevate per Pennie, una carriera che la appassionasse e un uomo che ricambiasse il suo amore. Più volte le aveva fatto presente che, se mai fosse rimasta incinta e avrebbe dovuto sposarsi, si sarebbe rovinata la vita. Doveva evitare quello che era capitato a lei, indipendentemente da quanto normale apparisse la sua esistenza. Voleva che Pennie si lanciasse nel mondo e che, una volta terminata l'università, realizzasse i suoi sogni. Anche lei si era sentita sollevata dalla saggia decisione di Pennie e Tim. La loro storia d'amore era troppo seria per due ragazzi così giovani, senza contare che Pennie, crescendo, si era stancata del liceo e non vedeva l'ora di andare oltre: al college. In seguito le si sarebbero spalancate porte che al momento non riusciva neanche a immaginare.

«Magari un giorno, dopo che vi sarete sistemati, tu e Tim vi incontrerete di nuovo», disse Eileen alla figlia per consolarla, il mattino dopo la rottura.

«Non credo, mamma», rispose lei, triste. «Ci attende una lunga strada.»

Tim aveva grandi progetti: al termine degli studi intendeva lavorare un paio d'anni in Inghilterra, o forse a Pechino o magari a Hong Kong. Già da qualche tempo, su suggerimento del padre, si dedicava allo studio del mandarino. Pennie, dal canto suo, voleva restare vicino a casa e vivere a New York. Si sentiva però pronta ad affrontare la sua vita da adulta ed era stanca di essere trattata come una bambina. Stare insieme a Tim così tanto tempo l'aveva resa più matura di molti coetanei che avevano in mente soltanto feste e divertimenti.

Pennie voleva di più, proprio come un tempo era stato per la madre. Eileen sperava che non decidesse di sposarsi troppo giovane, e si dedicasse anima e corpo a una professione interessante prima di mettere su famiglia. Paul, della stessa idea della moglie, raccomandava alla figlia di non pensare al matrimonio almeno fino ai trent'anni, e di posticipare il più possibile la maternità. Parlava del matrimonio come di una trappola da evitare. Il consiglio velato dei genitori era di non barattare la carriera per la famiglia, e che una gravidanza indesiderata avrebbe cancellato per sempre i suoi sogni. Pennie detestava sentirselo ripetere. Per lei era un peso sapere di essere la causa della loro delusione, ma ne comprendeva perfettamente le ragioni. Aveva capito che il loro atteggiamento, così come i rimpianti sul modo in cui il loro matrimonio era iniziato, erano un antidoto all'amore. Quella dei genitori era una relazione solida, ma senza tenerezza, amore o calore. Spesso le era capitato di vedere quelli dei suoi amici guardarsi con affetto, con stima, con un sentimento che in casa sua non era mai esistito. Paul ed Eileen si volevano bene, non ne dubitava, ma non erano innamorati. Un tempo lo erano stati, ma solo per poco. Non aveva mai visto un gesto che esprimesse passione o vera felicità tra loro. Avevano accettato i limiti che la loro relazione imponeva e non si aspettavano nulla di diverso, si erano adeguati. Pennie, invece, desiderava di più dall'uomo che avrebbe amato.

Se lei e Tim fossero stati più grandi, avrebbero potuto gettare le fondamenta di un rapporto solido. Ma ormai la loro storia si era conclusa dopo tre meravigliosi anni passati insieme. Doveva rinunciare a quel sogno, lo sapeva, però era difficilissimo. Rompere con Tim era stato il primo grande e doloroso distacco della sua vita. Provava uno strazio quasi fisico, e durante i primi giorni della separazione si sentì addirittura male. Un disagio che aumentò la settimana seguente.

«Ti ha piantato?» chiese Mark con la tipica mancanza di tatto di un undicenne quando non lo vide più in giro.

«Certo che no, idiota. Si sposeranno dopo il college, proprio come mamma e papà», rispose Seth al posto della sorella. Pennie, in preda a un malessere violento, si alzò dal tavolo della colazione. Non aveva il coraggio di confessare ai fratelli che lei e il fidanzato si erano lasciati. Non se l'era ancora sentita di dirlo neanche alle amiche. Spiegare le ragioni di quel distacco era troppo straziante, nonostante fosse la cosa giusta e lo avessero concordato da mesi.

Non vedeva l'ora di partire per il campeggio estivo, di allontanarsi da tutto. I gemelli sarebbero stati con lei nel Vermont, ma nella sezione maschile, e non li avrebbe visti spesso. Lei si occupava delle ragazzine, avrebbe dormito in un bungalow con sei o otto bambine e sarebbe stata troppo impegnata per pensare. Non sopportava gli sguardi traboccanti di compassione della madre che, impotente, detestava vederla annegare nella tristezza. Quel genere di dolore faceva parte della vita adulta. Perdere il primo amore era un rito di passaggio al quale Pennie non si sarebbe potuta sottrarre, proprio come sua madre era stata costretta a crescere a ventidue anni, quando aveva sposato Paul e cinque mesi dopo era nata la figlia.

Da mesi, Eileen combatteva con l'idea, alquanto deprimente, del quarantesimo compleanno alle porte. Aveva sempre ritenuto quel numero la prima tappa verso la vecchiaia, e ci era quasi arrivata anche lei. Era alle soglie della mezza età, e non era riuscita a fare un granché. L'avere cresciuto dei figli le sembrava insignificante. Avrebbe potuto essere tantissime cose: una senior editor, per esempio, impegnata con importanti autori, un valido contributo al loro lavoro. Adorava cucinare e, di tanto in tanto, organizzare qualche cena informale, ma non le pareva che ci volessero delle doti particolari. Sebbene spesso gli amici la chiamassero per farsi dare le ricette dei suoi piatti, riteneva la cucina un ambito insignificante e che non richiedeva talento. Paul apprezzava la sua cucina, ma durante la settimana capitava raramente che cenasse a casa, occupato com'era con i clienti, con i quali spesso mangiava fuori. Era un abituale frequentatore dei migliori ristoranti di New York e, quando rincasava, di solito lo faceva con l'ultimo treno; se invece era troppo tardi, rimaneva a dormire in albergo in città. Se i figli erano impegnati per conto loro, marito e moglie si godevano una cenetta fuori durante il fine settimana, generalmente in compagnia degli amici. Preferivano così, perché da soli non avrebbero avuto più niente da dirsi già a metà pasto. Gli argomenti erano sempre gli stessi: i resoconti lavorativi di lui, le chiacchiere sulle attività dei figli, le lamentele riguardo i loro problemi da parte di lei.

Eileen si rammaricava al pensiero che entro un anno Pennie sarebbe andata al college. Per fortuna, per almeno altri sette avrebbe avuto con sé i gemelli. Dopo, se pensava alla sua vita, la immaginava simile a una distesa desertica, senza più nulla da fare. Era fuori dall'ambito lavorativo ormai da troppo tempo per trovare un'occupazione e non aveva sufficiente esperienza. A parte la breve parentesi presso la casa editrice, a ventidue anni, non aveva fatto più nulla. Possedeva una natura pratica, organizzata, gestiva senza problemi la casa, ma nessuna di quelle capacità le sarebbe stata utile per avviare una carriera a quarant'anni. Quando Paul le chiedeva di raggiungerlo in città per cenare con i suoi clienti, si sentiva inadeguata, poco attraente, fuori posto. Cercava di tenersi informata e leggeva ogni volta che ne aveva il tempo, ma non capitava spesso, con una coppia di gemelli di undici anni. E quando, a letto, apriva uno degli ultimi bestseller in classifica, sprofondava nel sonno già alla seconda pagina.

Aveva tentato di spiegare alla sua più cara amica, Jane Ridley, come si sentiva, e per tutta risposta le aveva consigliato di trovarsi un amante. Jane ne aveva avuti parecchi, e insisteva nell'affermare che quel metodo aiutasse a mantenere vivo il matrimonio. Di qualche anno più giovane di Eileen e senza figli, Jane trascorreva il tempo giocando a bridge e facendo shopping. Si erano conosciute al comitato di un istituto di beneficenza e si frequentavano da anni. Conducendo vite diverse, non si incontravano spesso, ma avevano l'abitudine di sentirsi per telefono. Jane era sposata con un uomo più grande, padre di figli della stessa età della giovane moglie, con la quale si dimostrava sempre particolarmente generoso.

«Non trovi che sia una soluzione un po' radicale?» le chiese Eileen, con un sorriso afflitto.

«Parecchie donne lo fanno», rispose l'altra con disinvoltura.

Eileen scoppiò a ridere. «Cosa? Andare a letto con il maestro di tennis del club o con un giocatore professionista di golf? Un cliché piuttosto patetico, non fa per me.»

«Forse, ma potrebbe essere divertente. Magari potresti farti un ritocchino agli occhi, o tirati su le tette. Ci sono un sacco di rimedi, se ti senti vecchia.»

Eileen non osò chiederle cosa avesse fatto lei per sentirti più giovane, ma sapeva di non essere all'altezza dell'amica o di qualche altra signora di loro conoscenza. La maggior parte delle residenti di Greenwich potevano essere inquadrate in due categorie: quelle noiose e sempre rinchiuse tra le mura domestiche come Eileen, e quelle più vivaci, che ricorrevano alla chirurgia plastica e passavano da un uomo all'altro.

«Senza contare, poi, che non intendo tradire mio marito. A modo nostro, ci amiamo. Paul non è tipo da esprimere il suo affetto, ma so che ci tiene a me. Siamo sposati da diciotto anni e ci frequentiamo da ancora più tempo.» Si volevano sufficientemente bene da evitare di tradirsi, sebbene il matrimonio non fosse perfetto.

«Come fai a essere sicura che lui non lo faccia? O lo sai per certo?» Molti uomini tradivano mentre le mogli fingevano di non accorgersene, vendicandosi poi con l'uso generoso delle carte di credito, un sistema che sembrava accontentare entrambe le parti. Ciascuno aveva da guadagnare qualcosa. La moglie un nuovo guardaroba o qualunque altra cosa desiderasse, e il marito una graziosa ragazza con cui passare il tempo, andare a letto due o tre volte al giorno o comunque più spesso di quanto la moglie fosse disposta a fare dopo anni di matrimonio.

«Se non vuoi farti qualche giocatore di golf al club, andrebbe bene anche un ritocchino dal chirurgo. Magari qualche iniezione di filler o un trattamento al laser», suggerì Jane, che vi ricorreva regolarmente e aveva un aspetto fantastico.

«Mi stai forse dicendo che sembro vecchia?» chiese Eileen, terrorizzata.

«Niente affatto. Non dimostri la tua età, però mi hai appena detto di sentirti vecchia, e non è una bella cosa. Continuando di questo passo, molto presto tutti si convinceranno che lo sei, inclusa te stessa. Devi uscire di più», seguitò a incoraggiarla l'amica. «E senza Paul.

Hai bisogno di civettare un po', di sentirti di nuovo donna.»

Eileen scosse la testa e rise. Il solo pensiero la sfiniva. Stava bene come stava e non aveva intenzione di rendersi ridicola.

«Quando è stata l'ultima volta che hai comprato della biancheria sexy? Davvero sexy, intendo!» insistette l'amica.

«Quando Paul ha smesso di notarlo e mi sono resa conto che non gliene importava niente. Non c'è mai quando mi vesto e al suo ritorno, la sera, sono già a letto. Sarebbe uno spreco di denaro», rispose Eileen in tono pratico. Ormai ci aveva fatto l'abitudine. Il tempo che lei e il marito trascorrevano insieme, tutto il loro matrimonio, ruotava intorno ai figli. Quanto alla loro vita sessuale, era decente ma non certo straordinaria.

«Forse dovresti rifletterci», continuò Jane, seria. «I ragazzi se ne andranno prima che tu te ne accorga, e allora resterete voi due, soli, a guardarvi in faccia senza più nulla da dirvi. Non hai ancora scollinato, Eileen. Compiere quarant'anni non significa smettere di vivere, non è la fine del mondo. Tu e Paul avrete più tempo per voi stessi quando Pennie andrà al college, l'anno prossimo.»

Lei annuì, poco convinta. Non si sentiva più sexy, femminile o attraente. Nei weekend erano impegnati con i figli o con le varie incombenze domestiche. Talvolta, durante la settimana, le capitava di unirsi a Paul per una cena con qualche cliente, a New York, ma negli ultimi mesi non aveva fatto neppure quello: lui non glielo aveva neanche proposto, adducendo la scusa di non avere ospiti degni di nota e che si sarebbe annoiata. Eileen non ricordava l'ultima volta in cui era stata in città, e comunque preferiva rimanere a Greenwich, dove poteva muoversi in jeans o leggings, senza doversi preoccupare di vestirsi in maniera adeguata e truccarsi. Da mesi non portava più scarpe con il tacco alto, e le aveva regalate quasi tutte alla figlia, che ne era stata felicissima.

Eileen era ancora una bella donna, e Pennie le assomigliava. Da ragazza era fantastica, ma con il tempo e un matrimonio poco stimolante aveva cominciato a non curarsi più del proprio aspetto, e si vedeva. Paul non commentava mai, non sembrava fare caso a cosa indossava e a come appariva. I complimenti non erano mai stati il suo forte, anche se ai tempi in cui avevano cominciato a frequentarsi era un po' meglio. Ormai, però, per entrambi l'abitudine aveva prevalso su tutto.

Paul era sempre in ordine e ben vestito quando andava al lavoro, ma a casa, nei fine settimana, neanche lui si curava. Aveva sempre un bell'aspetto, e le donne lo trovavano attraente. In compagnia, Eileen si meravigliava di quanto fosse affascinante, interessante e persino divertente, e di quanto fosse un buon conversatore con le altre donne.

La settimana precedente la partenza per il campeggio, ancora angosciata dalla mancanza di Tim, Pennie pensò di avere mangiato qualcosa di avariato o di covare l'influenza. Vomitò per tutta la mattinata, e solo nel pomeriggio si sentì un po' meglio. Fu allora che le venne in mente un pensiero. Il suo ciclo era sempre stato irregolare, ma negli ultimi due mesi aveva fatto più bizze del solito. Era andato e venuto in un giorno, con solo poche perdite. Impossibile. Era ridicolo soltanto pensare che potesse essere accaduto qualcosa, eppure si aggrappava a quell'idea come nel tentativo di continuare a stare con Tim, dopo avere capito quanto doloroso fosse stato lasciarsi.

Dandosi della sciocca, entrò in una farmacia e acquistò un test di gravidanza. Lo aveva già fatto qualche volta, quando entrambi si erano preoccupati, ma era andata sempre bene. Pennie non tollerava la pillola, così avevano optato per i profilattici. Ricordò vagamente di avere fatto sesso non protetto alcuni mesi prima, eppure le pareva che fosse stato tanto tempo addietro. E, in fin dei conti, non era successo nulla. Subito dopo aveva avuto le mestruazioni, pur se brevi.

Quando rincasò, sua madre era fuori con i gemelli per gli ultimi acquisti prima della partenza per il campeggio. Entrò nel suo bagno e, con mani tremanti, estrasse lo stick dalla confezione. In un momento di follia, sperò di essere incinta. Non era pronta a separarsi da Tim. Voleva che una parte di lui restasse per sempre con lei, pur sapendo di non essere affatto pronta a mettere al mondo un bambino. Si sarebbe rovinata la vita, proprio come era accaduto alla madre, addirittura ancora di più, visto che era cinque anni più giovane di Eileen quando aveva avuto lei. Avrebbe compiuto diciassette anni a dicembre, e un figlio sarebbe stato un disastro: non poteva permetterselo.

Chiuse a chiave la porta del bagno, fece il test, attese il tempo necessario e serrò le palpebre un istante prima di guardare. Non poteva concedersi un risultato positivo, indipendentemente da quanto amasse Tim. Riaprì gli occhi e fissò lo stick: impossibile. Non poteva essere incinta proprio quando si erano lasciati. Voleva una vita da adulti. Era stanca di essere considerata troppo giovane per tutto. Però non era quello il modo in cui desiderava dimostrare di essere cresciuta. Eppure, il risultato era chiaro: aspettava un bambino.

Con le lacrime agli occhi, ripose lo stick nella scatola e la infilò in borsa. Poi si sedette sul coperchio del water, gli occhi fissi nel vuoto. Si domandò come avesse potuto desiderare che accadesse, o addirittura se avesse inconsciamente fatto in modo che succedesse. Non avrebbe saputo rispondere, sapeva soltanto che doveva affrontare la realtà.

Con le guance rigate di lacrime, tentò di pensare a come muoversi. Doveva informare Tim, e si chiese come avrebbe reagito, se si sarebbe dimostrato ancora innamorato oppure si sarebbe lasciato trasportare dalla rabbia. Entro una settimana sarebbe partito per la Cina e dopo, in agosto, per Stanford. Pennie si sentì travolgere da un'ondata di panico. Era successa una cosa irreparabile. All'improvviso, provò l'impulso di ritornare bambina. Non era così che desiderava crescere. Non era pronta ad avere un bambino, a diventare madre. In quel momento, desiderava soltanto rifugiarsi tra le braccia di Tim e sparire. Ma non avrebbe potuto sottrarsi alla realtà.

Pennie rimase seduta in bagno per un'ora, rimuginando sul da farsi. Non poteva telefonare al medico di famiglia, perché di sicuro ne avrebbe parlato con i suoi. Sarebbe andata a chiedere informazioni al consultorio famigliare. Prima, però, doveva chiamare Tim: lui avrebbe saputo cosa fare. Doveva rompere il silenzio concordato. Gli mandò un messaggio chiedendogli dove fosse e ricevette la risposta nel giro di qualche minuto. Era a casa, a preparare i bagagli per il viaggio in Cina, e le domandò cosa stesse facendo lei. Il tono del messaggio era amichevole, senza traccia di romanticismo.

«Ho bisogno di parlare con te. Possiamo incontrarci per un caffè?» rispose.

«Perché? Avevamo deciso di non farlo. Sono a cena con i miei, stasera.»

«Posso vederti prima, solo per qualche minuto?»

«Non credo che dovremmo. Sarebbe troppo doloroso per entrambi.»

Mai come la notizia che stava per dargli, rifletté lei. Non sapeva neanche da quanto fosse incinta. Se però la gravidanza era il frutto della disattenzione di qualche mese prima, doveva essere di dodici o sedici settimane.

«Ci metterò pochissimo. È importante.»

«Qualcosa non va? Stai bene?»

Pennie non rispose. Non voleva mentire. «Dove possiamo incontrarci?» scrisse invece.

Tim propose la loro caffetteria preferita. Non era il caso che lo raggiungesse a casa, avrebbero potuto perdere la loro determinazione. Le mancava da morire, e non si fidava a rimanere solo con lei. Se Pennie aveva intenzione di supplicarlo di non lasciarla, non desiderava trovarsi nel bel mezzo di una scena imbarazzante quando i suoi fossero rientrati.

Si accordarono per incontrarsi mezz'ora più tardi. Tim era già lì quando Pennie arrivò. Splendido come sempre, non riuscì a trattenere un sorriso quando la vide, e si rese conto di amarla moltissimo. Ebbe una stretta al petto quando Pennie si sedette. Indossava un paio di sandali, dei pantaloncini rosa e una T-shirt bianca. Senza un filo di trucco, aveva i lunghi capelli biondi sciolti sulle spalle. Lui portava dei jeans, una maglietta azzurra e dei mocassini. Si accorse subito del suo nervosismo. Pennie, nel caso lui non le avesse creduto, aveva portato con sé il test.

«Cosa succede?» le domandò.

Averlo di fronte, le mozzò il respiro. «Ho appena scoperto una cosa che devi sapere», rispose lei tentando di apparire più calma di quanto fosse, e di non piangere.

«Cosa? Qualcosa non va? Stai male?» la incalzò, preoccupato.

Pennie fece di no con la testa e una lacrima le scese sul volto nonostante i suoi sforzi.

Lo guardò negli occhi. «Sono incinta, Tim», gli comunicò con un filo di voce. «Credo sia stato quella volta di tre o quattro mesi fa, quando abbiamo dimenticato di comprare i preservativi.» Malgrado quella distrazione, avevano deciso di fare ugualmente l'amore. Per una volta, si erano detti, non sarebbe successo nulla.

«Oddio! Non può essere!» esclamò lui con voce strozzata.

«Invece sì. Ho appena fatto il test. E adesso?»

«I nostri genitori ci uccideranno», disse Tim. Gli pareva di essere un bambino che stava affrontando una notizia devastante. Le emozioni che provava erano chiare, per nulla ambigue. Era la cosa peggiore che fosse capitata loro, più terribile ancora della rottura. «Non possiamo avere un bambino adesso. La settimana prossima parto per Pechino e ad agosto sarò a Stanford.»

«Lo so.»

«Hai idea di quanti mesi sei?»

«Andrò a fare una visita al consultorio», disse lei.

«Dobbiamo saperlo.» Tim si alzò. Aveva bisogno di stare da solo per assimilare la notizia, e non era possibile lì al bar. «Come abbiamo potuto essere così stupidi?» Anche i suoi occhi si riempirono di lacrime. «Ti amo», disse in tono triste, «ma non siamo pronti per questo. Non voglio lasciarti adesso, ma non posso nemmeno annullare il viaggio, i miei lo hanno già pagato.» La partenza era in programma da mesi, e immaginava già il dispiacere dei genitori se non fosse andato. «Fatti controllare dal dottore, domani. Vuoi che venga con te?» le propose.

Pennie fece coraggiosamente di no con la testa, lo

guardò negli occhi e si alzò. «Ti chiamo subito dopo la visita.»

Uscirono insieme dalla caffetteria in silenzio, ciascuno perso nei propri pensieri e nelle proprie paure. Era come se il mondo si stesse sbriciolando intorno a loro, come se fossero stati catapultati nell'universo degli adulti, al quale non erano preparati. Tim la accompagnò alla macchina e, quando lei si sedette al volante, la baciò su una guancia senza abbracciarla. Sembrava quasi avere paura di toccarla. Con le lacrime agli occhi, Pennie partì; lui, immobile, piangeva a sua volta.

2

Il mattino seguente, il medico che visitò Pennie al consultorio le confermò che era di quattordici settimane; le spiegò che secondo le leggi del Connecticut l'aborto poteva essere praticato sino alla soglia di «possibilità di sopravvivenza fetale», tra le ventiquattro e le ventotto settimane, ma che lui non era d'accordo e che non avrebbe eseguito l'intervento dopo la quattordicesima settimana. Pennie aveva sentito il battito sul monitor fetale e visto il bambino sullo schermo dell'ecografo. Tutto sembrava normale, a parte il fatto che lei aveva appena diciassette anni, Tim diciotto, che presto lui sarebbe partito per l'università e che non erano sposati. Lasciato il consultorio, con un flacone di vitamine nella borsa, lo chiamò. Gli riferì della chiarezza con cui si era espresso il medico, e ammise di avergli mentito dichiarandosi maggiorenne e affermando di essere fidanzata... come se avesse importanza.

Decisero di incontrarsi al parco dove talvolta andavano a passeggiare, ed evitare le rispettive case.

«Cosa vuoi fare?» chiese lui quando si sedettero su una panchina, gli occhi fissi sulle anatre nel laghetto. Alcuni bambini stavano gettando loro del pane sotto gli occhi attenti delle mamme.

«Non lo so. Non abbiamo molta scelta», mormorò lei. «Il medico si rifiuta di praticare l'aborto nella settimana in cui mi trovo. E comunque, dopo avere visto il bambino durante l'ecografia, non potrei più liberarmene.»

Tim annuì. Ci aveva pensato tutta la notte ed era giunto alla conclusione che ci fosse un'unica soluzione accettabile. «Dobbiamo sposarci, Pen. Non puoi farcela da sola e io non te lo permetterei. Se sei al terzo mese, il bambino dovrebbe nascere intorno a Natale. Una volta a Stanford, frequenterò il primo trimestre per poi chiedere il trasferimento al Connecticut College e continuare gli studi lì. I miei ci aiuteranno.» Ci aveva rimuginato per l'intera nottata, facendo programmi.

«Non posso permettertelo. Hai sempre voluto andare a Stanford, non ho intenzione di rovinarti l'esistenza. È successo ai miei genitori, e loro erano più grandi. Non credo che siano mai stati veramente felici, dopo. Non voglio che tu viva la stessa esperienza.» Si sentiva svuotata mentre gli parlava, ma lo amava troppo per derubarlo dei suoi sogni.

«E tu cosa farai? Intendi abbandonare il liceo?» chiese Tim, arrabbiato con lei e con se stesso per quella stupida leggerezza che stava per rovinare loro la vita. «Il bambino è nostro, ed è nostra responsabilità farcene carico», proseguì. «Dobbiamo continuare a studiare. Chiederemo aiuto ai nostri genitori. Quanto a me, potrò trovare un impiego part-time e lavorare di notte.» La sua mente andava a mille. «Sposiamoci al più presto. Annullerò il viaggio in Cina e staremo insieme fino ad agosto. Poi partirò per Stanford, frequenterò il primo trimestre e mi trasferirò di nuovo qui.» Il progetto, messo in piedi durante la nottata in bianco, avrebbe retto se Pennie avesse deciso di tenere il bambino. Comunque, sembrava che non avessero scelta. «Almeno sta bene? È tutto a posto?»

«È perfetto», rispose lei, cupa. Quella gravidanza era l'evento meno gioioso della sua esistenza. Aveva l'impressione di intrappolare Tim, con il matrimonio, e non era ciò che voleva fargli, non era sua intenzione rubargli il futuro. Non avrebbe ridotto in frantumi i suoi sogni, neanche se lui stesso era disposto a farlo. Ormai, anche le sue aspirazioni si erano volatilizzate.

«Ti hanno detto il sesso?»

Pennie fece cenno di no. Tra i due, era Tim che voleva saperne di più.

«Ho fatto un mucchio di analisi del sangue. Saranno i risultati a svelarcelo.»

Tim annuì. All'improvviso tutto gli apparve nella sua realtà: non si sarebbero lasciati più, si sarebbero sposati e avrebbero avuto un bambino.

«Non intendo sposarti, Tim. Non è leale. La colpa

non è soltanto tua, ma anche mia. Non disdire il viaggio. Ne riparleremo quando tornerai, e comunque io devo partire per il campeggio.» Aveva firmato un contratto, si era presa l'impegno.

«Non puoi partire nelle tue condizioni», replicò lui, accigliato.

«Posso farlo, anzi devo. Non intendo annullare all'ultimo momento.» Era il suo primo vero lavoro estivo e ne aveva bisogno per il curriculum da presentare all'università, anche se probabilmente non l'avrebbe mai frequentata.

«Non si comincerà a vedere la pancia per la fine dell'estate?» chiese lui.

«Non lo so. Forse no. Posso nasconderlo, indossare qualcosa di largo, dire che sto ingrassando. Non so neanche se i miei mi permetteranno di tornare a scuola, quando sapranno che sono incinta. Magari potrò continuare gli studi in una scuola pubblica.» Pennie aveva riflettuto sull'alternativa. Le conseguenze di quella gravidanza si sarebbero ripercosse a lungo termine. I genitori non le avrebbero mai permesso di lasciare la scuola.

«È tutto così complicato, così diverso da come dovrebbe essere.» Tim si passò una mano tra i capelli e la guardò. «Perdonami, Pennie.»

«Perdonami anche tu. Ce la faremo. Quando hai intenzione di dirlo ai tuoi?»

«Questa sera, e tu dovresti fare lo stesso. Hanno il diritto di sapere quello che sta accadendo e abbiamo bisogno del loro aiuto. Non credo che dovrei partire per la Cina, ma se tu hai comunque deciso di andare al campeggio estivo...» La voce gli mancò. Erano tante le cose a cui pensare. E a Natale, sposati o meno, sarebbero diventati genitori.

Rimasero seduti sulla panchina a lungo prima di fare una passeggiata. Li attendeva un compito arduo, quella sera. La sola idea di parlare con i genitori li terrorizzava. Era bastato un attimo per rivoluzionare la loro esistenza.

«Non credo che dovresti trasferirti qui di nuovo», disse Pennie con generosità. «Se decideremo di stare insieme, dopo la nascita del bambino, potrei trasferirmi io in California.» Non era così che Tim aveva immaginato la sua vita da studente universitario. Era in trappola.

Sulla via del ritorno, in macchina, dopo averlo salutato, Pennie rifletté su come dare la notizia ai genitori. Non sarebbe stato facile per loro, e lo stesso valeva per la famiglia di Tim.

Eileen era appena rientrata con i gemelli quando Pennie varcò la soglia. La madre le disse subito che il padre si sarebbe fermato in città per cena, e ciò significava che avrebbe dovuto attendere il suo ritorno. Meglio così: per quell'ora Seth e Mark sarebbero già stati a letto.

Salì in camera e si sdraiò sul letto pensando a Tim e al loro bambino. Di colpo, comprendeva come si erano sentiti i suoi quando avevano scoperto di aspettare lei. Per la prima volta provò un intenso rammarico per loro. Intenso quasi come quello che sentiva per se stessa e per Tim. Rimase a lungo in camera e saltò la cena. Mentendo, disse alla madre che aveva mangiato qualcosa con gli amici. Eileen accolse felice la notizia, pensando che finalmente la figlia si era distratta un po'. Dalla rottura con Tim, non faceva che ciondolare per casa con aria triste. Un'uscita in compagnia era un ottimo segno. Entro una settimana sarebbe partita per il campeggio e, oberata dagli impegni, non avrebbe avuto più tempo per pensare a lui.

Pennie era ancora in camera quando sentì la porta di casa aprirsi e chiudersi rumorosamente. Il padre era rientrato. I gemelli erano andati a dormire un'ora prima. Si affacciò e vide i genitori salire le scale chiacchierando. Se il padre aveva cenato con dei clienti, di sicuro aveva bevuto qualche bicchiere in più del solito, una circostanza che avrebbe potuto esserle d'aiuto. Per tutta la sera aveva ripetuto mentalmente il discorso che stava per affrontare. Attese che fossero in camera loro, bussò alla porta ed entrò.

«Ciao. Posso parlarvi un minuto?» chiese mentre il padre l'abbracciava.

«Come va la mia ragazza? Cos'hai fatto oggi?»

Un'ecografia... ho visto il mio bambino... poi sono andata a passeggiare con Tim al parco... pensò Pennie scoccandogli un sorriso gelido. A Eileen bastò guardarla per capire che qualcosa non andava: era seria, più di quanto fosse stata da quando lei e il ragazzo avevano rotto.

«Vieni pure, cara», la invitò la madre.

Pennie sedette nervosamente su una comoda poltrona sotto gli occhi attenti dei genitori.

«Devo dirvi una cosa», esordì con un filo di voce, mentre loro si avvicinavano. Paul la osservava con espressione gioviale, mentre Eileen studiava il suo viso in cerca di indizi.

La madre si accomodò su un piccolo canapè e il padre sulla poltrona di fronte a lei. Nessuno dei due era preparato alla notizia scioccante che Pennie, un istante dopo, dette loro.

«Sono incinta», annunciò in un bisbiglio. Parlarne era più difficile di quanto avesse immaginato. I genitori la fissarono immobili per un istante, troppo sconvolti per reagire.

«Oddio!» esclamò Paul con voce strozzata, inorridito. «Merda, Pennie, come diavolo è potuto succedere? Non ne sapevate abbastanza da usare un preservativo, prendere la pillola o fare qualunque altra cosa? Immagino che sia di Tim.»

Pennie annuì. «Sì. È stato un incidente. Non ne sapevo nulla fino a ieri. L'ho appena scoperto.»

«Be', sai cosa devi fare. Abortire. Non puoi avere un bambino alla tua età», ribatté lui, come se non esistesse opinione più importante della sua. Era in preda al panico. Eileen, distrutta, notò che Paul non le aveva dato la possibilità di dire una sola parola.

«Papà, io non voglio abortire. Ho superato il terzo mese. Stamattina sono andata da un dottore che si rifiuta di eseguire l'intervento dopo dodici o quattordici settimane. Ho visto il bambino durante l'ecografia. È già formato. Non posso farlo.»

«Tim lo sa?»

Pennie fece di nuovo di sì con la testa.

«E cosa dice?»

«Si è offerto di sposarmi. Subito. Ma non lo farò», si affrettò a rispondere in tono pacato. Sentendola parlare in quel modo, Eileen la guardò con occhi nuovi. Pennie aveva smesso di essere una bambina e, all'improvviso, era diventata una donna. Sembrava diversa. La consapevolezza di aspettare un figlio l'aveva cambiata.

«Cosa significa che non lo farai?» la incalzò il padre alzando la voce.

«Non lo sposerò, non gli permetterò di lasciare Stanford, di mandare a monte i suoi progetti e i suoi sogni per essere un marito e un padre a diciotto anni. Non è giusto.»

«È la vita a non essere giusta», fu la replica furente di Paul. «Se ci sono riuscito io, può farselo piacere anche lui. Perché mai Tim dovrebbe continuare a inseguire i suoi sogni mentre tu dovresti rovinarti l'esistenza e mettere al mondo un figlio illegittimo?»

«Tim ha diciotto anni, papà, tu ne avevi ventiquattro. Frequentavi già la facoltà di Economia, mentre lui non ci ha ancora messo piede, all'università. Quanto a me, non sono pronta a fare la moglie con un bambino.»

«Avresti dovuto pensarci prima di andarci a letto»,

sibilò Paul. «O abortisci, oppure non ti resta che il matrimonio.»

«Ha altre scelte», intervenne Eileen con voce chiara e determinata. «Hai pensato di dare il bambino in adozione, Pennie?»

Gli occhi della ragazza si riempirono di lacrime. «No, non credo di poterlo fare. Non sono più neanche riuscita a pensare all'aborto dopo averlo visto sul monitor. Lascerò che le cose vadano come devono andare. Potrei continuare a frequentare la scuola fino a Natale, se mi sarà permesso di farlo, diversamente cambierò istituto. E se voi mi aiutaste a trovare qualcuno che mi dia una mano, potrei rimanere qui, a casa, e seguire un centro di formazione professionale, tra un anno, invece di una delle università presso le quali volevo iscrivermi.» Addio, Ivy League.

«Ah, è così, dunque? Lui andrà a Stanford e tu finirai in una scuola di seconda scelta, con un bambino a diciotto anni, senza un marito né la rispettabilità di un matrimonio. Mi dici perché diavolo lui dovrebbe cavarsela così? Io non l'ho fatto, come non l'hanno fatto milioni di altri uomini nella mia stessa situazione. Quando si gioca con il fuoco, bisogna anche imparare a farsi carico delle conseguenze. Se decidi di tenere il bambino, dovrai sposarti, per poi magari divorziare in un secondo momento. Tim ti deve almeno questo. È anche colpa sua, in fondo. Non può lavarsene le mani, e tu non puoi permetterglielo. Non lascerò che accada», disse Paul, furibondo e determinato più che mai a fare in modo che Tim pagasse per i suoi errori come aveva pagato lui stesso.

«Non è obbligata a sposarsi, se non vuole», intervenne Eileen con fermezza. Era come se i suoi sbagli fossero ricaduti sulla figlia, come se si trovasse davanti a un doloroso déjà-vu, all'evento accaduto a lei diciassette anni prima. Però non era obbligatorio affrontarlo alla stessa maniera. «Tu cosa vuoi, Pennie? Cosa vorresti in un mondo perfetto?» Il mondo purtroppo non era più perfetto, e ormai la ragazza lo sapeva bene. Si sarebbe ritrovata intrappolata in un matrimonio come i suoi genitori, che non si amavano abbastanza per dimenticare di essere stati costretti a sposarsi e che non erano riusciti a perdonarsi a vicenda. E lei non voleva che, vent'anni più tardi, anche Tim si sentisse così nei suoi confronti.

«Magari potremmo sposarci più in là», rispose con un sussurro. «Se lo vorremo ancora. Ora come ora, non desidero che un bambino sia l'unica ragione che ci spinge a diventare marito e moglie. Alla lunga, Tim finirebbe con l'odiarmi.» Nella stanza calò il silenzio, che esprimeva più di mille parole il pensiero dei genitori.

«Non odio tua madre perché abbiamo dovuto sposarci», replicò Paul con calma, «ma ammetto che per noi la partenza è stata piuttosto travagliata.» E alla fine, quando Eileen aveva deciso di ritornare al lavoro, aveva scoperto di aspettare i gemelli ed era stata costretta a letto per mesi. «Però ce la siamo cavata bene. La mamma e io ci amiamo», aggiunse senza neanche guardarla. «Tu e Tim siete troppo giovani. Sarete costretti a una marea di sacrifici. Entrambi, perché è giusto che anche lui si prenda la sua parte di responsabilità. Il peso della vicenda non deve ricadere soltanto su di te», concluse Paul.

«Oggi, nessuno si sposa così giovane a causa di un bambino», fece notare Eileen. «Perché sì, sei troppo giovane per farlo. Questa gravidanza cambierà radicalmente la tua vita. Sarebbe più sensato dare il bambino in adozione.» Guardò la figlia con empatia, riflettendo sulla propria esperienza. «Anch'io ero molto giovane, avevo soltanto ventidue anni. Ma tu ne avrai diciotto... la differenza è enorme. Una coppia desiderosa di avere un figlio potrebbe assicurare al vostro bambino un futuro meraviglioso, migliore di quanto potreste mai fare tu e Tim. Le possibilità che il vostro matrimonio funzioni sono davvero minime, considerata la vostra età. È così difficile anche quando si è più grandi... Due adolescenti non possono farcela, e non è giusto che lo facciano», disse Eileen comprensiva e profondamente dispiaciuta per i due ragazzi.

«Mi permettereste di vivere qui con il bambino?» chiese Pennie, gli occhi traboccanti di lacrime. «Anche se ci sposassimo, Tim andrà a Stanford e io avrò bisogno di un posto dove stare.» Eileen si alzò ad abbracciarla forte, e la figlia si abbandonò contro di lei scossa dai singhiozzi, sotto lo sguardo impotente di Paul. Ancora non si capacitava di quanto aveva appena appreso. Aveva solo quarantun anni, e stava per avere un nipotino.

Non si sentiva pronto al ruolo di nonno. Soprattutto, però, aveva il cuore spezzato per la sua bambina, costretta ad affrontare l'onere di un matrimonio e di una maternità prematuri, e lui sapeva fin troppo bene come ci si sentiva.

«Certo che potrai vivere qui.» Eileen si asciugò gli occhi, con la terribile sensazione di essere stata un pessimo esempio per la figlia. «Credo tuttavia che la soluzione migliore sia dare il piccolo in adozione. Parlane con Tim, ne sarebbe sollevato.»

«Non lo farò, mamma», rispose Pennie senza esitazione. Non si sarebbe separata dal loro bambino. Amava troppo Tim per farlo.

«Devono assolutamente sposarsi», intervenne Paul, sempre più arrabbiato. In quel momento così drammatico, Pennie paragonò i suoi a un coro greco: continuavano a dirle cosa fare senza darle le risposte che lei avrebbe voluto. Le sarebbe bastato sentirsi appoggiata, sapere che l'avrebbero aiutata con il bambino quando sarebbe diventata una giovane madre single. Né Eileen né il marito sembravano preparati a farlo, ma Pennie sperava che avrebbero superato il problema senza tentare di costringerla a fare ciò che non voleva. Quella era la sua prima vera decisione da adulta, e a prenderla dovevano essere soltanto lei e Tim. Certo, non erano pronti, ma volenti o nolenti non potevano sottrarsi. Era arrivato il momento di affrontare le responsabilità.

La reazione dei genitori di Tim fu unita, proprio come

lo erano nella vita. Il loro matrimonio poggiava su solide basi. Entrambi conservatori della classe medio-alta, condividevano i medesimi valori. Bill e Barbara Blake accolsero la notizia con rabbia, gettando la colpa su Pennie e accusandola di volerlo intrappolare. Il padre si rifiutò categoricamente di fare del matrimonio la soluzione di quella gravidanza, e la moglie lo appoggiò con convinzione.

«Non è un motivo valido per sposarla. E se tra un paio di mesi abortisse? Ti ritroveresti legato a lei mani e piedi. Sei sicuro che sia davvero incinta? Forse ti sta mentendo solo per metterti la fede al dito.» Bill Blake non dava nulla per scontato, inoltre non gli era mai piaciuto che la storia tra il figlio e la giovanissima ragazza fosse da sempre così seria. Bill e Barbara avevano appena superato la cinquantina. Il concepimento di Tim non era stato immediato. Quando era salita all'altare, la sposa era ancora vergine. L'idea che il figlio avesse un bambino al di fuori dei vincoli matrimoniali li faceva inorridire, ma non volevano neppure che si sposasse così giovane. Proprio come la madre di Pennie, dissero che l'idea migliore per risolvere il problema sarebbe stata dare in adozione il bambino. Come c'era da aspettarsi, Tim rifiutò il suggerimento con fervore.

Dopo una discussione di più di due ore, quando riuscì infine a chiudersi in camera, gli girava la testa. Non ebbe né il coraggio né la forza di chiamare Pennie come aveva promesso. Le inviò un messaggio informandola che i genitori chiedevano una riunione tutti insieme per confrontarsi con i Jackson e prendere una decisione ragionevole.

Pennie riferì ai suoi, che concordarono un appuntamento alle diciotto del giorno seguente, a casa loro. Paul annunciò che sarebbe uscito prima dal lavoro, ed Eileen disse che avrebbe accompagnato i gemelli da un vicino per avere la possibilità di discutere senza preoccuparsi di loro.

Pennie indossava un semplice abitino di cotone azzurro, quando i Blake suonarono alla porta. Eileen andò ad aprire e accolse la famiglia, che entrò con aria cupa. Tim, dietro di loro, strinse una mano alla ragazza per poi seguire gli adulti in soggiorno. Paul offrì da bere, ma gli ospiti rifiutarono. La loro non era una visita di cortesia, ma una sorta di conferenza per fare il punto della situazione e salvare il figlio da una ragazzina che aveva complottato contro di lui per distruggergli la vita. Nulla di quanto Tim aveva ripetuto ai suoi genitori nelle ultime ventiquattro ore li aveva mossi dalle loro posizioni. Conoscevano Pennie da tre anni, ma avevano sempre considerato una minaccia la loro storia.

Sedettero tutti e sei in soggiorno, a disagio. I Blake e i Jackson si osservarono in silenzio per parecchi secondi. Il primo a parlare fu Paul.

«È indubbio che i nostri figli si siano cacciati in un bel guaio», esordì.

Bill Blake annuì e Barbara fece cadere nel nulla il sorriso rivoltole da Eileen.

«Ritengo necessario spiegare con chiarezza la nostra posizione», intervenne Bill. «Siamo convinti che sarebbe un grave errore, un vero disastro, per i ragazzi sposarsi alla loro età. Hanno un'intera vita davanti. Tim partirà presto per il college e va da sé che noi non desideriamo altro. Certo, siamo disponibili a condividere qualunque spesa relativa a... ehm... alla gravidanza, e a erogare mensilmente un piccolo aiuto economico, nel caso in cui Pennie decidesse di tenere il bambino.» Il loro messaggio doveva essere comprensibile sin da subito: non bisognava fare del nascituro un'esca per accaparrarsi del denaro.

«Qui non si sta parlando di soldi», si affrettò a intervenire Paul, «ma del loro futuro e della vita del bambino che è stato irresponsabilmente concepito. Per crescere un figlio ci vogliono due genitori, e sono fermamente convinto che i ragazzi debbano sposarsi.» Le intenzioni di Paul erano più che esplicite. «Sono giovani, ma hanno corso un rischio e devono essere pronti ad affrontarne le conseguenze.» Puntò gli occhi su Eileen, che distolse lo sguardo temendo che il marito raccontasse a tutti di essersi sposato perché lei era incinta. Per fortuna non lo fece: l'atteggiamento gelido dei Blake scoraggiava ogni confidenza.

«Faremo di tutto per opporci, se questa sarà la loro decisione. Siamo sempre disposti a pagare gli studi a nostro figlio, è ovvio, ma non se si sposeranno. Nel caso decidessero di farlo comunque, ritireremo subito il nostro sostegno finanziario.»

Tim, che non aveva mai sentito il padre parlare con tanta rigidità, rimase scioccato.

«Possono venire a vivere qui con noi», intervenne Paul, cupo, «se è questo il modo in cui intendente gestire la vicenda.» I due uomini si guardarono. Sembravano due leoni pronti ad attaccarsi.

Fu la madre di Tim a intervenire. «Crediamo che la soluzione migliore sia dare il bambino in adozione. Nessuno dei nostri ragazzi ha idea dell'impegno che li attende. Un giorno metteranno al mondo altri figli con i loro partner e sarà un atto di volontà e non un errore. Al momento, sono impreparati all'arrivo di un neonato. Sono loro stessi poco più che bambini. Non tenerlo sarebbe la decisione giusta anche per il nascituro.»

«Sono d'accordo», disse Eileen. «Costringerli a sposarsi sarebbe un errore e rovinerebbe la loro esistenza.»

Mentre i genitori parlavano, Pennie e Tim si scambiarono un'occhiata. Fu il ragazzo a interromperli. «Non è quello che desideriamo noi e non lo accetteremo. Voglio sposare Pennie il prima possibile», disse con voce chiara. «È la cosa giusta da fare.»

Paul rammentò all'improvviso di avere provato quella stessa sensazione. Da allora, si era chiesto se la sua era stata davvero la decisione corretta, e qualche volta se n'era amaramente pentito.

«Io no.» Pennie guardò i suoi genitori e quelli di Tim. «Non voglio rovinare la vita di Tim né distruggere il suo futuro. Avrò il bambino e vivrò a casa dei miei. Mio padre ha ragione: non si tratta di soldi. Posso posticipare il college e trovarmi un lavoro per pagare le spese. Quanto all'adozione, non credo che rappresenti la soluzione migliore: personalmente, la trovo orribile. Non lo farò mai, per amore di Tim e del nostro bambino.»

Una cappa di silenzio piombò sul soggiorno. Tim le sorrise. Neanche il panico riguardo al suo futuro era riuscito a cambiare la natura di Pennie e i valori in cui credeva. Era una persona affidabile, disposta a farsi carico delle proprie responsabilità da sola, se avesse dovuto. Riguardo al matrimonio forzato con Tim era stata irremovibile.

«Volete sapere come la penso?» continuò la ragazza. «Dobbiamo andare avanti con i nostri progetti. Lui andrà in Cina e io in Vermont al campeggio estivo. Poi Tim partirà per Stanford, e a dicembre io partorirò. Il matrimonio non è contemplato.» Lanciò un'occhiata cocciuta a Tim.

«Direi di discuterne al mio rientro dalla Cina», replicò rabbuiandosi. «Partirò per Stanford solo se per allora saremo sposati. Posso cercare una sistemazione per studenti con coniuge, e Pennie e il bambino potrebbero raggiungermi a gennaio. Altrimenti, che accetti o meno di diventare mia moglie, mi trasferirò di nuovo qui», disse in tono perentorio.

Paul, infuriato, fissò la figlia. «E tu sei disposta a gettare al vento la tua esistenza? Vuoi rinunciare al college, magari non portare a termine il liceo e non sposarti neppure? Che genere di futuro pensi di avere? Cosa farai, la cameriera a vita? Tua madre e io non possiamo crescere il bambino per te. Abbiamo le nostre responsabilità.»

«In tal caso me ne prenderò cura da sola. Non permetterò che Tim stravolga la sua vita.»

«Però sei disposta a sprecare la tua! Eccola qui la prova lampante della vostra immaturità! Non avete idea di cosa state facendo!» gridò Paul.

«Esattamente il motivo per cui non permetteremo che questo matrimonio venga celebrato», sibilò Bill tra i denti.

«Ho diciotto anni, papà. Non puoi impedirmi niente», replicò Tim.

«Ma io sì», precisò Pennie con un filo di voce. «Non puoi costringermi a sposarti.»

Paul alzò gli occhi al cielo, si avvicinò ad ampie falcate al mobile bar e si versò un drink.

Eileen approfittò di quella pausa per prendere la parola. «Spero apprezzerete il fatto che, nonostante la leggerezza commessa, abbiamo cresciuto due giovani responsabili, perbene, retti e amabili. Sono preparati ad affrontare le loro responsabilità, a sostenersi l'un l'altra, ad amarsi profondamente e a comprendersi. Tim vuole sposare Pennie a dispetto dell'impatto che questo potrebbe avere sulla sua vita futura, e lei si rifiuta di farlo per non legarlo a sé, perché lo ama. Abbiamo molto di cui essere orgogliosi, e non possiamo semplicemente dire loro cosa noi vogliamo che facciano. In fin dei conti, è una decisione che appartiene soltanto a loro. Anche se sono giovani, non abbiamo il diritto di imporre la nostra volontà.»

«Sei pazza?» sbottò Paul dopo avere bevuto un lungo sorso di liquore. «Vuoi che nostra figlia abbia un figlio illegittimo per una 'nobile' decisione presa a diciassette anni, quando vive ancora in un mondo di sogni? Vuoi che faccia una fine peggiore della nostra? Noi siamo stati costretti a sposarci», aggiunse con disprezzo. «Fai la casalinga da diciotto anni e sei una donna annoiata, mentre a me è stato impedito di intraprendere la carriera che desideravo. Ecco qual è la situazione che hanno davanti i ragazzi. Non hanno alternativa, e comunque non possiamo permettere a nostra figlia di diventare, per sua scelta, una reietta sociale senza istruzione solo per tenere fede a un nobile intento.»

Le sue parole non passarono inosservate né alla moglie né ai Blake. Capivano quanto fosse amareggiato per essere stato costretto a sposarsi, ma con quel discorso dava chiaramente a intendere di volere che Tim e Pennie andassero incontro allo stesso destino. Per lui il matrimonio era l'unica soluzione per limitare i danni, se la figlia non avesse rinunciato al nascituro. Eileen si chiuse in un silenzio affranto, umiliata dal fatto che il marito avesse messo in piazza la loro storia.

«È esattamente ciò che non vogliamo accada a nostro figlio o alla vostra», disse Bill Blake con maggiore gentilezza. «Spero che rifletta bene prima di fare un passo ancora più stupido. Mi duole immensamente che Pennie debba affrontare tutto questo, ma sono anche convinto che le nostre mogli abbiano ragione, e se dovesse insistere a tenere il bambino mi auguro che accetterà di darlo in adozione. A meno che decida di abortire, cosa che nessuno dei due desidera, a questo punto della gravidanza. Anche il dottore che ha visitato Pennie ha dichiarato di non essere moralmente disposto a eseguire un aborto.»

«Io non voglio abortire. Lo terrò.» Pennie parlò con voce adulta, chiara, determinata a non cedere.

«E se non vorrà lei, lo terrò io», intervenne Tim. «C'è bisogno del mio consenso per darlo in adozione. Mi sono informato, e non acconsentirò mai. Questo bambino è anche mio.» Si alzò per sedere accanto a Pennie, sul divano, le prese una mano e gliela strinse. «È una situazione difficile, ne sono consapevole, ma è la nostra decisione. Voi ci volete bene e noi vi ricambieremo di cuore», aggiunse guardando i genitori di entrambi. «Pennie e io potremo riflettere durante la mia permanenza in Cina e spero che, al mio ritorno, decida di sposarmi. Anche per me questa è la soluzione migliore. Si tratterebbe sicuramente di un inizio piuttosto precoce, ma è la cosa giusta da fare.» Fissò a lungo e con fermezza Pennie, che scuoteva la testa. «Cercherò un lavoro per i fine settimana, e dopo la scuola mi occuperò di mio figlio. È una mia responsabilità», aggiunse rivolto ai genitori.

Anche Paul, anni prima, era giunto alla stessa conclusione. Tuttavia, se i loro sogni di una vita insieme non si erano avverati, potevano andare orgogliosi di una figlia meravigliosa e di due gemelli, che non sarebbero mai nati se non avesse sposato Eileen. E Paul amava i suoi figli.

Tim si alzò, gli occhi puntati sui genitori. «Credo che ci siamo detti tutto quello che c'era da dire, per il momento.»

I Blake lo imitarono, riluttanti. I Jackson li accompagnarono alla porta, e Tim ne approfittò per trattenersi qualche istante da solo con Pennie.

«Sai che ho ragione», le sussurrò. «Sposiamoci ad agosto, al ritorno dal mio viaggio.»

«No», ribatté lei laconica. Si scambiarono un bacio. «Ti amo, ma non rovinerò la tua vita. I miei genitori sono l'immagine dell'infelicità», aggiunse a fil di labbra. «Non vogliono ammetterlo, ma è così. Non è questo che voglio per noi.»

«Non saremo infelici, te lo prometto. È successo un sacco di volte che persone giovanissime come noi si siano sposate e che il matrimonio abbia funzionato. Stiamo insieme da tre anni, ci conosciamo bene. Quello che è accaduto non è frutto di un incontro casuale, e noi non siamo i tuoi genitori.» Tim non aveva molta simpatia per il padre di Pennie, mentre Eileen gli piaceva molto.

«Sei pazzo.» Pennie gli sorrise. «Spero che sia un maschietto e che ti assomigli, così avrò per sempre una parte di te, qualunque cosa accada», aggiunse con occhi traboccanti di amore.

«Forse era così che dovevano andare le cose. Quanto a una parte di me da tenere con te per sempre, ci sono modi migliori per averla. Il matrimonio, tanto per dirne una. Ci sentiamo prima che io parta. Stai attenta al campeggio. Il dottore ha detto che puoi andarci?»

Pennie non lo aveva domandato, ma era giovane e in salute, e non dubitava di poterselo permettere.

«Tu divertiti e basta», gli raccomandò.

«Altro che mollarci», commentò Tim con un sorriso.

Pennie non era rimasta incinta di proposito, non consciamente, ne era certo, ma forse entrambi non avevano fatto nulla per impedirlo davvero. Magari era il loro destino, il loro modo di assicurarsi che sarebbero stati insieme per sempre.

Tim raggiunse i genitori che lo stavano aspettando in macchina. Prima di andarsene, Bill e Barbara avevano salutato educatamente i genitori di Pennie, pur sperando di non ritrovarsi imparentati con loro. Paul, commentò Barbara guardando il marito, aveva l'aspetto di un uomo amareggiato, incattivito, ed Eileen sembrava depressa. Non dissero nulla su Pennie. Per tutto il tragitto verso casa, Tim si perse nei suoi pensieri. Si stava abituando all'idea di un matrimonio e della nascita imminente di un bambino. Non era proprio quello che aveva desiderato, ma lui amava Pennie. Quelle riflessioni parvero dare nuovo significato al suo viaggio in Cina. Forse quella sarebbe stata l'unica distrazione prima di diventare un uomo sposato. La prospettiva era opprimente, ma era determinato più che mai ad affrontare la situazione insieme a lei, se avesse deciso di dirgli di sì. Considerate le circostanze, sperava che Pennie avrebbe ceduto, indipendentemente dalle opinioni dei futuri suoceri. Una cosa era certa: il loro sogno di diventare adulti si era avverato di colpo, a diciassette e a diciotto anni.

3

I GENITORI di Pennie tentarono di affrontare di nuovo l'argomento prima della partenza della figlia per il campeggio, ma lei si rifiutò. Il padre non aveva cambiato idea, voleva che si sposasse, ed era del parere che Tim si sarebbe dovuto prendere le proprie responsabilità come era stato costretto a fare lui. Tim concordava. Eileen invece portava avanti l'idea dell'adozione.

Pennie vide il suo ragazzo una volta soltanto, poco prima del volo per Pechino. Le cose tra loro erano cambiate. La vita li costringeva a stare insieme, sposati o meno, e per il resto dei loro giorni sarebbero stati legati da un figlio. Come in precedenza, Tim cercò di convincerla a sposarlo al più presto, al suo rientro. Promise di andare a trovarla tutte le volte che sarebbe stato possibile durante il trimestre universitario a Stanford, l'ultimo prima del parto. E, se fosse rimasto lì, voleva che lei e il bambino lo raggiungessero. La decisione non andava presa in fretta, considerato che il ricorso all'aborto era fuori discussione.

Il bambino sarebbe nato a dicembre, con o senza fede al dito, ed entrambi erano ancora attoniti all'idea che sei mesi più tardi sarebbero diventati genitori.

Due giorni dopo la partenza di Tim per la Cina, Pennie raggiunse il campeggio dove avrebbe lavorato. Di tanto in tanto il fidanzato, quando non si trovava in una delle numerose aree remote della Cina senza ricezione, le inviava un messaggio, e Pennie ogni volta che lo pensava si augurava che si stesse divertendo con i suoi amici.

Gli impegni da capogruppo junior si rivelarono più faticosi e stancanti di quanto si fosse aspettata. Su di lei gravava la responsabilità di un nutrito gruppo di ragazzine di dieci anni. Stare da sola anche qualche minuto era praticamente impossibile. Una volta era un mal di stomaco, un'altra un mal di testa, quella successiva una scheggia da togliere o una vescica da curare, una puntura d'ape o un piccolo taglio da medicare. Una delle bambine aveva avuto un sospetto attacco di appendicite, che dopo la corsa in ospedale si era rivelata una semplice indigestione causata da un'abbuffata di caramelle che le aveva regalato la nonna. Pennie le accompagnava durante le escursioni a cavallo, a nuotare, a giocare a tennis, partecipava alle partite di badminton, di volley e di softball. Le portava in barca, a fare canottaggio e kajak. Le seguiva nei corsi creativi, durante i quali le bambine si divertivano a confezionare regalini per i genitori. Il tempo passava tra mille divertimenti, ma la notte, appena toccava il cuscino, Pennie si addormentava esausta. La sera, si riunivano intorno a un falò a cantare canzoni, ad abbrustolire sul fuoco i marshmallow e a raccontare storie di fantasmi. Capitava che si spostassero dal campo per un'escursione con pernottamento sotto le stelle. Lei e il gruppo si dedicavano al tiro alla fune e alla corsa con staffetta. Ma i suoi compiti non finivano lì. Ogni settimana aiutava le bambine a scrivere le letterine, e tutte le sere rimboccava loro le coperte e insegnava le parole della canzone del campo.

Aveva incontrato i fratelli solo un paio di volte, felicissimi di vederla e divertiti dal ruolo di capogruppo junior della sorella, che continuavano a prendere in giro.

L'ultima settimana di luglio, fu organizzata una gara di atletica. Per sette giorni di fila Pennie aveva allenato le ragazze per migliorarne scatto e velocità. Lei stessa era una runner. L'attività era sfiancante, ma la sua squadra se la stava cavando benissimo. Terminata la preparazione atletica, mentre, al calar della sera, si concedeva una breve pausa sulla parte più isolata del molo, vide una ragazzina avanzare lungo la banchina, scivolare e cadere in acqua, battendo la testa contro uno dei pali di sostegno del pontile. La bimba affondò come un sasso. Senza esitare, Pennie si tuffò e, dopo averla ripescata, la riportò in superficie con l'aiuto di un collega che, nel frattempo, si era precipitato in suo aiuto. Dopo svariati tentativi di rianimarla e averla girata su un fianco per liberarle la bocca dall'acqua, la ragazzina aprì gli occhi. Le pupille mostravano chiari segni di commozione cerebrale, perciò chiamarono subito l'ambulanza. La bambina stava piangendo quando la portarono via, accompagnata dal responsabile del campeggio. Il collega di Pennie le fece i complimenti per la rapidità con la quale aveva reagito e per lo sforzo fisico compiuto per trascinare la bimba svenuta sul pontile.

«Sei stato tu a fare il lavoro più difficile», replicò Pennie con un sorriso, ancora sconvolta dall'esperienza e dalla consapevolezza di quanto all'improvviso una situazione normale potesse trasformarsi in tragedia. Mentre gli stava parlando, si accorse che il collega la stava guardando preoccupato.

«Stai bene?» le chiese.

In quel preciso istante Pennie si sentì attraversare da un dolore lancinante e, quando osservò il punto in cui il collega la stava fissando, scoprì di avere i pantaloncini inzuppati e le gambe sporche di sangue. Ai suoi piedi si allargava una pozza rossa.

«Sì... Io... tutto okay», rispose a metà tra il panico e l'imbarazzo, prima di precipitarsi nel suo capanno lasciandosi dietro una scia rossastra. In bagno si spogliò: c'era sangue dappertutto. Le ragazze erano da poco andate alla mensa quando, qualche minuto dopo, apparve una responsabile senior del campeggio, mandata dal collega che l'aveva informata. La situazione sembrava piuttosto seria. Era in corso un'emorragia, e la donna sospettava di cosa si trattasse.

«Dimmi la verità, Pennie», la incoraggiò mentre cercava di tamponare la perdita di sangue con degli asciugamani che si inzuppavano all'istante. «Sei incinta?»

«Sì», rispose lei con un filo di voce. Tra il dolore e l'emorragia, a stento si reggeva in piedi. «Di quattro mesi.»

La capogruppo la aiutò ad avvolgersi intorno delle salviette e una coperta, poi la accompagnò subito all'ospedale. La giornata era stata estenuante, e di sicuro Pennie si era sforzata troppo.

Arrivò in ospedale in preda a dolori atroci. Erano cominciate le contrazioni e stava perdendo molto sangue. I medici, dopo avere provato inutilmente a contrastare l'emorragia, praticarono una trasfusione e la portarono d'urgenza in sala operatoria per farle partorire il feto ormai morto. Era un maschietto, le dissero al risveglio, e lei aveva seriamente rischiato di morire dissanguata se non fossero intervenuti con due trasfusioni. Solo più tardi, quando si fu leggermente ripresa, Pennie telefonò ai genitori e, tra i singhiozzi, li informò dell'accaduto. La madre la raggiunse nel Vermont quella sera stessa. Pennie, pallidissima e ancora intontita dall'anestesia, appena la vide scoppiò in un pianto dirotto.

«Non l'ho fatto di proposito... credo di essermi stancata troppo... Sono così triste... non volevo perderlo.» Si sentiva devastata e colpevole.

«Lo so, tesoro, lo so», disse Eileen stringendola forte tra le braccia. Forse, però, pensò in cuor suo, era stata la soluzione migliore a un problema che avrebbe potuto dare a Pennie e Tim tanta gioia ma anche rovinare loro la vita. Pennie considerava la perdita del piccolino una tragedia. Non riusciva a credere che quella vita minuscola fosse stata spezzata prima ancora di nascere. Era la morte di una speranza, il simbolo del loro giovane amore, sebbene fiorito in circostanze sbagliate. Non ci sarebbero state più dolorose decisioni da prendere: il destino aveva scelto per loro.

Pennie rimase in ospedale tre giorni, sempre in compagnia della madre, in attesa di riprendersi. Alla dimissione, le fu prescritto un periodo di riposo di tre settimane.

Al termine di una riunione riservata, la direttrice del campo aveva deciso di comunicare che Pennie era stata colta da un attacco di appendicite acuta ed era dovuta rientrare per curarsi. Situazioni del genere si erano già verificate al campeggio estivo. Le bambine ne sarebbero rimaste deluse, ma almeno si sarebbero evitati i pettegolezzi. Le uniche persone a conoscenza della verità sarebbero state la direttrice e la capogruppo che aveva accompagnato Pennie in pronto soccorso, salvandole la vita. La vicenda, avevano assicurato entrambe a Eileen, sarebbe rimasta riservata.

Eileen passò a ritirare gli effetti personali della figlia al campeggio prima di andare a prenderla in ospedale. Le ragazzine con le quali Pennie divideva il cottage, per augurarle una pronta guarigione, le avevano preparato un cartellone con delle margherite disegnate, accompagnato da una copia presa dalla biblioteca del campo di *Madeline*, un libro che raccontava le avventure di una studentessa in un collegio religioso parigino, anche lei vittima di un attacco di appendicite acuta. Sulla prima pagina, ciascuna di loro le aveva scritto un messaggio.

Pennie affrontò il viaggio silenziosa e addolorata. Nel frattempo, aveva mandato un messaggio a Tim che, trovandosi a Shanghai dove la ricezione era migliore, le aveva subito telefonato e aveva pianto con lei. Il destino era entrato con prepotenza nelle loro vite, portandosi via il bambino e risparmiando loro decisioni pesanti. Tim le aveva promesso che sarebbe andato a trovarla, in agosto, quando fosse rientrato a casa. Entrambi erano di nuovo liberi di vivere il futuro che avevano progettato: lui sarebbe partito per Stanford e lei avrebbe terminato il liceo. A casa, Pennie si sciolse in lacrime appena vide il padre, che si rammaricò per tutto quello che aveva dovuto passare, e allo stesso tempo era grato che la sua bambina fosse sopravvissuta. Non le restava che recuperare le forze, e per farlo aveva un mese intero, prima che i gemelli tornassero dal campeggio.

Pennie non chiamò né frequentò nessuno dei suoi amici. A parte Tim e i suoi genitori – ai quali la notizia era stata comunicata dal figlio – nessuno sapeva dell'accaduto. Dall'ultimo incontro, Pennie non aveva avuto più notizie della famiglia di Tim, sollevata che il problema si fosse risolto da solo. Era come se non volessero più alcun contatto con i Jackson, come se il figlio fosse stato risparmiato per un soffio dal dover concretizzare le proprie nobili intenzioni. Quanto a Pennie, era sollevata di non avere loro notizie, e si limitava ad apprezzare i messaggi che Tim le inviava durante la convalescenza.

Al rientro dalla Cina, sebbene si fermasse solo due giorni a Greenwich prima di proseguire per Stanford,

Tim accompagnò Pennie in una lunga e tranquilla passeggiata, durante la quale piansero insieme per i loro sogni perduti. Il capitolo era ormai chiuso. Non restava che scrivere quelli futuri. Un anno impegnativo attendeva Pennie, per candidarsi all'iscrizione al college.

La ragazza, che a settembre iniziò l'ultimo anno di liceo, era più matura e saggia. E anche più pacata. Era diventata adulta, non sarebbe mai più stata quella di prima. In fondo, è così che si diventa grandi. I genitori la trattavano come un'adulta, e lei sapeva che non sarebbe più potuta essere la bambina di un tempo. Era una donna, con le gioie e i dolori che ciò significava.

L'estate non era stata facile neanche per Paul ed Eileen, che avevano discusso e litigato all'infinito su cosa la figlia avrebbe dovuto fare per quella gravidanza. Come se non bastasse, Eileen si era resa conto appieno di quanto amareggiato fosse ancora il marito per tutti i sacrifici che aveva dovuto affrontare sposandola. L'incidente occorso alla figlia aveva fatto rivivere a entrambi il passato. E proprio a causa dell'accaduto, Eileen si era accorta delle crepe e delle cicatrici che segnavano il loro matrimonio. Sebbene Paul la amasse e adorasse i figli, aveva capito, grazie alla situazione affrontata da Pennie, che il marito non l'aveva mai veramente perdonata di essere stato costretto a sposarla, al punto da desiderare la stessa sorte per Tim, pur sapendo che gli avrebbe potuto rovinare l'esistenza. Voleva che il ragazzo si piegasse alla sua stessa condanna a vita. E, quando Pennie aveva perso il bambino, si erano ritrovati entrambi davanti alle cose dette, con il rancore di Paul che aveva covato per anni sotto la cenere, come un incendio in una foresta mai completamente spento.

A settembre, Paul riprese le sue cene di lavoro, alle quali ormai Eileen non partecipava più. Le parole di rabbia pronunciate durante l'estate non erano ancora state dimenticate. Anche Eileen era oberata di impegni. Seth si era rotto un braccio a scuola, una settimana dopo il rientro. Un ragazzino più grande lo aveva spinto e fatto cadere nel cortile durante l'intervallo. Mark, che aveva assistito alla scena, aveva sferrato un pugno in faccia al colpevole, rompendogli due denti e guadagnandosi una sospensione di due settimane. Paul ed Eileen si erano dovuti presentare a scuola ad ascoltare la ramanzina del preside. Pur disapprovando quel gesto di violenza, a Paul era parso nobile che Mark si fosse buttato per difendere il fratello, una posizione che Eileen non condivideva e che innescò altre discussioni. Inoltre, con il braccio destro rotto, Seth non poteva fare nulla e lei era costantemente obbligata ad assisterlo.

La logica conseguenza dell'amara disavventura di Pennie fu un calo del rendimento e lo scarso impegno nel presentare le candidature universitarie, che la madre si sforzava di farle superare spronandola in tutti modi. Pennie doveva mantenere la media e il ruolo di volontaria per accedere ai college più prestigiosi, che erano sempre stati il suo obiettivo. Eileen aveva l'impressione di correre da un figlio all'altro, senza mai un momento di pace, ed era sempre più preoccupata per la maggiore. Tutto sommato, per lei era più semplice che il marito fosse sempre fuori, impegnato con i clienti, così aveva più tempo da dedicare ai ragazzi. D'altro canto, non c'era mai quando aveva bisogno di lui per mettere in riga i gemelli o portarli in giro durante i fine settimana, quando lei tentava di incoraggiare la figlia a riempire e inviare i moduli di iscrizione alle università. Il mese di settembre trascorse in un tale turbinio di attività che Eileen non riusciva a ritagliarsi un minuto per sé, e non ebbe neanche modo di telefonare a Jane.

Pennie non aveva più avuto notizie da Tim dall'inizio dell'università. Probabilmente era la cosa migliore, si ripeteva Eileen. Avevano entrambi bisogno di andare avanti con la loro vita, e Tim lo stava facendo frequentando le lezioni e stringendo nuove amicizie. Almeno per il momento, il suo legame con Pennie si era sciolto. Chissà, forse un giorno le loro strade si sarebbero incrociate di nuovo e la loro storia sarebbe potuta sbocciare una seconda volta.

Pur essendosi lasciata alle spalle già da qualche mese gli avvenimenti dell'estate, Pennie non aveva ancora ripreso la vita sociale. Eileen si era accorta che, dopo avere guardato un film o una serie tv al computer, andava a dormire presto. Era diventata solitaria, senza Tim. I gemelli, invece, avevano mantenuto i loro ritmi.

Una sera, Eileen stava leggendo un libro, immersa nel silenzio della casa, in attesa che il marito rientrasse dalla sua terza cena di lavoro della settimana. Lo vedeva di rado ormai, tranne che nei weekend, e anche in quei due giorni spesso andava a giocare a tennis o a golf con gli amici. Lei, sempre travolta dagli impegni, non aveva nulla da obiettare.

Erano da poco passate le undici quando Paul rincasò. Aveva bevuto. Capitava di frequente che durante le cene con i clienti ordinasse del buon vino francese e ne approfittasse almeno quanto i suoi ospiti. Entrò di buon umore in camera e la vide già sotto le coperte, sveglia, con un libro che le aveva prestato una delle mamme della scuola dei gemelli su come arrivare al meglio al traguardo dei quarant'anni. Fino a quel momento, però, quella lettura non l'aveva convinta.

«Ancora sveglia?» chiese lui, sorpreso.

«Ti stavo aspettando.» Eileen gli sorrise.

«Perché? Mi controlli?» le domandò Paul con voce piccata.

«No. Dovrei? Com'è andata la serata?» s'informò lei candida, contenta di vederlo.

«Bene. Clienti nuovi. Dall'Australia. Quella gente sì che sa come divertirsi», replicò lui, contento. Si chinò a baciarla, prima di andare a cambiarsi, ed Eileen percepì distintamente un profumo femminile. Lo guardò sorpresa.

«I tuoi australiani erano in compagnia di una donna?»

«Perché me lo chiedi?» Paul la fissò attraverso gli occhi socchiusi.

«Ho sentito una fragranza femminile, quando mi hai baciato.»

«Accidenti, Eileen. Cos'è, l'inquisizione? Sì, c'era una donna, la moglie di uno dei clienti. Vuoi sapere altro? Impronte digitali, numero di scarpa, gruppo sanguigno?» sibilò lui con cattiveria. Quando beveva troppo e si sentiva pressato, capitava che reagisse in maniera esagerata. A volte, il mattino seguente, non ricordava neanche di essere stato sgarbato. Eileen di rado gli chiedeva dove andava e chi incontrava. Non lo reputava necessario. Sebbene il loro non fosse un matrimonio perfetto, aveva fiducia in lui e non aveva motivo di pensarla diversamente. Non si era mai creata problemi al riguardo, e non era gelosa per natura. Quando uscivano insieme, Paul non flirtava mai con le altre donne, sebbene quando volesse, oltre alla sua naturale bellezza, sfoggiasse anche le sue brillanti doti di intrattenitore. Eileen, tuttavia, era sicura che non ne avesse mai corteggiata nessuna.

Paul si affrettò a chiudersi in bagno. Cinque minuti dopo, riapparve in pigiama e scivolò tra le lenzuola accanto a lei. Di nuovo Eileen percepì quel profumo. Si sporse per baciarlo e fu investita dall'odore dolciastro che gli persisteva sul collo. Non erano soltanto i vestiti indossati per cena ad avere trattenuto quella fragranza, l'aveva sulla pelle. Eileen si ritrasse, lo guardò come se lo vedesse per la prima volta ed ebbe l'impressione di avere un estraneo nel suo letto.

«Devo preoccuparmi?» gli chiese con sincerità.

«Certo che no. Non è forse vero che, diciotto anni

or sono, mi sono votato alla schiavitù?» le rispose Paul con uno sguardo malevolo. Quel commento la ferì, e si domandò se lo avesse fatto con quell'intenzione.

«Non sei affatto gentile.»

«Tutti prendiamo decisioni con le quali dobbiamo convivere per il resto dei nostri giorni. Non è questo che abbiamo fatto noi?» replicò Paul. «Abbiamo rinunciato entrambi a moltissimi sogni, quando ci siamo sposati», aggiunse in tono più pacato, riconoscendo anche i sacrifici della moglie.

«Ti dispiace?» trovò il coraggio di chiedere lei, con la netta sensazione di muoversi in un campo minato.

«A volte sì», ammise Paul. «A te no? Non desideri mai non essere rimasta incinta, avere avuto la possibilità di continuare a lavorare e poi innamorati follemente di qualcuno che non fosse costretto a sposarti?»

Eileen non si era mai posta quella domanda, ma lui, a quanto pareva, sì, e lei si chiese quanto spesso ci pensasse.

«No, a dire il vero no. Ci amavamo, altrimenti, gravidanza o non gravidanza, non ci saremmo sposati. E, per quanto ne so, ci amiamo ancora. Non ho rimpianti, e spero che non ne abbia neanche tu.» Non si era mai soffermata sulla questione. Adorava i loro figli e apprezzava la vita che il marito le aveva offerto.

«Be', talvolta fa bene lavorare d'immaginazione», disse lui in tono casuale. «Niente di più. Gli uomini lo fanno.»

«Ti perdi a fantasticare sulla tua carriera o sulle donne?» gli domandò con schiettezza, incuriosita. Era la prima volta che Paul ammetteva una cosa del genere.

«Su entrambe le cose. Talvolta mi domando come sarebbe non essere sposati. Siamo il manifesto delle coppie di provincia. Tu passi la vita a fare l'autista per i bambini e a stargli dietro. Io faccio il pendolare per lavoro. Non c'è molto spazio per noi, in tutto questo.» Sembrava rammaricato e quando la guardò lo fece con occhi nostalgici. Gli sarebbe piaciuto cancellare il passato, ma non sapeva in che modo.

«Forse dovremmo ritagliarci un po' di spazio per noi», propose Eileen, pensierosa. «Potremmo uscire insieme una volta alla settimana e sforzarci di farlo bene.» Di solito, quando uscivano a cena, lei si limitava a spazzolarsi i capelli lunghi come la figlia, a raccoglierli e a infilarsi una felpa, un paio di jeans e talvolta delle scarpe da ginnastica. Stava comoda e sapeva che al marito non importava molto dell'aspetto esteriore. Paul faceva lo stesso. Da quando erano nati i gemelli, Eileen non si vestiva più in modo elegante.

«Secondo me stiamo bene come stiamo.» Paul sbadigliò, le voltò le spalle e spense l'abat-jour sul comodino. Eileen continuò a fissarlo. Sentiva ancora quel profumo. Per la prima volta si chiese se la stesse tradendo, se si fosse innamorato di un'altra e, in quel caso, se le sarebbe importato. Sì, le sarebbe importato. Se il marito aveva una relazione, si domandò se lo avrebbe lasciato o avrebbe fatto finta di non sapere, come facevano molte donne. Spense la luce, pervasa da una strana sensazione di disagio. Un profumo femminile aveva spalancato le porte del dubbio, l'aveva messa di fronte a interrogativi che in precedenza non si erano mai affacciati alla sua mente. Rimase sveglia a lungo, circondata dal silenzio della casa, chiedendosi se conoscesse veramente il marito. Lo sentì russare piano al suo fianco e, all'improvviso, lo percepì come un estraneo. Chiuse gli occhi e si addormentò, immaginando quanto si sarebbe sentita sola in quel letto. Non facevano spesso l'amore, e temette che fossero diventati soltanto due persone che stavano invecchiando insieme sotto lo stesso tetto.

Il mattino seguente, a colazione, fu più silenziosa del solito. Di rado, a quell'ora, si parlavano. In genere, dopo avere letto i giornali, Paul la salutava e andava a prendere il treno, mentre lei saliva al piano di sopra per svegliare i gemelli. Pennie, in genere, si alzava da sola per avere il tempo di lavarsi i capelli prima di andare a scuola.

Uscendo, lui aveva bofonchiato qualcosa sul fatto che quella sera avrebbe dormito in città. La cena di lavoro in programma sarebbe finita tardi. Eileen non aveva commentato, ma poi, una volta andati via i figli con la madre del compagno che quella settimana era incaricata del passaggio a scuola, si affrettò a chiamare Jane.

«So che può sembrare pazzesco e che questa cosa spunta dal nulla, all'improvviso, ma sono preoccupata. Ho la sensazione che Paul mi tradisca.» Si considerava una stupida, ma, dalla sera precedente, non era riuscita a togliersi quell'idea dalla testa.

«Cosa te lo fa pensare? Hai forse trovato un perizoma di pizzo rosso in una delle tasche della sua giacca?» Jane era considerata dalle amiche un'autorità in fatto di problemi coniugali. Era una donna esperta e possedeva un talento naturale nello spiegare le cose che accadevano nei rapporti tra uomini e donne.

«Niente di così evidente. L'altra sera ho sentito un profumo femminile su di lui. Sulla sua pelle, sul collo, per essere precisi. Non era mai successo.»

«Probabilmente non significa nulla», minimizzò Jane.

«E da qualche tempo a questa parte, quasi tutte le sere, ha una cena di lavoro.»

«Hai qualche sospetto specifico?»

«Non conosco più i suoi clienti. Sono troppo impegnata con i ragazzi. So per certo che da un anno ha una nuova segretaria che non ho ancora conosciuto.»

«Forse dovresti disimpegnarti un po' e partecipare a qualche cena di lavoro.»

«Detesta uscire con me, a New York. Lo facciamo soltanto qui, perché non siamo costretti a metterci in tiro.» All'improvviso, Eileen ebbe l'impressione di essere diventata per lui una comoda abitudine, cosa che per un po' era stata bene anche a lei, ma che non era il massimo per il rapporto di coppia. «Credo di essere diventata la classica moglie di provincia pigra e noiosa.»

«Non essere ridicola!» esclamò Jane. «Sei una donna bellissima. Forse devi soltanto fare uno sforzo per sedurlo. Metti un po' di pepe nel tuo matrimonio.» Glielo aveva già consigliato in precedenza, ma Eileen non le aveva dato retta.

«In che modo?» domandò, all'improvviso interessata.

«Un abitino sexy, lingerie provocante, profumo, cena

a lume di candela in un bel ristorante... e niente anfibi o scarpe da ginnastica, per favore. Seducilo. Comportati come se il vostro fosse un appuntamento galante.»

«Penserà che sono ammattita. Non è così che funzionano le cose tra di noi.»

«Sempre meglio che perderlo, se è lui l'uomo che vuoi.» Jane non era mai stata particolarmente attratta da Paul, nonostante fosse un bell'uomo e, in qualche occasione, lo avesse visto sfoderare il suo fascino.

«È l'uomo che ho», tagliò corto Eileen.

«Non dare nulla per scontato. Un uomo può prendere fuoco in un attimo se la donna giusta lo corteggia. La sua è un'età delicata, esattamente come per te. Anche gli uomini hanno paura dei quarant'anni, sai. Se dovesse incontrare una ragazza eccitante che lo farà sentire di nuovo giovane, tuo marito potrebbe perdere la testa.»

«Forse me lo sto solo immaginando.» Eileen si sentiva ridicola all'idea di tentare di sedurre il proprio marito. L'avrebbe presa per stupida.

«Probabilmente non è così», fu la replica seria di Jane. «Quando una donna sospetta che il marito la tradisca, di solito ci azzecca. Abbiamo una specie di radar incorporato per cose del genere. Alcune si limitano a spegnerlo. Io, per esempio, tengo il mio sempre ben sintonizzato. Di certo non può nuocere metterti in ghingheri per lui di tanto in tanto, per fargli capire che ancora ci tieni. Potrebbe far uscire il Casanova che è in lui. Un po' di romanticismo a quarant'anni, dopo un lungo matrimonio, non è una cattiva idea. È un po' come mettere una solida serratura alla porta d'ingresso. Se vuoi vederlo di più, ti suggerisco qualche piccolo sforzo.»

Per tutto il giorno, tra un sorriso e l'altro, Eileen ripensò al suggerimento di Jane e al fatto che potesse avere ragione. Giovedì pomeriggio, telefonò al marito in ufficio e gli propose un appuntamento per la sera seguente.

«Mi hai chiamato per questo? Ti senti bene?» chiese Paul, tra il confuso e il divertito.

«Certo che sto bene. Ho solo pensato che sarebbe carino uscire insieme.»

«Credo che sia la prima volta, in dieci anni, che non mi telefoni per dirmi che uno dei bambini si è rotto il braccio, oppure che sta per essere sospeso dalla scuola o che abbiamo un appuntamento con il preside domani alle otto...» commentò. Poi le rispose: «Sicuro, perché no? Dove preferisci andare?» Le fece l'elenco dei soliti posti, ma lei suggerì un locale più elegante, dove non andavano da almeno cinque anni, e che avevano conosciuto solo perché invitati da qualcuno. Le cene nei ristoranti alla moda erano acqua passata, ormai. «Ci penso io a prenotare», aggiunse lui, allegro. «Hai avuto un incidente con la macchina o hai investito qualcuno e vuoi darmi la notizia in maniera soft?»

«No. Ho soltanto pensato che sarebbe gradevole andare da qualche parte, giusto per cambiare.» Paul la stava facendo sentire ridicola, ma lei non si arrese.

«D'accordo. La cravatta è d'obbligo?»

«No, se non vuoi metterla», gli rispose, spigliata.

«Bene, ne farò a meno. La porto già abbastanza sul

lavoro.» Giacca e cravatta erano la sua divisa. «A più tardi. Cercherò di rientrare a un orario decente. Questa sera niente cena di lavoro: quella in programma è stata annullata.»

Nonostante la promessa, quando Paul rientrò, alle dieci, trovò Eileen addormentata nel letto con la tv accesa e un libro in mano. Pennie stava guardando un film in camera sua e i gemelli erano già nel mondo dei sogni. Ormai lui li vedeva quasi esclusivamente nei fine settimana.

Il mattino seguente, partì per l'ufficio così presto che Eileen non ebbe neanche il tempo di ricordargli della loro cena, ma confidò che non se ne sarebbe dimenticato. In fondo, era il loro primo appuntamento galante da anni.

Eileen si fece sostituire da un'altra mamma per il turno di accompagnamento scolastico. Pennie sarebbe stata impegnata con i saggi da presentare a lezione, ed Eileen ne approfittò per andare dal parrucchiere e a fare la manicure. Una volta rientrata, si vestì con cura per il suo appuntamento romantico. Ripescò dall'armadio un tubino nero che non indossava da tre anni, al quale abbinò un paio di scarpe con il tacco alto, uno dei pochi che non aveva ancora regalato alla figlia. Aggiunse qualche goccia di profumo e degli orecchini. Quando Pennie la scorse dalla porta della camera, si fermò ed entrò.

«Wow, mamma, sei bellissima! Di che occasione si tratta?»

«Una cena con tuo padre. Ho pensato che sarebbe stato bello uscire insieme, tanto per cambiare. Abbiamo prenotato da *Chez Julien*.»

«Un posticino davvero elegante», commentò contenta. Dopo puntò gli occhi sulle scarpe Christian Dior che Eileen aveva calzato soltanto due volte, e aggiunse: «Posso averle quando non le metterai più?»

«No! Sono l'ultimo paio decente che mi è rimasto. Le altre le hai tutte tu.»

«Mi starebbero d'incanto anche quelle», scherzò la ragazza prima di andarsene e lasciare la madre in trepidante attesa del rientro di Paul. Il giorno precedente, il marito le aveva mandato un messaggio confermando la prenotazione per le venti e trenta, un po' tardi per loro. Era l'unico orario che era riuscito a ottenere, e a Eileen non spiaceva posticipare la cena, una volta che i bambini erano a letto. Di solito, mangiavano tutti alle sei, con o senza Paul.

Alle diciannove e trenta, ancora non aveva nessuna notizia del marito. Se fosse arrivato alle venti, si sarebbe dovuto cambiare in tutta fretta, o magari poteva rimanere con l'abito indossato per il lavoro e togliere la cravatta. Sentì sorgere una lieve preoccupazione; il panico era ancora lontano.

Le venti passarono senza alcun messaggio, e passarono anche le venti e trenta. Quando l'orologio segnò le ventuno e poi le ventuno e trenta, Eileen era furiosa. Alle dieci scoppiò a piangere. Lo aveva chiamato una decina di volte sul cellulare, ed era sempre scattata la segreteria. Paul non rispondeva neanche ai messaggi. No, non poteva farle una cosa simile, era impossibile che si fosse dimenticato di lei a meno che… fosse morto. Doveva essergli accaduto qualcosa di terribile, come in quei libri o in quei film nei quali la moglie, vestita di tutto punto, attende l'adorato marito che giace sul ciglio di una strada chissà dove. La vita vera, però, non era mai drammatica come la finzione. A meno che fosse tenuto in ostaggio sul treno da un gruppo di terroristi. In preda all'ansia, accese la tv per sentire il notiziario. Nessuna notizia catastrofica.

Paul la chiamò a mezzanotte. «Oddio, Eileen!» esclamò disperato. «Non riesco a credere di averti fatto una cosa simile. Alla fine della giornata ho dovuto trattenermi con un nuovo cliente che aveva telefonato questa mattina. Abbiamo terminato alle dieci, saltando persino la cena. Era troppo tardi per tornare a casa ed ero così sfinito che sono rimasto in albergo. Volevo avvisarti, ma mi sono addormentato appena ho toccato il letto. Qualche minuto fa mi sono svegliato e ho ricordato che dovevamo andare a cena. Credo di avere pensato che stessi scherzando quando me lo hai suggerito e così, dopo avere prenotato, mi è uscito completamente di testa. Mi dispiace. Ci rifaremo un'altra volta, promesso.» Pareva mortificato, ansioso di giustificarsi, ma ormai Eileen non era neanche più arrabbiata, era soltanto triste. Il marito si era completamente dimenticato di lei e del loro appuntamento galante.

«Lascia stare», replicò con voce stanca. «Suppongo che sia successo perché cerchiamo di sembrare ciò che non siamo.» Si era sfilata il tubino nero due ore prima, aveva regalato le scarpe alla figlia, e dopo avere indossato la camicia da notte era andata a letto.

«Ci vediamo domani mattina presto. Giuro che mi farò perdonare.»

Eileen sapeva che probabilmente non avrebbe neanche tentato. Per loro, il tempo delle uscite serali e delle cene in locali eleganti era scaduto, se Paul non riusciva a ricordare un appuntamento con la moglie il venerdì sera. Si sentì una stupida ad averci anche solo pensato.

«Rientra pure quando vuoi», disse in tono piatto. «Devo accompagnare i ragazzi a calcio.»

«Cercherò di essere lì prima della fine della partita.»

«Non dirò niente, nel caso tu non ti faccia vedere, così non resteranno delusi», replicò lei senza traccia di malizia. Lo conosceva fin troppo bene.

«Me lo sono meritato», mormorò lui, mortificato.

«A proposito, nel caso in cui la casa dovesse andare a fuoco, posso sapere dove alloggi?»

«In un albergo di SoHo, quello dove il cliente e io ci siamo incontrati. È un boutique hotel britannico, piuttosto carino. Dovremmo andarci, una volta o l'altra. Il *Crosby*. A domani. E scusa ancora se ho dimenticato il nostro appuntamento», la salutò Paul, sincero e pentito.

«Non credo che abbia importanza. Buonanotte», replicò Eileen gelida, prima di riattaccare. Nella mezz'ora seguente, la luce accesa sul comodino, rifletté sulla facilità con cui Paul si era dimenticato di lei. Addio serate sexy. Con un vago senso di colpa, chiamò il servizio informazioni e chiese il numero dell'hotel *Crosby* di Manhattan, poi disse al risponditore automatico di metterla in comunicazione. Qualche istante dopo, sentì la voce della receptionist dell'albergo, alla quale domandò il numero della stanza di Paul Jackson.

L'attesa durò qualche istante. «Mi dispiace, non abbiamo ospiti registrati con questo nome», rispose l'impiegata.

Eileen ebbe la forza di ringraziare prima di interrompere la comunicazione. Proprio come sospettava, altrimenti non avrebbe chiamato in albergo. Sentirselo dire, però, era diverso che immaginarlo. I suoi timori, a quel punto trasformati in realtà, la colpirono come un fulmine. Era pietrificata. Ormai aveva la certezza che Paul le aveva mentito. L'unica cosa che ignorava era dove e nel letto di chi si trovasse.

4

Il giorno seguente, Eileen si rimise in moto come un robot. Preparò la colazione per i gemelli, andò a controllare Pennie e vide che era impegnata a compilare i moduli per l'iscrizione a una delle università in lizza, infine accompagnò i ragazzi al campetto di calcio. Di Paul, neanche l'ombra. Detestava l'idea di incontrarlo, dopo la conversazione della sera precedente. Per fortuna i gemelli non si aspettavano di vedere il padre, perciò non rimasero delusi. Eileen rientrò alle cinque e trovò il marito nel suo studio, intento a controllare la posta e a compilare degli assegni. Nel sentirla entrare, alzò lo sguardo con l'espressione di chi doveva scusarsi. Scattò in piedi per baciarla, ma lei lo oltrepassò ignorandolo.

«Mi dispiace. Davvero», le disse nervosamente. «L'incontro con il cliente è durato un'eternità e ho dimenticato la nostra cena.»

Eileen si voltò per guardarlo negli occhi. «Dove hai dormito, ieri notte?»

«Al *Crosby Street Hotel*, te l'ho detto.»

Per una frazione di secondo, Eileen si domandò se avesse telefonato all'albergo sbagliato, ma sapeva che non era così. «L'ho chiamato. Non eri sul registro clienti.»

«Ho fatto il check-out prestissimo questa mattina e prima di tornare a casa sono passato in ufficio.»

«Ho chiamato mezz'ora dopo che mi avevi telefonato. Non eri dove avevi detto di essere.» L'espressione di Paul si fece granitica.

«Perché non lasciamo perdere, per il momento? Veniamo da un periodo difficile, con tutto quello che è successo a Pennie. Non agitiamoci ulteriormente.»

«Pennie ha perso il bambino quasi tre mesi fa, e quanto è accaduto a lei non ha niente a che vedere con il posto in cui hai dormito la notte scorsa», ribatté Eileen. «Mi pare chiaro che c'è un'altra donna nella tua vita. Cosa facciamo, adesso?» La sua le sembrava la voce di un'estranea. Non riusciva a credere che stava affrontando quell'argomento dopo tanti anni di matrimonio, tre figli e tutto quello che avevano costruito insieme. All'improvviso le sorse il dubbio che il loro fosse un castello di carte destinato a crollare al primo soffio di vento. Si domandò se lui l'aveva già tradita e, per la prima volta, ebbe l'impressione di non conoscere l'uomo che aveva di fronte.

Paul non ammise nulla né negò. Per un istante chinò la testa sulla scrivania in cerca delle parole giuste. Non voleva andare troppo oltre, ma sapeva di doverle dire qualcosa. Alzò il capo, si lasciò sfuggire un sospiro, infine la guardò. «Forse abbiamo bisogno di una pausa. Che ne diresti se rimanessi in città per un po'?» Non gli era venuto altro in mente per allentare la tensione.

«Per stare dove? Con chi? Credo di avere il diritto di saperlo», replicò la moglie, tremante.

«Potrei trovare un appartamentino ammobiliato.»

«Chi è, Paul?» lo incalzò.

«Non ha importanza. È la prima volta.»

Eileen non gli credette, ma almeno lo aveva costretto ad ammettere la presenza di una donna. Scioccata, le parve che il cuore fosse sul punto di fermarsi. Non era quella la risposta che si era aspettata di ricevere. Pensava che il marito avrebbe tentato di rassicurarla.

«Sei innamorato di lei?» Di colpo, aveva bisogno di sapere ogni cosa.

«Non voglio parlarne. Amo te e i nostri figli. Non possiamo lasciare le cose come stanno, per adesso? Non intendo compiere alcun passo drastico.»

«Lo hai già fatto. Da quanto tempo va avanti?»

«Da qualche mese.» Mentire non avrebbe avuto senso, né lui si sentiva più di farlo. Da mesi viveva vittima delle sue stesse bugie. «Ero sconvolto da ciò che è successo a nostra figlia e ho commesso un errore.»

«Non nasconderti dietro nostra figlia», sbottò Eileen, furibonda.

«E va bene. È da un sacco di tempo che ci stiamo allontanando. Probabilmente non avremmo mai dovuto sposarci, ma abbiamo provato a trarre il meglio dalla situazione. Non so cosa voglio fare della mia vita. A tenerci insieme sono stati i ragazzi: cosa accadrà fra sette anni, quando i gemelli se ne andranno? Io avrò quarantotto anni e tu quarantasei. Vogliamo continuare a vivere nell'errore fino ad allora?»

Per Eileen quella domanda fu uno choc. Non aveva idea che il marito la pensasse così. «Per come la vedo io, non se ne andranno tanto presto, ma tu sembri considerare la questione in maniera del tutto diversa.» Paul aveva cominciato a tirare le somme della sua esistenza e non le aveva detto nulla. Eileen si domandò che posto avesse lei in tutto ciò: il matrimonio non si sarebbe dovuto basare su decisioni unilaterali. Stava per compiere quarant'anni, ed ecco che il marito le suggeriva di prendersi una pausa, si allontanava, anziché trovare una soluzione al problema. Non se lo sarebbe mai aspettato, e le parve che il mondo le crollasse sotto i piedi.

«Quando intendi andartene?» gli domandò, con la sensazione che qualcuno parlasse al posto suo. Quella non era nemmeno la sua voce. Si sentiva stranamente calma, o forse era soltanto morta e ancora non lo sapeva. Paul l'aveva uccisa la sera prima, mentre trascorreva la notte con un'altra donna. Era per lei che se ne stava andando.

«Posso farlo domattina», rispose il marito, calmo, «oppure stasera stessa, se preferisci.»

Lei si prese qualche secondo prima di rispondere.

«Se hai una storia con un'altra, non voglio che resti.» Era già rimasto abbastanza, per gli ultimi quattro mesi, se la relazione risaliva a quando Pennie aveva annunciato la gravidanza, a meno che le avesse mentito anche su quello. Forse la storia andava avanti da più tempo, magari da anni, e lei non si era accorta di niente. Non erano mai stati innamorati pazzi, ma il loro matrimonio era andato piuttosto bene. Avevano vissuto dei bei momenti, costruito una famiglia e lei gli era sempre stata fedele.

«Me ne andrò stasera, allora», replicò Paul in tono pacato. Uscì dallo studio per andare a prepararsi un borsone. Lei rimase lì, sconvolta. Rientrò qualche minuto dopo con una ventiquattrore, e la informò che per il momento gli bastava e sarebbe tornato a prendere il resto in seguito. «Cosa dirai ai ragazzi?» volle sapere, preoccupato quanto lei.

«Non lo so. Tu cosa diresti in una situazione simile?»

«Il meno possibile, fino a quando decideremo il da farsi.»

«Sembra che tu lo abbia già deciso», disse lei con voce spenta.

«Te l'ho detto, è stato un errore.» Nonostante tutto, Paul non le sembrava dispiaciuto. Era stranamente pragmatico, persino sollevato.

«Però hai continuato lo stesso. Intendi troncare o no?» gli chiese. Era lì il punto, ma non aveva l'impressione che fosse disposto a rinunciare a quella donna per salvare il loro matrimonio.

«Non lo so», rispose lui con franchezza. «Ho tentato di farlo più volte, ma non era mai il momento giusto. Devo rifletterci», aggiunse tristemente. Quando guardò la moglie negli occhi, si accorse di averla ferita profondamente. Lui, invece, dopo essersi alleggerito la coscienza, si sentiva meglio. Vivere nella menzogna era logorante, ma ormai era libero di prendere le sue decisioni, di fare le sue mosse, indipendentemente da quanto doloroso tutto sarebbe potuto diventare per entrambi. Era stanco di mentire, di muoversi fra due donne e due vite. «Potresti evitare di dirlo ai ragazzi finché avrò riflettuto su cosa fare?»

Le chiedeva molto, ma Eileen era una donna con un radicato senso dell'onore e Paul era convinto che non avrebbe mai tentato di distruggere il suo rapporto con i figli. Non era nella sua natura.

«Dipenderà da quello che mi domandano. Non voglio raccontare bugie.»

Paul annuì e uscì dallo studio senza neanche tentare di avvicinarla. Sulla soglia si voltò a guardarla. «Mi dispiace.» Due sole parole prima di affrettarsi giù dalle scale e aprire la porta d'ingresso. Qualche minuto più tardi, Eileen sentì la macchina percorrere il viale. Se n'era andato senza salutare i ragazzi. Aveva lasciato a lei l'onere di spiegare il motivo della sua sparizione.

Eileen entrò in camera, si sdraiò sul letto, gli occhi fissi al soffitto, a domandarsi cosa sarebbe accaduto, com'era l'altra donna e chi era. Se Paul aveva deciso di abbandonare la famiglia, doveva esserne innamorato. Non avrebbe saputo dire se sarebbe tornato, e forse non lo avrebbe neanche più voluto.

Era ancora stesa sul letto quando, un'ora dopo, Pennie entrò nella stanza.

«Non ti senti bene, mamma?» le chiese, stupita e preoccupata.

«No, mi stavo riposando un attimo.» Si tirò su a sedere e fece scivolare le gambe giù dal materasso.

«Papà dov'è?»

«È dovuto tornare in città.»

Pennie le porse la bozza di una presentazione da spedire a una delle università di sua scelta. «Potresti darci un'occhiata e dirmi cosa ne pensi?»

«Certo.»

Quella sera a cena, grazie ai tre ragazzi e all'impegno che comportavano, Eileen ebbe la possibilità di assimilare in solitudine quanto le stava accadendo. Erano molte le cose su cui riflettere, e nessuna le sembrava reale. Non sapeva decidere se avrebbe dovuto pretendere di conoscere l'identità dell'altra donna, e comunque Paul non gliel'avrebbe rivelata. Ciondolò per casa senza avere idea di cosa fare finché restò da sola. In un batter d'occhio la sua vita era andata in pezzi e lei si stava tormentando per trovare un senso a ogni cosa. Non soltanto doveva comprendere chi fosse realmente il marito, ma anche chi era lei senza quell'uomo al fianco. Provò a immaginare cosa sarebbe successo se non fosse più tornato; d'altra parte, non avrebbe ancora saputo dire se lo desiderava o meno. Le faceva male ripensare al modo in cui se n'era andato, senza dare cenno di provare alcuna emozione.

Annichilita, risalì le scale per tornare nella sua stanza, sforzandosi di non chiedersi dove fosse Paul in quel momento, e con chi.

Olivia Page era una giovane donna dal fisico minuto, attraente, vivace, con una folta chioma di riccioli color del fuoco e grandi occhi verdi. Sprizzava energia da tutti i pori ed era in costante movimento. A ventisette anni era proprietaria di una galleria d'arte online, della quale si sentiva parlare spesso in giro. Rappresentava un buon numero di artisti importanti e altri meno noti, e possedeva tutti gli agganci utili per vendere a una clientela facoltosa. Terminati gli studi a Yale e conseguita la specializzazione in Belle arti, completata da un corso di Storia dell'arte, aveva lavorato all'ufficio di arte contemporanea di Christie's e, dopo un anno, si era spostata in una rinomata galleria.

Il padre, un famoso produttore di Hollywood, era stato il suo eroe sino al giorno della sua morte, quando lei aveva soltanto sette anni, e in seguito aveva continuato a esserlo. La madre, Gwen Waters, di trent'anni più giovane del marito, vincitrice di due premi Oscar e molto conosciuta in ambito cinematografico, aveva girato un gran numero di celebri film, anche se negli ultimi tempi il lavoro era diminuito e lei faceva fatica ad accettate la carenza di ruoli per donne sulla cinquantina. Olivia la venerava, ma non invidiava la sua carriera, perché non nutriva alcun interesse per Hollywood. Era l'arte la sua passione, alla quale si era dedicata con successo.

Sebbene la madre si fosse sposata più volte, era l'unica figlia di entrambi i genitori. Gwen e il padre di Olivia erano già divorziati, pur se sempre molto vicini, al momento della morte di lui, dal quale la ragazza aveva ereditato un immenso patrimonio. Possedeva un attico sulla Quinta Avenue che pareva il set di un film hollywoodiano, stracolmo di opere d'arte: in soggiorno c'erano due Picasso e in sala da pranzo un Jackson Pollock, appartenuti al padre. Un'intera parete era tappezzata di ritratti della madre, eseguiti ai suoi esordi di attrice, in varie tonalità e pose, eseguiti da Andy Warhol. Grazie a Gwen, Olivia aveva conoscenze importanti, eppure era una persona onesta, retta e schietta, sostenuta dalla consapevolezza della propria bellezza, dall'intelligenza e dai celebri genitori. Nulla la spaventava, era entusiasta e, in fatto di uomini, preferiva quelli molto più grandi, probabilmente perché il padre l'aveva lasciata quando era piccola. I coetanei, al contrario, la annoiavano.

Il portinaio suonò all'interfono per comunicarle che Mr Jackson stava salendo. Olivia aprì la porta e lo vide uscire dall'ascensore con aria abbattuta. Scorgendola, Paul si rianimò per un istante. Lei lo faceva sentire giovane, avventuroso, traboccante dell'energia e della giovinezza che Olivia gli trasmetteva. Si erano conosciuti a maggio, a un evento organizzato da uno dei clienti dell'agenzia pubblicitaria di Paul, ed erano rimasti subito affascinati l'uno dall'altra. A Olivia non importava né che lui avesse quattordici anni più di lei – aveva avuto compagni ancora più maturi – né che fosse sposato. Paul le aveva assicurato che il matrimonio era ormai finito da anni e che andava avanti soltanto per i figli. Lei gli aveva creduto, ma la infastidiva che fosse più legato alla famiglia di quanto le avesse fatto credere agli inizi. Si era sinceramente dispiaciuta alla notizia della gravidanza della figlia diciassettenne, ma si aspettava che desse un taglio netto al suo matrimonio, come spesso aveva affermato di voler fare. In genere, evitava gli uomini sposati, ma per lui aveva fatto un'eccezione. La loro storia andava avanti da cinque mesi, ed era arrivato il momento di porre fine a quell'attesa. Il ruolo dell'altra donna non le si addiceva. Il sesso tra loro era splendido, ma non sarebbe rimasta con Paul in eterno, se avesse deciso di portare avanti il matrimonio; lui ne era consapevole e, nel tentativo di trovare la soluzione, era stato divorato dall'ansia.

Nell'ingresso, Paul lasciò cadere la borsa sul pavimento e la strinse tra le braccia. Prima di permettergli di baciarla, però, Olivia gli fece la domanda che da mesi lo terrorizzava.

«Gliel'hai detto?» Era una donna di sani princìpi e non voleva vivere nella menzogna né con lui né con nessun altro.

Paul sospirò e la baciò con dolcezza sulle labbra. Si avviarono verso il soggiorno con vista spettacolare sul parco e i due fiumi. «Non è stato necessario. Lo ha scoperto ieri sera, non vedendomi rientrare. Mi ha chiesto una spiegazione, e ho ammesso che c'è un'altra donna», le disse con semplicità. «Mi trasferisco, non vuole che resti a casa. Dovremo comunicarlo ai ragazzi il prima possibile.» Non sapeva quanto sarebbe durata la storia con Olivia. Quella donna era un vulcano, e non era sicuro quale fosse il suo posto nel mondo in cui Olivia viveva, né cosa significasse la loro relazione per lei. Era giovane, e si lamentava di non essere presa sul serio. Aveva l'energia di una ventisettenne, ma la forza e solidità erano quelle di una donna matura. Era la persona più eccitante che lui avesse conosciuto, e si era letteralmente aggrappato a lei. In sua compagnia si sentiva una persona diversa e agiva come tale. Olivia era la sua fonte di giovinezza.

«E adesso?» gli chiese.

«Credo che da questo momento in poi la situazione inizierà a evolvere. Voglio soltanto che tu conosca i miei figli», rispose lui, speranzoso.

«Quando sarà il momento. Credi che li metterà contro di me?»

Era una delle questioni che la preoccupava di più; d'altra parte, non aveva mai frequentato un uomo sposato, tantomeno con dei figli, di cui non aveva alcuna esperienza.

«Eileen non è quel genere di persona», la rassicurò. «Il punto è uno soltanto: non ci saremmo dovuti sposare. In settimana cercherò un appartamento in affitto, dove i ragazzi possano stare quando vengono a trovarmi. È difficile districare i problemi dopo tanti anni di matrimonio», aggiunse in tono scoraggiato.

«L'ho notato.» Olivia gli lanciò un'occhiata prima di iniziare a sbottonargli la camicia e i jeans. Qualche momento dopo, stavano facendo l'amore contro la parete tappezzata di quadri di Warhol. Appagata la passione iniziale, si trasferirono in camera e ricominciarono ad amarsi. «Benvenuto a casa», gli sussurrò con un sorriso.

A Paul sarebbe piaciuto sentirsi a casa, invece si sentiva un senzatetto. L'unico vantaggio era che non doveva più mentire inventando incontri con i clienti e trovando giustificazioni per i ritardi serali. Lui e Olivia avrebbero potuto cominciare una vita insieme. Doveva soltanto confessare la verità a Eileen e dirle che non sarebbe più tornato.

Olivia aveva riacceso la vita in lui. Forse, se non l'avesse conosciuta, Paul avrebbe continuato a portare avanti il suo insoddisfacente matrimonio. Ma le cose erano andate diversamente. Ormai il suo posto era lì. Voleva essere un uomo migliore, per Olivia. Stentava ancora a credere che quella splendida giovane donna avesse scelto lui. Ogni volta che stavano insieme, si sentiva potente e capace di tutto. A volte, però, si domandava quanto sarebbe durato. Nei cinque mesi in cui si frequentavano, il loro rapporto era costantemente migliorato, rendendogli sempre più difficoltoso tornare a Greenwich e continuare come se nulla fosse la routine domestica. Ormai da anni, quando era con la moglie si sentiva uno zombie. Tutto, nel suo matrimonio, gli appariva sbagliato, da quando aveva Olivia. Lei gli infondeva coraggio e vigore, gli faceva dimenticare la sensazione di fallimento che lo coglieva ogni volta che pensava alle occasioni perdute, al lavoro che non rispondeva ai suoi desideri. In cuor suo, aveva sempre attribuito la colpa di tutto a Eileen, non a se stesso.

Se la moglie glielo avesse chiesto, non avrebbe saputo descriverle Olivia. Racchiudeva in sé una ragazza e la donna del mistero; era un tornado che lo aveva trascinato portandolo da un posto all'altro, in un mondo diverso. E finalmente si trovava a un passo dal liberarsi della vita che per anni lo aveva soffocato. Voleva bene a Eileen, ma non se la sentiva più di condividere con lei quella che ai suoi occhi era una vita inaccettabile. Doveva trovare il modo di dire alla famiglia che voleva andare avanti. Era egoista da parte sua, ma una donna come Olivia si incontrava una sola volta nella vita, e quello era il suo momento.

Cenarono insieme in cucina con degli avanzi, poi andarono a letto a guardare qualche film non ancora uscito nelle sale, che la madre di Olivia le aveva procurato in anteprima. Con Olivia, non esisteva nulla di impossibile. E lui, finalmente, era un uomo libero, o lo sarebbe stato presto. Non avrebbe dovuto lasciarla per ritornare a Greenwich. Per fortuna, l'incubo di dover tornare a casa tutte le sere era finito, e poteva trascorrere ogni notte al fianco della sua adorata Olivia.

Spensero la luce dopo due film e si accoccolarono l'uno nelle braccia dell'altra.

«Che programmi abbiamo per domani?» borbottò Paul, felice, prima di cedere al sonno. Non sentiva ancora la mancanza dei figli, ed era entusiasta alla prospettiva di trascorrere tutta la domenica con la compagna.

«Non so tu, ma io sono a pranzo da mia madre. Possiamo pensare a qualcosa per dopo.»

«Vengo con te?» Paul era affascinato da Gwen ed era impaziente di conoscerla, così come non vedeva l'ora di presentarla ai figli, una volta che avessero conosciuto Olivia.

«Non sa ancora niente di noi, ma ora che sei andato via di casa gliene parlerò.»

Lui si abbandonò al sonno, con la sensazione di essere in paradiso, consapevole che quella notte non si sarebbero separati. Olivia, che provava i suoi stessi sentimenti, era elettrizzata all'idea di parlare alla madre della sua storia. C'erano voluti cinque mesi, ma l'attesa era valsa la pena, soprattutto perché era convinta che Paul sarebbe arrivato fino in fondo. Più volte le aveva ribadito di essersi sentito come sospeso in quei diciotto anni di matrimonio, che era stata lei a riportarlo alla vita. Era inebriante sapere di essere così importanti per qualcuno. In precedenza, Olivia era stata con uomini molto potenti, alcuni dei quali avevano tentato di dominarla. In Paul, invece, aveva trovato un animo gentile. Era lei quella forte, quella che lo guidava e lo faceva sentire vivo. L'unica preoccupazione era sempre stata la moglie, ma lui, lasciandola, le aveva dato la prova di quanto profondo fosse il suo amore. Olivia era convinta che il loro rapporto avrebbe funzionato; ciò di cui non si rendeva conto, però, era che Paul era uno specchio che rifletteva la sua stessa forza. Il fuoco e la passione che Olivia sentiva ardere in quella relazione appartenevano a lei.

5

Al termine di una rilassante lettura congiunta del *Sunday Times* a letto, e dopo che Olivia ebbe ammesso di non amare preparare la colazione, fu Paul a imbandirla. Poi fece il bagno nell'enorme vasca e si vestì, pronto per affrontare la giornata. Tentò di chiamare i figli, ma senza successo. Non sapeva come avrebbe spiegato la sua sparizione, né se Eileen ne avesse già parlato loro. D'altra parte, non voleva telefonarle così presto per domandarglielo, certo che fosse ancora scioccata.

Il giorno precedente, aveva contattato un agente immobiliare, e avrebbe approfittato del pranzo di Olivia con la madre per visitare due appartamenti ammobiliati che potevano fare al caso suo. L'indomani, lunedì, avrebbe incaricato altri intermediari, per allargare la ricerca. Intendeva trascorrere tutte le notti insieme a Olivia, ma aveva bisogno di un posto suo per quando i figli fossero andati a trovarlo. All'inizio si era detto che gli sarebbe bastato un monolocale, ma ripensandoci si era reso conto di avere bisogno di almeno tre camere; inoltre, era essenziale che l'appartamento fosse pronto per abitarci. Non aveva intenzione di svuotare la casa di Greenwich: quella meravigliosa abitazione che possedevano da sette anni era della famiglia, e non intendeva sconvolgerla.

Olivia era attesa dalla madre all'una; poi, verso le tre, si sarebbero rivisti per andare al cinema o per tornare a casa e accoccolarsi nel letto. Il clima era rinfrescato, e l'idea di stare al calduccio li attraeva.

Paul non smetteva un istante di ripensare alla discussione con la moglie e continuava a stupirsi di come tutto si fosse concluso così in fretta. In realtà era stata la stessa Eileen a volerlo, e lo aveva costretto a scoprire le carte. Olivia gli aveva dato la forza di lasciare la moglie, una volta che quest'ultima lo aveva messo di fronte al problema, e lui, stanco di dividersi fra due donne, si sentiva finalmente sollevato.

Olivia prese un taxi e diede l'indirizzo della madre presso il Dakota Building, a Central Park West, un complesso di appartamenti favolosi, nel quale vivevano persone altrettanto famose. L'abitazione si articolava su due piani, possedeva una grande gradinata ricurva, una biblioteca con boiserie di legno sino al soffitto e una scala antica che, muovendosi su un binario d'ottone, permetteva di raggiungere anche gli scaffali più alti. Il salotto era grandioso, la sala da pranzo aveva pianta ovale e vi erano cinque stanze da letto, una più sontuosa dell'altra. Alle pareti spiccavano quadri di celebri impressionisti francesi e di artisti minori della medesima scuola. La cucina, perfettamente attrezzata, era il regno dello chef francese personale di Gwen Waters, che conduceva una vita invidiabile in un mondo lussuoso, circondata da oggetti a lei cari collezionati in tutto il mondo e da eleganti tappezzerie francesi. Alcuni pezzi erano il frutto della sua straordinaria carriera, altri erano regali ricevuti dai tre mariti, tutti uomini famosi. Olivia era nata dal secondo, il produttore Tom Page. Gwen aveva avuto una fantastica carriera cinematografica per trent'anni, aveva divorziato una volta e per due era rimasta vedova. Il primo marito, un celebre artista britannico, si era suicidato. Tutti e tre erano più anziani di lei, che forse aveva trasmesso quella preferenza alla figlia. Gwen aveva l'abitudine di vivere a Hollywood soltanto durante le riprese. Diventata nota a vent'anni, la sua residenza era al Dakota, dove Olivia era cresciuta e dove tornava a sentirsi bambina ogni volta che andava a trovare la madre.

Negli ultimi due anni, la carriera di Gwen, ancora splendida a cinquantasei anni, aveva subìto una battuta d'arresto, e lei ne era frustrata. Da tempo, nessuno le proponeva sceneggiature interessanti o un film da girare. Le cinquantenni non erano molto apprezzate a Hollywood, sebbene lei fosse una delle poche eccezioni. In passato, girava due o tre film all'anno. Il suo agente, a cui lei chiedeva notizie di continuo, le assicurava di non avere nulla all'altezza della sua fama, e che appena gli fosse capitata la parte giusta le avrebbe subito fatto pervenire il copione.

Gwen si illuminò nell'istante in cui vide Olivia scendere le scale e raggiungerla in soggiorno. Di primo acchito, non sembrava esserci alcuna somiglianza tra loro, ma entrambe erano di una bellezza rara. Gwen era alta, snella, con i capelli corvini e grandi occhi color nocciola. Avrebbe potuto recitare qualunque parte, indipendentemente dall'età del personaggio. Il suo talento era così spiccato da averle fatto conquistare due volte l'Oscar e sette la nomination. A differenza di numerosi colleghi, non si deprimeva mai se non si aggiudicava l'ambita statuetta, e si ripeteva che l'anno successivo sarebbe stato quello giusto. Ogni sua performance era lodata dalla critica, dai colleghi e dal pubblico. La sua gentilezza naturale traspariva in ogni ruolo, anche quando interpretava la cattiva, e si divertiva sempre molto. La rossa Olivia, al contrario, aveva ereditato il fisico minuto dalla nonna paterna. Si lasciò cadere su uno dei comodi divani e sorrise.

«Sembri particolarmente felice», le disse Gwen in tono affettuoso.

Da bambina, Olivia era stata piuttosto insofferente alla reazione dei compagni di scuola davanti alla sua famosa mamma. Quando non stava girando un film, Gwen andava a prenderla tutti i giorni, come una madre qualunque. Olivia aveva avuto il privilegio di viaggiare per il mondo, durante le vacanze, per andare a trovare la madre, impegnata in qualche location lontana, o il padre, finché era in vita. Era una persona discreta, come la mamma le aveva insegnato a essere, e non parlava mai della sua vita privata o delle altre star di sua conoscenza. Per Olivia, la fama di Gwen era un dato di fatto e non un argomento di conversazione. Gwen Waters era già una diva quando, a ventinove anni, aveva messo al mondo Olivia.

Dopo la morte dei tre mariti, Gwen aveva intrecciato qualche relazione, ma negli ultimi otto anni, da quando il terzo marito se n'era andato a causa di un tumore al cervello, dopo sette splendidi anni di matrimonio non si era impegnata in nessun rapporto sentimentale. Si era presa cura di lui, famoso attore a sua volta, fino all'ultimo istante, tenendolo tra le braccia finché era spirato. A cinquantasei anni, aveva cominciato a pensare che i tempi felici fossero finiti, che la sua carriera e la sua vita personale non riservassero più belle sorprese.

Dall'ultimo film, distribuito nelle sale e salito in vetta alla classifica dei più visti, non era accaduto più nulla di eccitante nella sua esistenza. Non si erano presentate occasioni interessanti, e lei era stanca di leggere pessime sceneggiature. L'anziana madre, con la quale aveva un rapporto stretto quanto quello con la figlia, continuava a rassicurarla che in futuro ci sarebbero stati ancora ruoli degni della sua fama, forse in numero minore rispetto al passato, ma di qualità. Gwen, però, stentava a crederle.

«Raccontami le novità», disse alla figlia mentre sgranocchiavano qualche cracker spalmato di pâté preparato dal cuoco in occasione della visita di Olivia, insieme a un soufflé di formaggio, il suo preferito.

«Da dove cominciare...» Olivia esitò, incerta se fosse il momento giusto per raccontarle di Paul. Era così felice che avesse finalmente lasciato la sua casa a Greenwich. «Da qualche tempo frequento un uomo», le rivelò, lo sguardo malizioso.

Gwen aveva intuito da un po' che dovesse esserci qualcuno nella sua vita, ma non le aveva fatto domande, in attesa che fosse Olivia a parlargliene quando fosse stata pronta. In fondo, si confidava sempre con lei.

«Com'è?» le chiese la mamma, interessata.

«Intelligente, serio, pacato. Più grande di me, ma non troppo. È managing director e amministratore finanziario di un'agenzia pubblicitaria. Un creativo. Padre di tre figli.»

«Divorziato o vedovo?»

Poiché Olivia tardava a risponderle, Gwen la fissò con espressione interrogativa. «Per favore, dimmi che non è sposato», aggiunse preoccupata.

«Sta per divorziare. Il matrimonio si è esaurito tanti anni fa.»

«Gli uomini che tradiscono la moglie dicono sempre così», fu la replica saggia della madre. «Vive ancora con la famiglia?»

Olivia fece cenno di no, e Gwen parve più sollevata. «Quando l'ha lasciata? Prima o dopo che avete cominciato a frequentarvi?»

«Dopo», rispose la figlia con sincerità. «In realtà ieri. Sta cercando un appartamento in città e vuole divorziare.»

«Che età hanno i figli?»

«Una ragazza di diciassette anni e due gemelli di undici.»

«Giovani. Li hai già conosciuti?»

«Non ancora. Vuole presentarmeli al più presto, ma preferisco aspettare che le cose si calmino un po'.»

«Da quanto tempo uscite insieme?» la incalzò Gwen.

«Da cinque mesi. È un uomo meraviglioso, mamma, ti piacerà.»

«Lo spero, ma devo ammettere di non gioire all'idea che tu possa essere considerata una rovinafamiglie. Sarebbe una grossa responsabilità, se dovesse lasciare la moglie per te. I suoi figli non ti ringrazieranno di certo, soprattutto la femmina.»

«L'avrebbe lasciata comunque, prima o poi. Voleva farlo da anni, ma non se la sentiva di sconvolgere la vita dei ragazzi.»

«Mollare la famiglia non è il massimo, se la ragione di tale scelta sei tu. A me è successo. Nessuno diventa migliore in una simile situazione, e i suoi figli ti renderanno la vita difficile, se vedranno in te la causa del divorzio», la avvertì. «Quanti anni ha?»

«Quasi quarantadue.»

«Sua moglie cosa fa?»

«È una casalinga del Connecticut. Sono anni che Paul è annoiato a morte da lei», rispose Olivia con un po' di arroganza, tipica di chi sa di avere la giovinezza dalla sua parte.

«Se ha tradito la moglie, potrebbe fare la stessa cosa con te, un giorno. È un punto sul quale riflettere.»

«Ci ho pensato, in effetti, ma ho piena fiducia in lui. È una brava persona, che ha avuto la sfortuna di fare un pessimo matrimonio. Prima di incontrare me, non aveva mai tradito.»

«Gli uomini ripetono spesso anche questo, ma non sempre è la verità», sentenziò Gwen. Poi si ammorbidì e continuò: «Bene, vedremo quali saranno gli sviluppi. Tieni gli occhi aperti, però, e non mentire a te stessa».

Olivia fece un cenno d'assenso e un istante dopo Brigitte, la cameriera che da anni era una fedele collaboratrice della madre, felice di rivedere la giovane annunciò che il pranzo era servito.

«Stai attenta», ripeté Gwen. «Se è all'inizio del divorzio, le cose potrebbero complicarsi prima che tutto finisca. Fai in modo di rimanere fuori dai suoi casini.»

Olivia annuì, certa che non ci sarebbero stati troppi problemi. Paul le aveva assicurato che Eileen era una persona ragionevole, e che lui intendeva comportarsi generosamente nei suoi confronti. Non era ricco come Olivia, ma guadagnava parecchio e garantiva alla famiglia un alto tenore di vita.

«Anche tu hai avuto qualche storia piuttosto movimentata», ricordò Olivia alla madre mentre prendevano posto nella sala da pranzo ovale.

«Non di recente.» Gwen le sorrise. «E mai con uomini sposati: non ho mai infranto questa regola. Non ci sono limiti, a parte i consorti delle altre donne.»

Pranzarono chiacchierando di un copione che Gwen aveva letto senza apprezzarlo, di due film che aveva visto e di un libro che le sarebbe piaciuto vedere trasposto sul grande schermo. Aveva sempre il polso della situazione dell'industria cinematografica. Olivia le raccontò che il suo nuovo business stava andando molto bene. Gwen era orgogliosa della figlia, ma l'idea che stesse con un uomo sposato la preoccupava. Avrebbe potuto facilmente essere ferita o ferire a sua volta; la presenza dei figli, poi, rendeva la situazione ancora più seria. Olivia sembrava molto coinvolta dal nuovo compagno, tuttavia la madre non era convinta che ne fosse profondamente innamorata, almeno non a sufficienza da farsi carico di due gemelli e una figliastra di soli dieci anni più giovane di lei. Non le restava che pazientare in attesa che lui avviasse le pratiche del divorzio. Per fortuna lui aveva un lavoro decoroso ed era stato sposato per molti anni: due punti a suo favore. Curiosa di conoscerlo, si domandò quando Olivia glielo avrebbe presentato, ma il fatto che durante il pranzo la figlia non avesse proposto un incontro era un segno evidente che anche lei nutriva qualche dubbio.

Domenica pomeriggio, Eileen comunicò ai figli che il padre si era trasferito in città e aggiunse che volevano prendersi una pausa. Seth e Mark rimasero scioccati, al contrario di Pennie, che già da qualche anno si era accorta di come andavano le cose fra i genitori. L'amarezza di Paul era riaffiorata durante la sua breve gravidanza, facendole capire che, dopo tanti anni, sentiva ancora che quel matrimonio non desiderato lo aveva privato della possibilità di raggiungere il successo al quale aveva sempre aspirato. Convinto che avrebbe sfondato nel mondo dell'imprenditoria, per il suo fallimento non aveva altri da biasimare se non Eileen. Pennie sapeva che i suoi non erano molto affettuosi l'uno con l'altra, vedeva la differenza con i genitori degli amici. Persino quelli di Tim, bacchettoni e conservatori, che lei non apprezzava particolarmente, mostravano di avere un legame più profondo. I Blake condividevano le stesse idee ed erano alleati, al contrario di Paul ed Eileen. Perciò, il fatto che il padre se ne fosse andato non l'aveva colta di sorpresa.

Subito dopo avere appreso la notizia, i gemelli andarono al piano di sopra a giocare con la PlayStation e lei rimase a parlare con la madre.

«Tutto a posto, mamma?» le chiese preoccupata.

Eileen, pallida e con i lineamenti tirati, aveva profonde occhiaie scure.

«Sì, tutto a posto, credo. Sono ancora sconvolta. È accaduto così in fretta, ieri sera.» E quella notte non aveva chiuso occhio.

Pennie esitò prima di porle la domanda che tanto spaventava la madre. «Credi che ci sia un'altra donna?»

«Non è escluso», le rispose Eileen con la massima cautela, per evitare di mettere Paul in cattiva luce. «Tra di noi le cose non sono mai andate benissimo. Abbiamo iniziato nel modo sbagliato. Credevo che fossimo riusciti a recuperare, ma a quanto pare tuo padre la pensava diversamente.» In effetti, si era espresso con chiarezza in occasione della gravidanza della figlia, durante l'incontro con i genitori di Tim.

«Pensi che tornerà?»

«Non ne sono sicura. Forse non lo sa neanche lui.»

«Be', in tal caso troverai un altro uomo da amare. Sei ancora giovane», replicò Pennie con dolcezza. Allo stesso tempo si domandò se dovesse augurarsi che il padre tornasse oppure no. Talvolta si comportava con durezza con Eileen, era assente, come se non fosse mai riuscito a sentirsi davvero parte della coppia, gettando addosso alla moglie la colpa del matrimonio.

«Non sono più giovane, o almeno non mi sento tale», sospirò la mamma.

«Hai trentanove anni, non sei vecchia. E sei bellissima», le sorrise Pennie. Era maturata in maniera sorprendente da quando aveva perso il bambino. Eileen era certa che Tim le mancasse ancora, ma lui si era ormai tuffato in un mondo nuovo, benché non avesse dimenticato la sua ex ragazza. Pennie non era più uscita con nessuno da quando si erano lasciati, e ogni volta che sua mamma affrontava l'argomento lei si ritraeva, ancora ferita e addolorata per l'aborto. Per lei era stato come perdere di nuovo Tim e tutti i sogni che avevano avuto insieme.

Eileen temeva che i ragazzi avrebbero risentito del divorzio, ma purtroppo non c'era altra strada, se Paul avesse deciso di non tornare.

«Sono sicura che papà vorrà rivedervi presto», le disse.

Pennie annuì, in preda a una strana combinazione di sentimenti. Era furibonda con lui perché aveva lasciato la madre e tutti loro, ma allo stesso tempo provava pena per l'infelicità nella quale aveva vissuto in tutti quegli anni.

Eileen chiamò Jane quella sera stessa, e l'amica non parve troppo sorpresa; aveva sospettato che lui avesse una relazione, ed era preoccupata di come Eileen avrebbe affrontato la situazione. Sembrava averla presa abbastanza serenamente, ma avrebbe attraversato momenti difficili se fossero arrivati al divorzio, anche se fossero rimasti in buoni rapporti. Essere lasciata per un'altra donna era un colpo basso, e Jane era pronta a giurare che l'amante fosse più giovane di Eileen. Ritrovarsi alla soglia dei quarant'anni abbandonata dal marito era l'incubo di qualunque donna.

Si accordarono per vedersi a pranzo il giorno seguente. Si sentiva impotente, ma era sollevata per il fatto di conoscere la verità.

«Come l'hanno presa i ragazzi?» volle sapere Jane.

«Pennie si è comportata magnificamente. È arrabbiata con il padre, ma credo che saranno i gemelli a soffrirne di più: non capiranno perché sia successo.»

«Si abitueranno, vedrai. Tutti i bambini si adattano, e poi ci sono moltissimi figli di divorziati, oggi. Basta che Paul continui a vederli. E comunque possono contare sulla presenza tua e della sorella.»

Eileen ne era consapevole, tuttavia aveva sempre sperato di non fare parte di quell'universo, e si era impegnata a fondo per evitarlo. Evidentemente non aveva fatto abbastanza e Paul, malgrado il passare degli anni, non aveva mai superato la propria delusione, al contrario di lei, che se l'era gettata alle spalle e aveva guardato avanti, occupandosi con amore della sua famiglia.

Dopo avere deciso il luogo dell'incontro per il giorno seguente, chiusero la telefonata. Rimasta sola, Eileen tentò inutilmente di non pensare a ciò che stava facendo Paul, alla donna che gli stava accanto, a come fosse. Voleva saperne di più, eppure, anche all'oscuro di tutto, si sentiva già sconfitta. Aspettava che fosse Paul a fare il passo successivo; si sentiva impotente, ma sollevata per il fatto di conoscere la verità. Non riusciva a immaginare se stessa con un altro uomo, a iniziare una nuova vita. Non era neanche sicura che ne avrebbe avuto la forza. Trovava immensamente deludente e triste quanto le stava capitando.

Da sola nel suo letto, quella notte, ripensò alle parole del marito. L'ultima cosa che desiderava era uscire e ricominciare una vita sentimentale. Le pareva di avere sprecato diciotto anni della sua vita. L'unica cosa positiva di quel matrimonio erano i loro figli. Se davvero Paul l'aveva tradita, non lo avrebbe mai potuto perdonare né accogliere di nuovo in casa. La sua vita era a un bivio. La giovinezza le stava sfuggendo dalle mani. Indipendentemente da ciò che le aveva detto Pennie, si sentì all'improvviso vecchia, come se l'esistenza che aveva conosciuto fino a quel momento si fosse conclusa. Il sogno che aveva tentato di costruire con il marito si era infranto. Paul non la voleva più, e lei si sentiva senza prospettive per il futuro.

6

Il mattino seguente, al risveglio, Gwen Waters ebbe un unico pensiero nella mente. Dopo essersi vestita con i jeans, una felpa pesante e scarpe da ginnastica per evitare di scivolare, e avere fatto una colazione leggera con un caffè e una fetta di pane tostato, chiamò un taxi e diede un indirizzo del centro, in una zona ancora non riqualificata di Bowery. Con il traffico del mattino, le occorse quasi un'ora per arrivare a destinazione, ma non se ne rese conto, persa com'era nei propri pensieri.

L'auto si fermò davanti a un vecchio deposito fatiscente, con il marciapiede ingombro di sacchi di spazzatura in attesa di essere smaltiti. Un paio di senzatetto sostavano sulle soglie degli edifici, gli alcolizzati dormivano ancora. Non era Tribeca o SoHo, ma un quartiere molto meno alla moda.

A Gwen, le enormi porte dell'edificio dipinte di verde scuro avevano sempre rammentato Parigi. Suonò il campanello e attese. La madre ci avrebbe messo un bel po' prima di rispondere e, se stava armeggiando con il saldatore, probabilmente non avrebbe neanche sentito; in quel caso, Gwen le avrebbe telefonato.

Dopo cinque minuti abbondanti, mentre stava per chiamarla con il cellulare, uno dei maestosi battenti si aprì piano. Apparve una donna scarmigliata, con addosso un pesante grembiule da saldatore, un cannello in mano e una maschera protettiva con la visiera alzata, che le sorrise.

«Sei tu. Non ti aspettavo. Sto lavorando a un nuovo cavallo.»

«Lo immaginavo. Ciao, mamma, come va?» Gwen l'abbracciò. C'era una vaga somiglianza fra le due, sebbene la madre non fosse alta quanto la figlia, e i loro stili fossero opposti. Gwen era impeccabile ed elegante persino in jeans e felpa, la madre invece era una bohémienne. Il volto dell'anziana donna, simile a quello della figlia, era ancora bello nonostante la fitta rete di rughe. I capelli, un tempo scuri, erano bianchi come la neve e raccolti in uno stretto chignon, per evitare che le scintille li investissero.

Gwen ormai aveva rinunciato a preoccuparsi per la madre, che comunque faceva sempre a modo suo. Molto attenta con l'uso del saldatore, era totalmente indifferente a tutti gli altri aspetti riguardanti la sicurezza, ma per fortuna non c'erano mai stati incidenti seri. Ovunque vi erano ammassi di legno, pile di oggetti metallici dalle forme stravaganti, fili elettrici; una parte del magazzino sembrava un percorso a ostacoli con rottami di ogni tipo, panche e attrezzi disposti lungo il perimetro del locale, che un tempo aveva ospitato una piccola industria tessile. Ciò che più colpiva l'occhio erano gli enormi cavalli d'acciaio, spettacolarmente aggraziati, pronti a essere colati in bronzo. Di tanto in tanto, la madre di Gwen ne creava anche di legno o con oggetti di riciclo. Una parte del magazzino ospitava la statua gigantesca di un uomo nudo. I cavalli di Gabrielle Waters sul mercato valevano una fortuna.

Scultrice di professione, in gioventù aveva studiato Belle arti a Parigi. Figlia di un medico, come Gwen non aveva fratelli né sorelle. A dispetto delle rughe, dimostrava settantacinque anni, mentre in realtà ne aveva novantadue. Gli occhi di un intenso azzurro erano vivaci, l'udito perfetto, il fisico agile. Era diventata mamma più tardi della media.

Rimasta vedova di un famoso pittore quando Gwen aveva un anno, non si era più risposata. Aveva avuto qualche lunga relazione, ma non aveva mai sentito l'esigenza di andare di nuovo all'altare. Il suo compagno, Federico Banducci, noto fotografo, era di otto anni più giovane: un arzillo ottantaquattrenne ancora molto attivo con la sua professione, proprio come lei.

La loro amicizia era nata all'Istituto delle Belle arti della capitale francese. Ai tempi, lui ne aveva venti e lei ventotto. La vita li aveva fatti incontrare di nuovo mezzo secolo più tardi, quando lei ne aveva settantotto. Non si erano più lasciati, e convivevano da quattordici anni. Federico aveva studiato per diventare architetto, ma non aveva mai esercitato per dedicarsi alla sua passione: la fotografia. Veneziano di nascita e discendente di una nobile famiglia, dopo Parigi si era trasferito a New York. Nella città lagunare un palazzo portava ancora il nome del suo casato.

A ventun anni era approdato negli Stati Uniti, aveva acquisito la cittadinanza americana, era stato arruolato nell'esercito e mandato in Vietnam: erano suoi alcuni degli scatti di guerra più famosi del mondo. Una volta si era inoltrato in un campo minato nel tentativo di ritrarre dei bambini terrorizzati, stretti intorno alla madre ferita. Quell'esperienza gli era costata una vistosa cicatrice su metà del volto. L'altra metà era ancora perfetta e assomigliava al profilo di Giulio Cesare su un'antica moneta romana. Gabrielle vedeva soltanto la parte più bella e la meraviglia della vita. Gwen era felice che la madre, così poco convenzionale, avesse trovato l'uomo adatto a lei, e che i due fossero tanto uniti. Federico non si era mai sposato e non aveva figli. Adorava la compagna e avrebbe voluto sposarla, ma lei era sempre stata del parere che il matrimonio avesse senso soltanto per chi desiderava diventare genitore, così aveva rifiutato le sue innumerevoli proposte. Gabrielle era una donna felice, energica, piena di vitalità e di talento, e negli anni aveva moltiplicato saggezza e creatività. La sua forza pareva inesauribile, ed era d'ispirazione per tutti. Più invecchiava, più le sue opere diventavano mastodontiche. I suoi cavalli erano presenti in molti musei internazionali, e ambiti anche dai collezionisti privati. Riusciva a farne circa tre in un anno, e la lista d'attesa era già lunga.

Si avvaleva dell'aiuto di due o quattro giovani artisti, perciò il suo laboratorio era in fervente attività quando Gwen la seguì lungo le scale che portavano al loft dove alloggiavano lei e Federico, il quale era a Parigi per la sua mostra al Petit Palais. Gabrielle aveva in progetto di presenziare all'inaugurazione, e Gwen aveva promesso che l'avrebbe accompagnata, dato che al momento era ferma con il lavoro.

La madre accese il bollitore per il tè e lasciò che i suoi collaboratori continuassero senza di lei. Stavano preparando alcuni pezzi che lei avrebbe poi saldato personalmente. Gwen si sedette su una delle comodissime poltrone che Gabrielle e Federico avevano raccolto in strada prima che fossero portate alla discarica. Il loro loft traboccava di bizzarre collezioni di oggetti trovati per caso e di stupendi pezzi d'antiquariato italiano. Alle pareti, spiccavano le fotografie di Federico. Le vite e i talenti dei due anziani si mescolavano perfettamente, e c'era sempre un'atmosfera accogliente. La coppia riceveva ospiti di ogni genere: politici, artisti, scrittori, banchieri e scienziati. Federico era un cuoco provetto, e spesso gli amici andavano a mangiare a casa sua quando Gabrielle non era troppo impegnata con una commissione o lui in giro per il mondo. Erano sempre in attività, entrambi benedetti da una salute di ferro e in grado di lavorare senza sosta.

«Qual buon vento ti porta qui?» Gabrielle, sempre felice di vedere la figlia, le posò davanti una tazza di tè verde. Non si fermava mai durante la giornata, ma per Gwen faceva un'eccezione, specialmente in quel periodo delicato, nel quale il lavoro per lei scarseggiava. Gwen aveva ereditato dalla madre la stessa etica professionale, ma, al contrario di una scultrice, non poteva fare nulla senza un copione valido tra le mani e un buon contratto.

«Mi sei mancata, inoltre ho sempre bisogno di uno dei tuoi infallibili consigli», le rispose Gwen guardandola con affetto. Gabrielle, dal carattere più peperino, detestava le chiacchiere al telefono, perciò Gwen andava a trovarla. Il viso di Gabrielle era meravigliosamente espressivo. Si divertiva a rammentare alla figlia le continue discussioni di quando lei era una ventenne, litigi che ormai erano solo un ricordo; negli ultimi trent'anni il loro rapporto si era fatto strettissimo. «Sono preoccupata per Olivia. Credo che stia per commettere un errore. A quanto pare è persa per un uomo sposato», le disse con espressione turbata.

«Sposato quanto?» chiese la madre con un'occhiata maliziosa. Erano pochissime le cose che la scioccavano, alla sua età.

«Abbastanza. Ha lasciato la moglie qualche giorno fa, con la solita scusa che il loro era un matrimonio arrivato al capolinea. Ha tre ragazzi. Lui e Olivia si frequentano da cinque mesi e per tutto quel tempo ha sempre vissuto con la moglie. Non voglio che mia figlia si ferisca o che ci vada di mezzo qualcun altro. Di sicuro i figli di quell'uomo la odieranno per avere fatto saltare il matrimonio.»

«Non puoi farci nulla», dichiarò la madre, serafica. «Sono certa, però, che non si arriverà a tanto, vedrai. Se conosco bene mia nipote, si stancherà prima che la storia diventi troppo seria. Per il resto cosa mi dici, è una persona rispettabile?»

«Lei sostiene di sì.»

«Ai tempi, anch'io ho frequentato qualche uomo sposato. E tu?» chiese Gabrielle sorridendo al ricordo di uno di loro in particolare, un professore di Belle arti.

«Mai», replicò la figlia.

«Non sono mai stata allettata dal matrimonio fino all'incontro con tuo padre. Avevo trentacinque anni.» Gwen era nata un anno dopo, e quello successivo il padre era morto di colera durante un viaggio in India. «Quando un uomo impegnato si offre di lasciare la moglie, io scappo immediatamente. Olivia non vorrà sposarlo, vero?»

«Non ancora, ma non si sa mai.»

«Dubito che lo farà. Non preoccuparti troppo. Che ne dici di dargli un'occhiata? Potremmo invitarlo a pranzo qui da me.» Gwen sorrise. Tutti adoravano frequentare il suo laboratorio e gustare la famosa pasta di Federico. «Li faremo venire al nostro ritorno da Parigi. Federico mi ha raccontato che l'allestimento sta riuscendo benissimo. Mi sono offerta di prestare alla struttura un cavallo che ho appena terminato, da mettere all'ingresso, ma l'organizzazione non è disposta a pagare le spese di trasporto, così non se ne fa niente.» Le opere di Gabrielle pesavano tonnellate e spedirle aveva un costo proibitivo.

«Credo che invitare l'uomo di Olivia sia un'ottima idea. Anche a me piacerebbe incontrarlo.»

«Sarà terrorizzato al pensiero di conoscerci. Per quanto riguarda me, non ha nulla di cui preoccuparsi, considerati i miei anni», commentò Gabrielle con una risata. «L'età è un'ottima copertura per un'infinità di peccati. La gente pensa che io sia un'anima candida, ma non sempre è così.»

«Sei la persona più giovanile che io conosca», le disse la figlia con dolcezza. «Vorrei avere la tua stessa energia. Non ho ancora visto un solo copione decente, e questa situazione mi sta facendo impazzire.»

«Arriverà, vedrai», la rassicurò la madre, fiduciosa.

«O forse no. Molte attrici della mia età possono considerare conclusa la loro carriera.»

«Non la tua. Magari non avrai più le parti di un tempo, e forse non saranno più così numerose, ma ti saranno assegnate le migliori. In genere, nei film, i ruoli di spicco sono affidati a donne della tua età.»

«Forse sono troppo vecchia...»

«Se tu sei troppo vecchia, cosa sono io, morta? Non essere sciocca. Riceverai la proposta di una parte fantastica e di una sceneggiatura all'altezza. Nel frattempo, devi solo trovarti un hobby, qualcosa che ti tenga impegnata.»

«Escludiamo le lezioni di pianoforte. Non sono ancora in grado di suonare», replicò Gwen ridacchiando.

«Perché non riprendi con la pittura? Avevi del talento che non hai avuto modo di affinare. Sei la figlia di tuo padre.»

«Sarà almeno un decennio che non prendo un pennello in mano», rispose in tono cupo, tuttavia pensò che l'idea non era da scartare perché l'avrebbe aiutata a trascorrere il tempo in attesa di ritrovarsi con un interessante copione tra le mani. «Ci rifletterò.»

«Non rifletterci, fallo e basta. È il modo migliore di muoversi, anzi l'unico, direi.» Chiacchierarono ancora un po', fino a quando Gwen si accorse dell'irrequietezza della madre, desiderosa di tornare al lavoro. «Anche tu devi trovare qualcuno in grado di farti divertire un po'», aggiunse Gabrielle accompagnandola di nuovo al pianterreno.

«Preferisco una bella sceneggiatura. Senza contare che agli uomini non piacciono le donne famose, e che io non ho un vero appuntamento galante da almeno due anni.»

«All'uomo giusto non importa nulla della tua fama. Solo i deboli ne sono spaventati, e quelli comunque non fanno per te. Hai bisogno di un uomo normale e serio, come Federico. Ha un delizioso nipote a Venezia, che purtroppo però è un tantino troppo avanti con gli anni per te, è sulla settantina.»

Dopo aver dato un bacio alla figlia, Gabrielle fece calare la visiera della maschera da saldatrice. Stava lavorando a un cavallo dalla stazza impressionante, e utilizzava una scala. «Riprendi a dipingere. Il resto accadrà al momento giusto.»

Quando se ne andò, Gwen si sentì incoraggiata. Ritornò a casa in taxi e per tutto il tragitto rifletté, sorridente, sulle parole della madre. Gabrielle, tra le altre cose, aveva scoperto un nuovo servizio di consegna a domicilio offerto dai migliori ristoranti della città, e le aveva raccontato che lei e Federico avevano ordinato un pasto favoloso al *La Gamine*. Era una donna che rincorreva la modernità, sempre aggiornata sugli ultimi trend e con la mente più aperta alla novità rispetto alla figlia.

A casa, Gwen andò in cerca della sua vecchia attrezzatura da pittura. Trovò un cavalletto e una tela. La maggior parte dei tubetti di colore era seccata, e avrebbe dovuto comprarne di nuovi. Nel frattempo, avendo scovato anche un album da disegno e del carboncino, decise di passare il tempo così. Come al solito, sua madre aveva ragione. Dipingere e disegnare l'avrebbe distratta e, come sempre, tranquillizzata. Si mise subito all'opera, senza accorgersi che era arrivata l'ora di cena.

Quel pomeriggio, Paul trovò un appartamento sorprendentemente ben arredato in un palazzo della zona degli East Seventies, non distante dalla casa di Olivia, il cui proprietario aveva deciso di trascorrere un anno sabbatico in Toscana. C'erano tre camere e tutto il necessario per trasferirsi subito, inclusa la biancheria e l'attrezzatura da cucina. Così, avrebbe potuto ospitare i figli quando fossero venuti nei fine settimana, e il resto del tempo sarebbe rimasto con Olivia.

Chiamò Eileen per darle la notizia e mettersi d'accordo per ricevere i ragazzi. Aveva pensato che la moglie fosse contenta per la sua rapida sistemazione, invece si ritrovarono a discutere sugli impegni dei gemelli. Eileen voleva che Pennie, quel fine settimana, si concentrasse sulle domande di ammissione alle università, mentre lui insisteva che tutti e tre restassero a dormire nella sua nuova casa.

«Non voglio che i loro voti scendano in onore della tua vita sentimentale», ribatté Eileen, tagliente. Era ancora furiosa con lui, e per tutto il giorno aveva rimuginato sulle bugie che negli ultimi mesi le aveva rifilato.

«Vuoi che venga a vederli domani, lì a casa?»

«Niente affatto. Non sono ancora pronta a riceverti. Dopo tutto, te ne sei andato soltanto da un paio di giorni.»

«Credevo che saresti stata felice della rapidità con cui ho trovato un appartamento», commentò Paul, ingenuamente irritato.

«Per continuare a tradirmi?»

«Siamo separati, adesso. Non è più tradimento», puntualizzò. «E poi ti ho parlato di lei.»

«Sì, cinque mesi dopo e solo perché ti ho messo con le spalle al muro. Non lo hai fatto certo di tua spontanea volontà.»

«Possono venire da me almeno una notte?» insistette lui.

Eileen acconsentì controvoglia, e subito dopo gli fece la domanda che l'aveva tormentata tutto il giorno.

«Devo rivolgermi a un avvocato? Stiamo per divorziare?»

«Non ho ancora preso una decisione. Magari, tra non molto, potremmo tornare insieme», le rispose poco convinto. Non credeva in una simile possibilità, ma voleva tenere la porta aperta, nel caso in cui la storia con Olivia non avesse funzionato, o se Eileen gli fosse mancata. Fino a quel momento non aveva provato alcuna nostalgia, e la moglie gli si rivolgeva con palese ostilità. D'altra parte non poteva biasimarla: le stava chiedendo troppo, ne era consapevole. «Io non l'ho ancora fatto. Probabilmente non ce ne sarà neanche bisogno, se ci metteremo d'accordo sulle visite.»

Quella mattina, Jane aveva consigliato a Eileen di rivolgersi a un legale e le aveva dato due nominativi, ma lei non era pronta a fare quella chiamata, né ad abbandonare ogni speranza di salvare il suo matrimonio.

Accettò di mettere i figli sul treno, venerdì dopo la scuola, e si fece promettere da Paul che sarebbero rientrati sabato sera, così la domenica avrebbero potuto recuperare i compiti per casa, e i gemelli non avrebbero perso gli allenamenti di calcio. Conclusa la conversazione, Paul era a pezzi. Se si fosse deciso per il divorzio, voleva restare in buoni rapporti con la madre dei suoi figli, anche se al momento sembrava impossibile.

Quella sera raccontò tutto a Olivia, soffermandosi sulle difficoltà avute con la moglie.

«Mia madre afferma che potrebbero esserci delle complicazioni», replicò lei in tono pacato. Paul la fissò sorpreso.

«Le hai parlato di me? Le hai detto che sono sposato?»

«Naturale.»

«Penserà che sono un farabutto ad avere lasciato moglie e tre figli.»

«Non ha fatto salti di gioia, ma tutto sommato è una persona ragionevole. La situazione tornerà alla normalità quando avrai ottenuto il divorzio.»

Paul annuì, senza accennarle di non avere ancora contattato un legale. Aveva intenzione di farlo, quando fosse stato pronto. La situazione era più difficile di quanto avesse immaginato: sebbene fosse innamorato pazzo di Olivia, provava un profondo dispiacere per Eileen e i figli. Li aveva costretti a un grosso cambiamento, ed era impaziente di rivederli nel fine settimana. Venerdì sera li avrebbe portati fuori a cena, loro quattro da soli, avrebbero dormito tutti insieme nel nuovo appartamento e poi, sabato a pranzo, avrebbe invitato Olivia per presentarglieli.

«Sicuro?» chiese lei con aria dubbiosa. «Non credi che sia troppo presto?»

«Prima ti conoscono, meglio è. Per adesso possiamo dire che siamo soltanto amici. In questo modo non ci saranno traumi e potranno vedere quanto sei meravigliosa.»

«Non ho idea di quanto bene me la caverò con i ragazzi. Non ne ho mai frequentati, e ho appena dieci anni più di tua figlia. Potrebbe non gradire.»

«Le piacerai, vedrai. Sarà come avere una sorella maggiore, o un'amica adulta», rispose lui, fiducioso. «Con i gemelli è facile trattare. Si interessano soltanto di sport e videogame.»

«Non so nulla di entrambe le cose.» Olivia sembrava preoccupata, ma lui insistette che tutto sarebbe stato semplice e divertente.

Quando andarono a letto, Olivia si dimenticò dei figli di Paul. Adorava dormire al suo fianco ogni notte, fare l'amore ogni volta che lo desideravano. Finalmente era un uomo libero, nonostante ci fossero voluti cinque mesi di promesse prima che si decidesse a lasciare la moglie. Con quel passo, però, le aveva dimostrato di essere un uomo di parola. Di sicuro i dubbi di Gwen erano infondati. Non le restava che conoscere i ragazzi, poi la strada sarebbe stata tutta in discesa. Era quello che le aveva detto Paul, e lei gli credeva. Ci credeva lui stesso: mentire a Olivia non gli piaceva, lo faceva soltanto con la moglie.

7

Quel venerdì pomeriggio, Paul uscì in anticipo dall'ufficio per andare a prendere i figli che, partiti da Greenwich al termine delle lezioni, sarebbero arrivati in treno alla Grand Central Station alle diciassette e diciannove. Ciascuno di loro aveva un borsone con gli oggetti personali e il computer, e Mark un trolley preparato da Eileen con un cambio d'abiti per tutti. Era la prima volta che incontravano il padre da quando se n'era andato, la settimana precedente.

Nel vederli scendere dal treno, Paul si sentì travolgere da un'ondata d'affetto e di sollievo. I gemelli davanti e Pennie dietro per tenerli d'occhio; negli ultimi sette giorni si era calata in un ruolo più genitoriale, per aiutare la madre nella gestione dei fratelli.

I ragazzi gli andarono incontro con gioia. Paul mise un braccio intorno alle spalle di ciascuno e guardò la figlia, nei cui occhi notò gelida disapprovazione e rabbia ardente. Pennie non si sporse verso di lui quando lasciò andare i gemelli, e quando lui l'abbracciò si irrigidì.

«Ciao, papà», mormorò mentre si incamminavano verso l'uscita della stazione zigzagando tra la folla.

Nel taxi che li avrebbe condotti al nuovo appartamento di Paul sulla Upper East Side, i gemelli non fecero che chiacchierare. Arrivati a destinazione, rimasero piacevolmente colpiti dall'edificio, piccolo ed elegante.

«Forte, papà», esclamò Mark. Seth sembrava più esitante, invece Pennie non aveva detto una parola né in taxi né mentre si guardava intorno. Le dimensioni dell'appartamento erano contenute, e gli interni ben arredati. La stanza dei ragazzi aveva due letti e una grande tv a schermo piatto su una parete. Quella di Pennie, più ampia e femminile, era tappezzata di chintz fiorato azzurro pallido. La camera di Paul, in fondo al corridoio, aveva un comodo letto king-size, una tv a schermo piatto e una splendida vista sul giardino. Pochi minuti dopo si riunirono in cucina dove Paul aveva preparato chips e guacamole, che i figli adoravano. Nessuno osò mangiare per primo, evidentemente turbati dal malumore di Pennie nei confronti del genitore. Era chiaro che avesse preso le parti di Eileen e che sospettava che il padre avesse un'amica: la madre le aveva detto che probabilmente era così. I gemelli, al contrario, non sapevano ancora nulla.

«Cosa ne pensate, ragazzi?» chiese Paul con un sorriso ansioso. Desiderava ardentemente la loro approvazione e che si sentissero a casa nel suo nuovo appartamento.

«È stato brutto da parte tua lasciare la mamma», disse Seth in tono pacato, guadagnandosi un'occhiataccia da parte di Mark. Quest'ultimo, subito dopo, rivolse al padre uno sguardo di scuse. Pennie, in piedi davanti alla finestra, fissava il giardino sul retro, dall'aspetto spoglio e autunnale.

«Non devi dirlo!» sbottò Mark, rimproverando il fratello. Voleva che la visita si svolgesse in tranquillità, affinché potessero continuare a vedere il padre. Ne avevano parlato in treno, ma Seth si era sentito ferito da quella rottura improvvisa e dal fatto che se ne fosse andato senza salutarli.

«Mi dispiace, papà», si scusò, servendosi del guacamole.

«Chiedo scusa per non avervi salutato. È accaduto tutto così all'improvviso, sabato scorso, quando vostra madre e io abbiamo deciso su due piedi di avere bisogno di una pausa. Era da un po' che le cose non andavano bene, ma ci siamo rifiutati di prenderne atto.»

«Tornerai?» volle sapere Seth. L'espressione preoccupata lo faceva sembrare più grande della sua età. Presto i gemelli avrebbero compiuto dodici anni, e crescendo si erano fatti meno turbolenti.

Paul esitò prima di rispondere. «Non lo so ancora», disse per evitare di mentire. «Vostra madre e io dobbiamo parlare.»

«La mamma piange in continuazione», lo informò Seth, subito ripreso da un verso strozzato del gemello. Non era quello l'atteggiamento che avevano deciso di tenere in treno. Avrebbero dovuto divertirsi e godersi la visita, non pressare il padre o farlo sentire in colpa.

«Mi dispiace. Questo è un grosso cambiamento per entrambi. Forse però ci farà bene. È difficile mantenere un matrimonio sui binari giusti per tanti anni. Le persone cambiano.»

In special modo se si è costretti a sposarsi, pensò Pennie. Sapeva di essere stato l'elemento catalizzatore del matrimonio dei genitori e sentiva inoltre di avere avuto un ruolo nella loro separazione, a causa della sua gravidanza. Da allora, il comportamento dei suoi era peggiorato parecchio.

«Sono contento che tu ci abbia chiesto di venire», disse Mark, improvvisamente serio. La vista delle stanze pronte ad accoglierli li aveva tranquillizzati tutti, benché la nuova sistemazione facesse presagire un cambiamento duraturo, come se il padre intendesse restare lontano da casa per un lungo periodo, se non addirittura per sempre.

«Perché non ci mettiamo un po' comodi prima di andare a cena?» propose Paul. Aveva prenotato un tavolo in un ristorante italiano in cui era stato con Olivia, dove i ragazzi avrebbero potuto mangiare pasta, pizza e scegliere in un menu tradizionale; era convinto che sarebbe stato di loro gradimento. Per il pranzo del giorno dopo, aveva telefonato al *Serendipity*, famoso anche per i golosissimi dessert. I ragazzi conoscevano già il locale e lo adoravano per l'atmosfera giocosa. Il caffè giovane e spensierato era sembrato a Paul il posto perfetto per far conoscere Olivia ai ragazzi; questi ultimi, però, ignoravano ancora il suo progetto. Per sorprenderli, Paul aveva suggerito a Olivia di dare l'impressione di essere passata lì per caso, ma lei era parsa esitante e nervosa.

Pennie continuò a non dire una parola mentre seguiva i fratelli fuori dalla cucina e ciascuno si dirigeva nella propria stanza per esaminarla meglio. Mark accese la televisione, Seth invece aprì il portatile e iniziò a giocare con un videogame. Pennie chiuse la porta della sua stanza per cambiarsi per la cena e indossare un paio di scarpe con i tacchi e un maglioncino preso in prestito dalla madre. Quando, mezz'ora dopo, il padre bussò alla sua porta, gli apparve bellissima e cresciuta.

«Pen, sei deliziosa!» si complimentò Paul.

«Grazie», rispose lei, imbronciata. Si rifiutava di lasciarsi coinvolgere dal tentativo paterno di fingere che tutto fosse normale. Quella sera, sapeva che la madre e Jane avevano deciso di andare a mangiare il sushi. Per fortuna non sarebbe stata sola, e questo la faceva sentire meno in colpa per essere andata in città. Benché arrabbiata con il padre, anche lei desiderava vederlo, eppure aveva la sensazione di avere tradito la madre. Da quando Paul era andato via, si erano creati due fronti e lei era schierata dalla parte della mamma, malgrado l'affetto che provava per il papà. In una situazione come quella, era inevitabile sentirsi confusi.

Raggiunsero il ristorante in taxi e Paul fu sollevato nel constatare la soddisfazione dei figli. Il locale era di un livello superiore rispetto a quelli frequentati di solito, adatto per un evento speciale come il loro incontro e con cibo squisito. Rientrarono a casa verso le nove, Paul diede ai ragazzi il codice d'accesso al Wi-Fi per collegarsi a Internet, e Seth accese la tv nella stanza che divideva con il fratello per guardare il suo show preferito, come faceva quando era a casa. I tre ragazzi non sapevano come comportarsi, se chiacchierare con il padre o fare quello che desideravano. Non avevano ancora un protocollo di visita per genitori separati e tentavano di muoversi in base ai segnali che il padre lanciava loro. Paul, che sembrava trattarli più come ospiti che come figli, si assentò qualche minuto per chiamare Olivia. Le cose stavano andando bene, le disse, sebbene Pennie fosse ancora un po' sulle sue. Terminata la conversazione, passò in camera della figlia e la trovò sdraiata sul letto a leggere una rivista.

«Tutto okay?» le chiese dalla porta. Non era sicuro che la ragazza voleva che entrasse, e neanche lei era certa su come comportarsi. Paul si sentiva un estraneo in quell'ambito così poco familiare, ma era pur sempre suo padre.

«Suppongo di sì.» Pennie mise da parte la rivista. «Perché lo hai fatto, papà? Non avreste potuto sistemare la questione da casa?» Il loro non era un matrimonio tranquillo, ma quella partenza le era sembrata una decisione troppo radicale. Benché i litigi non fossero frequenti, Pennie non sapeva quanto i genitori si fossero allontanati negli ultimi tempi, e Paul non se la sentiva di spiegarglielo. Sarebbe stato impossibile dirle che la relazione con Olivia aveva cambiato tutto.

«Le cose accadono», disse in tono pacato entrando nella stanza e accomodandosi su una sedia. «Proprio come è successo a te e a Tim. Non le pianifichi, e poi devi affrontarne le conseguenze. È da tanto che tua madre e io ci stiamo allontanando, ed entrambi abbiamo deciso che sarebbe stato meglio che io andassi via di casa», continuò Paul, dandole una versione modificata dell'accaduto.

«Mamma ha detto le stesse cose. Intendete divorziare?»

«Non lo so. È possibile, ma non c'è niente di sicuro, per adesso. Ecco perché mi sono trasferito qui: per riflettere.» Non avrebbe mai fatto un'ammissione simile con Olivia. Lei credeva che le procedure del divorzio fossero già avviate e che Paul fosse un uomo libero, come lui si sentiva quando erano insieme. Nell'istante in cui aveva rivisto i figli, però, non si era sentito più sicuro di niente. Eileen faceva parte della sua vita e quando era andato in stazione per prendere i ragazzi aveva provato una profonda nostalgia, più di quanto si sarebbe aspettato nell'istante in cui si era chiuso la porta di casa alle spalle. Aveva pensato che sarebbe stato un sollievo trasferirsi in città, frequentare Olivia senza restrizioni, ed era così, ma aveva la sensazione che gli mancasse un pezzo... Gli mancava Eileen, e lo aveva capito soltanto in quel momento. «E la mamma come se la cava?» chiese con un filo di voce.

«Sta tentando di resistere con grande coraggio. L'ho vista piangere, ma non ha mai detto niente di negativo nei tuoi confronti.»

«Non è il tipo.» Paul, tuttavia, sapeva che Eileen avrebbe avuto tutte le ragioni per farlo. «È una persona meravigliosa. Lei e io non abbiamo più niente in comune, a parte voi, e questo non basta per far funzionare un matrimonio.»

Pennie assentì. Avrebbe voluto odiarlo, ma non ci riusciva. Era sempre il suo adorato padre, nonostante fosse furiosa con lui per essersene andato. Le sarebbe piaciuto chiedergli della nuova compagna, se c'era, ma non osò. L'argomento era troppo imbarazzante e doloroso da affrontare.

Paul uscì dalla stanza della figlia e andò a controllare i gemelli, ai quali suggerì un gioco di carte in comune. Non avendo però trovato un mazzo, ed essendo tutti stanchi, decisero di andare a letto presto. Quella sera, Paul pensò a Olivia. Quelle parentesi con i figli erano sacre per lui, e dovevano essere dedicate interamente a loro. Era importante che tutto andasse per il meglio.

Il mattino seguente, preparò la colazione aiutato da Pennie, che sembrava leggermente più sciolta. Aveva deciso di cucinare uova strapazzate e pancake irrorati dallo sciroppo preferito dai ragazzi. Se la cavava piuttosto bene con le colazioni, anche se non sapeva fare molte cose, tranne qualche semplice piatto imparato da Eileen. Lei sì che era una cuoca fantastica, sempre orgogliosa di preparare manicaretti per la famiglia, e aveva insegnato qualche trucchetto alla figlia.

Terminato di mangiare, i gemelli andarono a giocare al computer e la sorella si prese cura dei suoi capelli, come al solito. A mezzogiorno, Paul annunciò che avrebbero pranzato al *Serendipity*, suscitando l'approvazione generale. Dopo, sarebbero potuti andare a vedere un film. Il ritorno a Greenwich era previsto con il treno delle sei. Fino a quel momento la visita era filata liscia. Per andare al ristorante presero la metropolitana, che per i ragazzi fu una vera avventura.

Al ristorante era tutto in fervente attività. Furono accompagnati a un tavolo rotondo sul quale pendeva una lampada Tiffany, come sugli altri. Pennie notò che era apparecchiato per cinque ma, pensando si trattasse di un errore, non disse nulla. Ordinarono hot-dog e club sandwich, seguiti da banana split per i gemelli, un semifreddo al mocaccino per Pennie e un gelato alla vaniglia con topping caldo al cioccolato per Paul. In famiglia erano tutti golosi di dolci. Durante il pranzo chiacchierarono in continuazione. I gemelli pensavano già con entusiasmo ai costumi e ai progetti per Halloween. Pennie raccontò che avrebbe partecipato al party di un compagno dell'ultimo anno. Erano nel vivo della conversazione quando furono serviti i dessert e al loro tavolo si presentò, sorridente, una giovane donna dai capelli rossi. Paul, che aveva intenzione di introdurre l'argomento da lì a poco, capì di non avere fatto in tempo. Tutti fissarono la donna mentre scostava la quinta sedia e prendeva posto.

«Scusate il ritardo. C'era un traffico tremendo. Salve, sono Olivia. Piacere di conoscervi.»

I ragazzi la guardarono in silenzio mentre Paul, a disagio, si agitò sulla sedia tentando di camuffare l'imbarazzo.

«Olivia è un'amica e volevo presentarvela. Mi ha accennato che sarebbe stata da queste parti, oggi, e l'ho invitata a unirsi a noi.»

«E hai pensato bene di non dircelo?» sbottò Pennie senza degnare Olivia di un'occhiata. I gemelli bofonchiarono un «ciao» imbarazzato e fissarono il loro banana split.

«Gradisci un dessert?» chiese Paul scambiando un'occhiata con lei.

Olivia sembrava confusa. «No, sto bene così. Assaggerò il tuo.» Un segno di intimità che non sfuggì all'attenzione di Pennie.

Olivia si sforzò di fare conversazione, mentre Paul tentava di compensare il silenzio dei figli, così, alla fine, le uniche persone che parlavano al tavolo erano loro due. I gemelli mangiarono senza neanche guardarla, e Pennie non smise un attimo di lanciare occhiate ostili a lei e furibonde al padre.

«Non capisco perché tu non ci abbia detto di avere invitato un'amica, papà», sbottò infine. Mark approfittò di quell'istante per guardare Olivia per la prima volta. «È la tua ragazza, papà?» Voleva sapere. Volevano saperlo tutti, anche se Pennie era già convinta che lo fosse.

Paul si sentì un traditore quando rispose di no. «Siamo solo buoni amici. Ci siamo conosciuti grazie al nostro lavoro. Olivia ha una galleria d'arte online e sua madre è una famosa star del cinema.» Si stava arrampicando sugli specchi per tentare di giustificare la loro conoscenza, ma sapeva che i figli non ci sarebbero cascati.

«Quanti anni hai?» chiese Seth. Di nuovo, in attesa della risposta, tutti gli occhi si fissarono su Olivia. Con i jeans stinti, una felpa rossa e delle sneaker, sembrava quasi una coetanea di Pennie.

«Ventisette», rispose lei con un sorriso che cadde nel vuoto.

«Hai un ragazzo?» volle sapere Mark.

Fu Pennie a rispondergli prima che Olivia potesse farlo. «Sì, nostro padre. Ecco perché è venuta. Non ha invitato nessun altro del 'lavoro', no?» Aveva colpito nel segno, e Paul non ebbe il coraggio di negare una seconda volta. I figli avevano compreso che quell'appuntamento era stato programmato. «Non siamo stupidi e non abbiamo più cinque anni, papà. Lo abbiamo capito», seguitò Pennie senza smettere di fissare Olivia. I fratelli annuirono. Era una ragazza bellissima, che non mostrava di avere superato i vent'anni. «Trovo che averla fatta venire qui sia stato un gesto di mancato rispetto nei confronti della mamma», aggiunse Pennie. «Così sembra che noi siamo coinvolti in qualunque cosa ti stia frullando per la testa, mentre non è così. Avresti dovuto chiedere il nostro parere, come ci saremmo sentiti. Personalmente, se lo avessi saputo, non sarei venuta.» Olivia avrebbe voluto strisciare sotto il tavolo, ma dava ragione alla ragazza. Lanciò un'occhiata a Paul, mortificato dai commenti della figlia e incapace di replicare.

«Dobbiamo tenere il segreto con la mamma?» chiese Mark con candore.

«Certo che no. Non abbiamo segreti.»

«Tu sì», sibilò Pennie. Con un gesto secco allontanò da sé il dolce intonso, al contrario dei ragazzi che avevano divorato il loro.

«Possiamo dirlo alla mamma sì o no?» intervenne Seth rivolgendosi direttamente al padre.

«No», rispose Mark per lui. «Piangerebbe e si arrabbierebbe con noi.»

«Potete agire come meglio credete», rispose Paul senza incertezze. L'incontro gli stava sfuggendo di mano, ma non avrebbe mai preteso che i figli mentissero alla madre nascondendole qualcosa.

«Mi scuso per questa situazione imbarazzante», intervenne infine Olivia. «È un periodo molto difficile per tutti voi, con vostro padre che se n'è andato appena una settimana fa e che adesso vi presenta i suoi nuovi amici. Mi ha fatto piacere conoscervi, ma non volevo sconvolgere nessuno. Ho solo creduto che sarebbe stato divertente. Vostro padre mi ha parlato tanto di voi», proseguì in tono comprensivo. Ai gemelli piaceva, ma Pennie era rimasta sulle sue per tutto il tempo, e non intendeva cedere. Era arrabbiatissima con il padre per averli trascinati nella sua nuova vita, nella sua nuova storia d'amore, perché era chiaro a tutti che Olivia fosse la sua ragazza. In altre circostanze, più in là, se la situazione con la madre fosse stata chiarita, avrebbero potuto accettarla, ma non così. Il padre aveva forzato le cose, aveva teso loro un'imboscata.

Olivia si alzò e sorrise. «Bene, ero passata per trattenermi solo qualche minuto. Devo andare, adesso. Divertitevi.» Sventolò una mano in un saluto generale, evitò di baciare Paul e si diresse all'uscita del ristorante. Un istante dopo sparì, così come era arrivata, all'improvviso.

Sul tavolo calò una cappa di silenzio. I tre ragazzi fissarono il padre in attesa di una spiegazione. Il danno ormai era fatto, ne era consapevole persino lui. Era stato un errore madornale presentare Olivia così male e prematuramente. Era stato sciocco e ingenuo da parte sua pensare che i figli l'avrebbero accolta a braccia aperte soltanto perché lui l'amava.

«Come hai potuto farci questo, papà?» Pennie lo guardò con gli occhi ardenti di rabbia. «Cosa dobbiamo dire alla mamma, che abbiamo pranzato con te e la tua ragazza?»

«Non avete pranzato con lei, è passata soltanto a salutare.» Una scusa misera, lo sapeva.

«Era tutto pianificato... non ci hai detto niente, non ci hai neanche chiesto se volevamo incontrarla. Ci hai trascinato in qualunque cosa tu stia facendo con lei... una cosa evidente agli occhi di tutti noi. Sei vecchio abbastanza da sembrare suo padre.» Paul aveva già i capelli brizzolati e il volto segnato da qualche ruga. Olivia sembrava una ragazzina al suo fianco. Non era quello il punto, visto che gli anni che li separavano erano quattordici.

«Credo che dobbiamo dirlo alla mamma», commentò Seth con serietà. Al contrario di Mark, vivace e divertente, era più riflessivo.

«Non capisco perché. Non faremmo che rattristarla», intervenne Mark. «A me è piaciuta. È davvero carina. Sul serio, papà», concluse, in tono gentile.

«Sei stata scortese con lei», disse Paul rivolto alla figlia.

«Cosa ti aspettavi?» chiese Pennie.

Se solo avesse ascoltato il consiglio di Olivia, si rimproverò Paul.

«Vuoi sposarla?» domandò Seth. Aveva appena cominciato a capire il motivo di quell'incontro, ed era sconvolto.

«Certo che no», si affrettò a rispondere Paul. «Siamo amici. Siamo usciti un paio di volte insieme. Mi piace, non lo nego, ma non sposo nessuno. Sono legato a vostra madre.»

«Ma esci con lei?» insistette Seth.

Paul non rispose. Si sentiva in trappola, e per nulla al mondo avrebbe rischiato di rendere la situazione peggiore di quanto già fosse. Pensò a Olivia e a come doveva sentirsi. La missione era fallita, l'obiettivo non era stato raggiunto.

Chiese il conto con un cenno della mano e, dopo avere pagato, uscirono dal ristorante. In strada fu Seth il primo a parlare.

«Possiamo tornare a casa adesso? Ho un sacco di compiti per lunedì.»

«Sì, anch'io», gli fece eco Mark.

L'incontro con Olivia era stato emotivamente troppo pesante per tutti, persino per lo stesso Paul. Anche Pennie sembrava non vedere l'ora di tornare a Greenwich.

«Una volta a casa, controllerò gli orari dei treni. Sono certo che ce ne saranno altri prima delle sei, se è questo che volete.» Non li avrebbe costretti a rimanere, dopo quanto era accaduto. Inoltre, sentiva di dover appianare le cose anche con Olivia.

In taxi, lungo il tragitto per tornare all'appartamento, nessuno parlò. Paul, gli occhi fissi fuori dal finestrino, si chiedeva come avesse fatto a fare un simile errore di valutazione. Aveva rovinato il weekend a tutti e gettato le basi sbagliate per il futuro. La famiglia era divisa in due schieramenti e i ragazzi parteggiavano per la madre che, dal momento in cui avevano conosciuto la compagna del padre, sarebbe diventata la vittima.

Varcarono la soglia di casa alle due e mezzo. Il primo treno per Greenwich era alle tre e quarantotto: avrebbero avuto tutto il tempo di radunare le loro cose. Pennie chiamò la madre e chiese che li venisse a prendere. Preparati i bagagli in un attimo, dieci minuti dopo erano sul taxi diretto alla Grand Central Station. I gemelli si congedarono da Paul sventolando le mani, mentre Pennie si limitò a ringraziarlo cortesemente per il weekend, senza ricambiare l'abbraccio di lui. Aveva oltrepassato una chiara linea di confine e lei, per il momento, non si sentiva pronta al perdono.

Paul ritornò sui suoi passi a testa china, amaramente deluso dal modo in cui aveva gestito l'incontro, e si recò immediatamente da Olivia. Durante il tragitto in taxi, la chiamò più volte, senza ottenere risposta. Era quasi certo, però, che fosse a casa. Arrivato a destinazione, il portiere annunciò come di consueto il suo arrivo all'interfono, lasciandolo passare. Non aveva le chiavi.

Trovò Olivia ad attenderlo sulla soglia. Nell'istante in cui lo vide, si trasformò in una furia.

«Si può sapere che cazzo hai combinato?» gridò. «Come hai potuto farlo? Come hai potuto imporre loro la mia presenza? Credevo che li avessi avvisati!»

Paul la seguì nell'appartamento. «Stavo per farlo. Aspettavo solo il momento giusto.»

«E così hai permesso che io entrassi in scena alla cieca, come un'idiota, sconvolgendoli? Mi odieranno per sempre, dopo quello che è successo, anche se probabilmente lo avrebbero fatto comunque. Ora, però, ne abbiamo la certezza. Hai preso in giro tutti, Paul: loro, me, la tua ex moglie. Persino te stesso.»

«Lo so. Non ho pensato che sarebbe potuto essere così. Ero sicuro che ti avrebbero adorata, come è successo a me.»

«Ma sei fuori? La loro lealtà è divisa tra due fronti. Non sanno niente di me se non che probabilmente sono stata la causa della separazione dei loro genitori, cosa che è vera, tra l'altro. Mi incolperanno del vostro divorzio per tutta la vita. Mi avevi detto che il tuo matrimonio era già morto e sepolto, ma loro questo non lo sanno. Per i tuoi figli io sono il terzo incomodo, l'intrusa, il nemico, e sei stato tu a mettermi in questa posizione. Avresti dovuto aspettare prima di passare alle presentazioni e, soprattutto, avresti dovuto avvisarli della mia presenza, oggi, o perlomeno chiedere se desideravano incontrarmi. Invece, cosa hai fatto? Mi hai fatto recitare il ruolo della rovinafamiglie! Come credi di gestire le cose dopo questo casino?»

«Gli passerà, sono ragazzi», rispose lui, sottovalutando ancora una volta i figli.

Olivia, invece, aveva le idee chiare.

«Non hanno più cinque anni, come ti ha fatto notare Pennie. Non puoi prenderli in giro, né dovresti farlo. Lei è una donna, ormai. Ha quasi diciotto anni e sembra avere capito che hai un'altra. E, a proposito, grazie per avermi rinnegata. Se non te la sentivi di dire che sono la tua compagna, non avresti dovuto presentarmi.»

«È troppo presto. Volevo iniziare a muovermi con cautela.»

«Be', ti garantisco che non lo hai fatto. Non ti saresti potuto comportare peggio. Cosa vuoi adesso? Non dovresti stare con loro?»

«Hanno anticipato la partenza», le rispose, sentendosi in colpa. «Se ne sono andati subito dopo pranzo. Sì, hai ragione, ti chiedo scusa. Ho mandato tutto all'aria. Ho sottovalutato la loro possibile reazione.»

«Il tuo è stato un comportamento ridicolo. Come hai potuto metterli in una situazione simile? Ho cercato di avvisarti, ma tu non mi hai dato ascolto. A proposito, hai dei figli stupendi.»

«Assomigliano alla madre. Penny è il suo ritratto.»

«Seth ha preso da te.» Olivia gli sorrise, dispiaciuta per lui.

Dopo la prima sfuriata, si calmò e invitò Paul a fare una passeggiata e a discuterne con maggiore tranquillità. L'episodio, tuttavia, le aveva fatto scattare un campanello d'allarme: Paul non aveva le idee chiare su come muoversi. Era lusingata che avesse voluto presentarle i figli, ma gestiva male il divorzio così come aveva gestito male il loro incontro. Li aspettavano tempi duri.

«La tua vita è complicata, forse più di quanto ammetti con me o con te stesso. Non sarà facile. Ho ventisette anni e non voglio ritrovarmi immischiata in un casino famigliare. Ti amo, mi piace stare con te, ma i tuoi figli mi fanno paura. Sono persone vere, con sentimenti e opinioni loro, e stravedono per la madre. E io, grazie a te, ho iniziato con il piede sbagliato.»

Olivia si ricordò quello che le aveva detto la madre, che in ballo non c'erano soltanto lei e Paul, ma altre quattro persone, sua moglie e i tre ragazzi, e che qualcuno avrebbe sofferto. Non si poteva evitare, era la natura del divorzio. Solo in quel momento Olivia se ne rendeva conto. Ne aveva avuto una prima dimostrazione, e non l'aveva gradita. Non intendeva ferire nessuno, ma lo avrebbe fatto, lo aveva già fatto, senza neanche rendersene conto. I figli di Paul erano diventati reali nell'istante in cui li aveva visti con i suoi occhi. Di colpo, quel pensiero le fece considerare la sua relazione meno divertente ed eccitante. Paul aveva dei legami, vincoli gravosi. Erano molte le cose su cui riflettere e, quando rientrarono a casa, Olivia era più calma.

Quel pomeriggio fecero l'amore, ma entrambi, dopo, si fecero taciturni.

Tre ore più tardi, Eileen, furiosa, lo chiamò sul cellulare. Lui e Olivia, sotto le coperte, stavano guardando un film.

«Ti rendi conto di quanto inappropriato sia stato il tuo tentativo di presentare i nostri figli, i miei figli, alla tua fidanzata fregandotene del loro o del mio consenso, appena una settimana dopo essertene andato? Non mi hai nemmeno lontanamente parlato di lei! Sei pazzo o soltanto un gran bastardo?» gli urlò, lei che non alzava mai la voce. «Che fine ha fatto il tuo senso della morale, della decenza? Chi sei, Paul? E che genere di donna è quella che si presta a un simile gioco? Da quando è rientrato, Seth non fa che piangere. Ha detto che non tornerai mai più, che è troppo giovane e bella e che probabilmente la sposerai. Mark ha avuto il mal di pancia ed è andato a letto. Hai cercato di tirarli dalla tua parte, li hai indotti a tradirmi. Ma sai cosa ti dico? Tutto questo si ritorcerà contro di te e mi perderai come alleata per sempre. Immagino che il nostro matrimonio sia davvero arrivato al capolinea.» Lo disse senza tristezza, solo con rabbia, il che fece sentire meglio lei e ancora peggio lui. Paul non lo aveva cercato di proposito il ruolo del bastardo, ma ormai gli si era incollato addosso.

«Ho detto ai ragazzi che non sapevo se tra noi era finita o no. Lei se n'è andata subito, appena si è resa conto del loro imbarazzo. Non credo che sia rimasta per più di una decina di minuti. Ho fatto un casino, concordo con te, e mi dispiace. Avrei dovuto chiedertelo. Non conosco ancora le regole di questa nuova situazione, perché non mi ci sono mai trovato prima.»

«Neppure io, ma non ti ho mai tradito e non presenterei mai i nostri figli al mio compagno, se ne avessi uno, una settimana dopo che ci siamo lasciati. Non hai avuto rispetto per nessuno. Né per me né per te stesso né per i nostri figli.»

«Non accadrà più, prometto. Sono mortificato.» Paul sembrava sinceramente pentito ma Eileen si comportò come non aveva mai fatto prima: gli riattaccò il telefono in faccia.

La situazione era ormai fin troppo chiara, pensò lei: Paul aveva perso la testa per la ragazza che si portava a letto. Era possibile che Seth avesse ragione, che non tornasse mai più, che la sposasse. Doveva essere un'idiota anche lei, che aveva accettato di incontrare i figli del proprio amante così presto. Oppure era pazzamente innamorata, come lo era lui. In un modo o nell'altro, Eileen sapeva di combattere una battaglia persa in partenza. Il loro matrimonio non poteva essere salvato. Aveva già perduto suo marito, ecco perché se n'era andato in fretta e senza remore.

Quella sera stessa Eileen chiamò Jane, che le consigliò di contattare uno dei legali di cui le aveva dato i nominativi. L'amica rispose che lo avrebbe fatto quanto prima. Non aveva più scelta ormai. Voleva stabilire delle regole che Paul doveva rispettare. La situazione era precipitata così rapidamente che lei non era ancora riuscita a raccogliere i pensieri. Il loro matrimonio si era disintegrato, collassato su se stesso.

I gemelli erano già andati a dormire. Eileen passò a dare un'occhiata in camera di Pennie prima di ritirarsi nella propria. La trovò seduta al computer, a leggere una presentazione per l'iscrizione al college. Sentendola entrare, staccò gli occhi dallo schermo.

«Tutto okay?» chiese Eileen.

Pennie annuì.

«È un idiota, mamma», le disse con gli occhi colmi di lacrime. Le illusioni nutrite nei confronti del padre si erano disintegrate per sempre.

«I gemelli hanno detto che è bellissima e molto giovane. Sembra un'adolescente.»

«Ha ventisette anni e probabilmente è una puttana. La detesto.» Non c'erano dubbi: Pennie si era schierata dalla parte della madre. Ormai lo sapeva anche Paul, lo sapevano tutti, persino Olivia era convinta che presto sarebbe scoppiata una guerra in piena regola.

Pennie, Eileen e Olivia quella notte si addormentarono pensando la stessa cosa. Paul era uno stupido. Le illusioni di Olivia su quanto lui fosse brillante avevano subìto un duro colpo.

8

Il mattino seguente, Olivia riferì a Paul di avere bisogno di ritagliarsi un po' di tempo per sé, richiesta che il compagno incassò con una certa preoccupazione, consapevole delle pesanti ripercussioni che aveva avuto la vicenda del giorno precedente. Accettò di tornare nel suo appartamento solo dopo averle strappato la promessa che lo avrebbe chiamato più tardi. Rimasta da sola, Olivia si affrettò ad andare dalla madre.

In cucina, senza il cuoco che era in libera uscita, davanti a una tazza di caffè le raccontò del disastroso incontro con i figli di lui.

«Avevi ragione», le disse in tono pacato. «La situazione si sta incasinando.»

«Quando un matrimonio cade a pezzi è inevitabile», replicò Gwen. «Dovrai sostenerlo, se vuoi che vada fino in fondo. E sappi che i suoi ragazzi ce l'avranno con te per molto tempo, forse per sempre.»

«Me ne rendo conto soltanto adesso. Sua figlia mi

ha incenerita con lo sguardo. Non posso biasimarla, al posto suo mi sarei comportata nella stessa maniera. Paul ha sottovalutato la situazione e ha fatto di me un agnello sacrificale. I ragazzi mi odiano.»

«Vuoi sposarlo?» chiese Gwen.

Olivia esitò. «Non lo so. Non presto, in ogni caso. Sono ancora giovane per il matrimonio e ho tantissimi progetti.»

«Sciogliere un matrimonio è una grande responsabilità», la ammonì la madre. «È meglio che tu sia pronta ad affrontarla, se è questo ciò che intendi fare con lui.»

«È bello, sexy, insieme ci divertiamo un sacco. Il bagaglio che si porta dietro è molto ingombrante, però, e mi terrorizza», le confidò.

«Capita, con gli uomini sposati e con figli.»

«Comincio a capirlo. Ne parlava come se fosse tutto semplice, senza costrizioni, diceva che vivevano due vite separate, che il loro matrimonio era finito. I ragazzi però non sembrano pensarla alla stessa maniera, e neanche la moglie, scommetto.»

«Forse dovresti rallentare un po'», le suggerì la madre con garbo.

«Sì. Forse.»

«Qualcuno ci soffrirà, e io preferirei che tu non fossi tra queste persone.»

Neppure Olivia era allettata alla prospettiva di essere odiata dai figli di Paul. Al *Serendipity* si era sentita trafitta da ogni occhiata dei ragazzi. Non se ne sarebbe dimenticata mai e, probabilmente, neanche loro.

* * *

La domenica mattina, dopo avere preparato la colazione ai figli, Eileen li accompagnò alle rispettive attività: i gemelli avevano un allenamento di calcio e Pennie era attesa a casa di un'amica. Nessuno accennò alla visita del giorno precedente.

Una settimana dopo, a quindici giorni dall'uscita di casa di Paul, Eileen si sorprese nel constatare con quanta efficienza riuscisse a gestire l'andamento della casa e della famiglia. Aveva sempre ritenuto che si sarebbe sentita persa senza il marito, invece... All'inizio era disorientata, ma ben presto aveva ritrovato il controllo. Talvolta si sentiva sola, ma lo era anche quando Paul stava con loro.

Ne parlò con Jane. La vita senza Paul era decisamente più semplice sotto molti aspetti. Doveva prendersi cura dei figli da sola, ma almeno le era risparmiata la fatica di occuparsi anche del marito. Nonostante fossero passate soltanto un paio di settimane, provava un senso di liberazione e affrontava le sue impegnatissime giornate senza mai scoraggiarsi.

«Be', questo dovrebbe dirtela lunga», fu il commento asciutto di Jane.

Ciò che infastidiva di più Eileen era che il marito vivesse in una condizione egoisticamente ideale, con una fantastica nuova compagna e senza una famiglia dalla quale ritornare. La sera poteva fare qualunque cosa gli passasse per la mente, senza bisogno di inventare scuse, avvisare a casa, mentire o fare la spola tra Greenwich e la città. Traeva il meglio della situazione, mentre a lei, nonostante per le pulizie avesse l'aiuto di una domestica, Tina, toccava occuparsi della casa e dei figli.

Era rimasta sconvolta nel sentire i gemelli descrivere Olivia. Le loro parole, però, avevano risvegliato in lei la consapevolezza di quanto si fosse trascurata, e sentì che era arrivato il momento di cambiare. Ricominciò a truccarsi, e Pennie se ne accorse subito, complimentandosi. Giorno dopo giorno, Eileen iniziò a scegliere con maggiore cura l'abbigliamento. Eliminò le vecchie scarpe da ginnastica e ne comprò di nuove. La differenza non era un granché, ma quel gesto bastò a risollevarle lo spirito. Stava tornando a pensare al futuro.

Quando le capitava di parlare con la figlia, tentava di trasmetterle la lezione imparata sulla sua pelle, insistendo affinché non abbandonasse i propri sogni per nessuno. Lei non l'aveva fatto, all'epoca non aveva tenuto conto di se stessa e dei suoi desideri. Non sarebbe accaduto mai più, né con Paul né con nessun altro.

Pennie le raccontò che, da quando Tim aveva iniziato l'università, lo sentiva sempre meno e solo via messaggio. Impegnato nella sua nuova vita, sembrava avere voltato pagina, benché la perdita del bambino li avesse brevemente riavvicinati. Lei, invece, non era ancora pronta ad andare avanti e non frequentava nessuno. La madre si augurava che presto le tornasse la voglia di uscire e riuscisse a godersi l'ultimo anno di liceo.

Eileen fece tutto il possibile affinché Halloween fosse per i figli la festa divertente di sempre. Intagliò le zucche con i gemelli, preparò i loro costumi e li accompagnò nel giro «dolcetto o scherzetto». Pennie partecipò a una festa tra amici. Erano passate solo due settimane da quando Paul si era trasferito in città, ma Eileen aveva l'impressione di stare pian piano ritornando alla vita. E in qualche occasione si sorprese a pensare che forse avrebbero dovuto separarsi prima. Il tradimento l'aveva ferita così profondamente che qualcosa dentro il suo cuore si era spezzato, e lei non sentiva nemmeno la mancanza di Paul. Cominciò a sentire di non amarlo più, e per lei fu un sollievo.

La prima settimana di novembre, Gwen e Gabrielle andarono a Parigi per presenziare all'inaugurazione della mostra di Federico al Petit Palais. L'evento riscosse un enorme successo di critica, e Gabrielle, orgogliosa del compagno, trascorse una settimana da sogno nella capitale francese coccolata dai lussi del *Ritz*. Gwen aveva invitato Olivia a unirsi a loro, ma lei, così impegnata a gestire la galleria online e a incontrare nuovi artisti, aveva declinato.

Dopo il disastroso incontro con i figli, il rapporto con Paul era rientrato nei ranghi. I ragazzi andavano a trovarlo ogni fine settimana, anche se talvolta rinunciavano. Non interferivano con la vita di coppia del padre e di Olivia che, pian piano, erano riusciti a instaurare una routine adeguata alle esigenze di entrambi. Paul, nonostante i serrati ritmi lavorativi, trascorreva ogni notte con la compagna. Olivia, da parte sua, aveva troppe cose in mente per pensare al divorzio del compagno, convinta che lui se ne stesse occupando. In quel periodo non avevano progettato altri incontri di famiglia, né lui aveva rivisto la moglie.

Quando Paul contattò Eileen, fu per informarsi di quali fossero i programmi dei ragazzi per il Ringraziamento. Lui li avrebbe voluti con sé, mentre loro avevano espresso il desiderio di rimanere a casa. Alla fine, consapevole che non sarebbe riuscito a imbandire un pranzo degno della festa e non desiderando portarli in un ristorante, accettò che restassero con la moglie, rassegnandosi a una festività solitaria. Olivia, infatti, lo aveva avvisato che, come da tradizione, sarebbe stata dalla madre, in compagnia della nonna, Federico e qualche amico di famiglia. Presentare Paul ai suoi era un passo troppo importante e prematuro, soprattutto perché Gwen non approvava che fosse sposato, benché separato.

Si sarebbe assentata soltanto per qualche ora, lo aveva rassicurato Olivia, e si sarebbero potuti vedere dopo il pranzo. Per la prima volta da anni, Paul non avrebbe festeggiato il Ringraziamento e sarebbe stato lontano dai figli, che preferivano divertirsi nel proprio ambiente e in compagnia degli amici.

Olivia si sentì vagamente in colpa quando uscì per raggiungere l'abitazione della madre. Paul non glielo fece pesare e ritornò nel proprio appartamento per portarsi avanti con il lavoro.

Come ogni anno, in occasione del Ringraziamento, la madre di Eileen bussava alla porta della figlia, con la quale non intratteneva rapporti particolarmente stretti. Margaret era sempre stata una donna irascibile e infelice, che non si era mai preoccupata di nascondere la propria antipatia nei confronti del genero. Insoddisfatta del proprio matrimonio, era rimasta vedova a sessant'anni, quando il padre di Eileen era morto di cancro. Anche dopo la sua scomparsa, però, aveva continuato a vivere un'esistenza scialba e cupa, come il carattere che la contraddistingueva. Eileen, abituata al comportamento della madre, la chiamava ogni due settimane, sorbendosi le sue chiacchiere tristi e la sua depressione cronica, consapevole del disinteresse che nutriva per lei e per i nipoti, che la vedevano soltanto una volta all'anno, proprio in occasione del Ringraziamento. Il carattere di Margaret era stato sempre così oppressivo da intimorire persino il marito, e indurre Eileen a lasciare la casa il prima possibile.

Margaret viveva nel Massachusetts e, nonostante avesse solo sessantacinque anni, si comportava come una novantenne. Priva di hobby e interessi, trascorreva le giornate davanti alla tv a guardare le soap opera, e si lamentava di tutto. Aveva lavorato per la stessa compagnia e nello stesso ufficio amministrativo fino al pensionamento, odiando la propria attività dal primo all'ultimo giorno in cui l'aveva svolta. I ragazzi, ogni anno, temevano il suo arrivo. L'unica cosa che a Paul quell'anno non sarebbe mancata sarebbe stata proprio la presenza della «suocera infernale», come la chiamava lui senza obiezioni da parte della moglie. Eileen, figlia unica e cresciuta in un quartiere periferico di Boston, era sempre stata giudicata negativamente dalla madre e mai difesa dal padre, troppo debole per farlo.

Eileen comunicò a Margaret la notizia della separazione solo una settimana prima del suo arrivo, sperando di sentirne le critiche soltanto per telefono e non a tavola, dove avrebbe rischiato di rovinare la festa a tutti, come spesso faceva.

«Com'è potuto accadere?» chiese, sorpresa.

«Ci eravamo allontanati da parecchio, senza che io me ne rendessi conto.»

«Intendete divorziare?»

«Non abbiamo ancora deciso», replicò Eileen tentando di darle meno informazioni possibile.

«Dovresti cercare di riprendertelo.»

La figlia rimase esterrefatta. «Non ti è mai piaciuto, mamma. Perché mi dici una cosa simile?» domandò, più curiosa che interessata alla spiegazione. Margaret non le aveva mai dato buoni consigli. Lei e il marito erano una coppia infelice, che era rimasta insieme nonostante tutto e a dispetto dei numerosi tradimenti di lui.

«Non troverai più nessuno alla tua età», dichiarò Margaret, acida e negativa come sempre.

«Mamma, ho trentanove anni, non cento», puntualizzò, sconcertata. Con il quarantesimo compleanno alle porte, quello dell'età era diventato un argomento sensibile.

«A quarant'anni va tutto a rotoli: il tuo aspetto, il futuro, gli uomini. Paul ha un'altra, per caso?»

«È probabile.» Eileen rimase vaga, consapevole che, qualunque risposta le avesse dato, la madre avrebbe ribattuto qualcosa di deprimente.

«Se ce l'ha, puoi scommetterci che è più giovane di te. Non si prenderà un'altra quarantenne. Forse è proprio questo il motivo che lo ha spinto ad andarsene.»

Sebbene Eileen detestasse anche solo l'idea che sua mamma potesse avere un pizzico di ragione, doveva ammettere che era davvero così. La donna con la quale stava Paul era molto più giovane di lei. Ventisette anni, così le aveva riferito Pennie.

«Credo che avesse altre ragioni.»

«Dovresti cercare di riprendertelo prima che sposi un'altra e ti ritrovi per sempre da sola.» Quelle parole riecheggiarono nella mente di Eileen come una maledizione sull'avvenire. Ecco perché odiava parlarle e la chiamava il più raramente possibile. Da quando aveva memoria, la madre aveva sempre avuto un atteggiamento negativo nei confronti della vita. Aveva insistito affinché Eileen sposasse Paul quando era rimasta incinta solo per risparmiare l'imbarazzo alla famiglia. Le aveva anche suggerito di dare in adozione la bambina, perché con un figlio al seguito nessuno l'avrebbe mai voluta. Non aveva mai detto nulla di buono e detestava Paul, eppure la stava spingendo a riconquistarlo. Paul, una volta resosi conto dell'atteggiamento della suocera nei suoi confronti, non l'aveva più degnata di considerazione, e quel fatto l'aveva offesa profondamente. Eileen si sforzò di pensare che la madre si sbagliasse riguardo il suo immediato futuro e decise di non prestarle attenzione.

Il giorno del Ringraziamento, a pranzo, nessuno dei ragazzi aveva voglia di sedersi accanto a lei. Per fortuna, subito dopo avere mangiato, Margaret aveva l'abitudine di ritirarsi nella sua stanza a guardare la televisione e ripartiva sempre il giorno seguente, con soddisfazione di tutti.

Eileen si sorprese a pensare che sebbene la madre non fosse vecchia, aveva smesso di vivere già da tempo. Lei, invece, desiderava scrivere una storia diversa.

Eileen si sforzò di imbandire un pranzo festivo eccezionale per compensare quanto accaduto nell'ultimo mese. Purtroppo, l'assenza di Paul pesò in particolar modo sui ragazzi. Riuniti intorno al tavolo c'erano soltanto lei, i tre figli e la madre. Il pranzo però fu squisito e ciascuno di loro le fece i complimenti. Aveva cucinato i piatti tradizionali preferiti dalla famiglia, aggiungendo un tocco particolare qua e là, un nuovo contorno di verdure e preparando una farcia per il tacchino con il tartufo nero e il foie gras. Il pranzo fu così sontuoso che, una volta finito, ebbero tutti difficoltà ad alzarsi da tavola.

Margaret limitò al minimo le consuete frecciatine e si godette il cibo. Di solito, chi soffriva di più per il suo comportamento era Eileen, dispiaciuta che i figli non avessero una nonna migliore. Anche quel giorno i commenti acidi non mancarono, ma lei si sforzò di ignorarli, di passare sopra al fatto che le rinfacciasse di continuo di essere rimasta incinta prima del matrimonio. Ormai non le importava più. Pennie era quasi una donna, e Paul se n'era andato. La ignorò anche quando Margaret le rammentò, per l'ennesima volta, di avere stroncato sul nascere la sua carriera. Dopo tanti anni di matrimonio, quello era diventato un dettaglio irrilevante. La criticava soltanto per metterla a disagio, insistendo sempre sugli stessi argomenti. A differenza del passato, però, Eileen si sorprese nell'accorgersi di non essere stata neppure scalfita dalle battute pungenti: la madre non esercitava più alcun potere su di lei.

Il mattino seguente, Margaret salutò i nipoti, ringraziò la figlia per l'invito e salì sul taxi che l'avrebbe portata alla stazione. Per fortuna, Eileen non le chiedeva mai di trascorrere il Natale con loro. Margaret preferiva passarlo dalla famiglia della sorella, nel New Hampshire, dove diceva di trovarsi meglio. Con il Ringraziamento alle spalle, Eileen non avrebbe avuto più obblighi per un anno.

«Avresti dovuto fare la cuoca», le disse la madre, seduta nel taxi, per criticarla ancora una volta.

«Ti ringrazio. Sono felice che ti sia piaciuto», si limitò a replicare Eileen.

Erano trascorsi pochi minuti dalla partenza di Margaret, quando Pennie apparve sulle scale con indosso una minigonna di pelle nera, un nuovo paio di stivali e un maglioncino preso dall'armadio di Eileen.

«Dove vai così elegante?» le chiese la madre con un sorriso.

«Tim è tornato a casa per le vacanze. Pranziamo insieme», rispose Pennie, al contempo nervosa ed eccitata. «Ha chiamato mercoledì, quando è arrivato. Dice di adorare Stanford.»

«Sono felice per lui.» Eileen studiò con attenzione la figlia. «Non hai problemi a vederlo?»

Pennie fece cenno di no e lei, rassicurata, tornò a occuparsi dei gemelli.

Tim la passò a prendere un'ora dopo. Aveva prenotato un tavolo in un ristorante molto carino. Si erano visti soltanto una volta, brevemente, nel lasso di tempo tra il suo ritorno dalla Cina e la partenza per l'università, e voleva fare qualcosa di speciale per lei. Pennie fu felicissima di rivederlo e rimase colpita dall'eleganza del locale. Si sentiva grande, e lui da agosto sembrava essere maturato. Erano accadute molte cose da allora. Pennie gli raccontò della separazione dei genitori, ma la notizia non lo colse di sorpresa. Paul ed Eileen non gli avevano mai dato l'impressione della coppia felice, sia per quello che Pennie gli diceva sia per quello che lui stesso vedeva quando stavano insieme.

«Ha una ragazza. Quell'idiota di mio padre me l'ha fatta conoscere un mese fa a New York. A sorpresa! Non ti dico che disastro. È una tipa carina, molto giovane. Ventisette anni.»

«Credi che la sposerà?» chiese Tim, turbato. Paul gli era sempre parso un uomo totalmente dedito alla casa e alla famiglia. Quella domanda fu un altro colpo per Pennie.

«Non lo so. Magari ci sarà un'altra sorpresa, chi può dirlo... Se lo facesse, ci resteremmo tutti male, specialmente la mamma, che sta attraversando un periodo durissimo. Deve cavarsela da sé, come ha sempre fatto, del resto. L'unica differenza è che adesso è davvero sola. Prima, almeno, papà rientrava a casa quasi tutte le sere. Comunque sta reagendo piuttosto bene, e non ha mai detto nemmeno una parola cattiva nei suoi confronti.»

«Tua madre mi è sempre piaciuta moltissimo», le confidò Tim.

Si era fatto più bello da quando era partito per Stanford. Per l'intera durata del pranzo, lei si interrogò sui propri sentimenti. Non era certa di amarlo ancora, lui però era ancora il suo migliore amico. Nel rivederlo, non aveva provato la consueta eccitazione, ma il sentimento di chi conosce bene la persona che ha davanti. Sarebbe stato difficile trovare un nuovo amore come quello che li aveva uniti, e per il momento non lo stava cercando.

«Ti vedi con qualcuno?» volle sapere Tim.

Pennie scosse la testa. «Ero piuttosto depressa dopo... quando... be', dopo quest'estate.» Detestava parlare dell'aborto, e farlo con lui era addirittura più difficile. «Ora sto meglio, ma non ho voglia di frequentare nessuno.»

«Credo che le cose siano andate come dovevano», disse lui, in tono gentile. Le toccò la mano da sopra il tavolo. «Ce l'avremmo potuta fare, anche se avremmo avuto delle difficoltà e la nostra vita sarebbe cambiata radicalmente.» La guardò negli occhi, le dita strette in quelle di lei, e Pennie ebbe una nuova certezza: erano veri amici. Tim le era sempre stato accanto anche nelle difficoltà. L'avrebbe sposata, se lei avesse accettato, e di sicuro l'avrebbe trattata meglio di quanto il padre avesse mai fatto con la madre. Tim non era un ragazzo amareggiato né vendicativo, e non le aveva mai gettato addosso la colpa di quell'evento. L'amava davvero, e quell'amore aveva rafforzato la loro amicizia. Il loro tempo come coppia si era concluso, i sentimenti erano cambiati. Erano più forti, ma diversi, e sarebbero durati per l'eternità. Pennie alzò lo sguardo su di lui e ricambiò il sorriso di Tim.

«E tu esci con qualcuno?» chiese a sua volta.

«Ecco... diciamo... non proprio... Una cena o un film una volta ogni tanto. Niente di importante. Non c'è nessuno come te.»

«Mi piacerebbe vivere in California, dopo la laurea», aggiunse Tim. «Lavorare magari nella Silicon Valley o a San Francisco, in una venture capital. Greenwich è provinciale e New York estrema. Adoro il clima che c'è laggiù, la gente, lo stile di vita, gli spazi aperti. Mi si addicono.» Pennie non aveva difficoltà a immaginarlo in California, un luogo da cui invece lei non era attratta. Voleva rimanere vicino alla famiglia e a New York, una città vivace e ricca di teatri, musei, arte e cultura.

Tim la riaccompagnò a casa, e Pennie lo ringraziò

per l'invito. Aveva ricevuto le risposte alle sue domande senza neanche esprimerle. Le loro strade si separavano: lo avevano saputo sin dal giorno in cui Tim si era diplomato, a giugno, e nonostante il fatto che la gravidanza avesse confuso loro le idee. In quel momento tutto era tornato a essere chiaro: erano amici inseparabili ed erano adulti.

«Tornerò a Natale e mi piacerebbe rivederti», le disse fermandosi davanti a casa.

Pennie gli diede un bacio su una guancia e scese dall'auto.

«Abbi cura di te, Pen!»

Lei si girò sorridente. «Anche tu. Ci vediamo a Natale!»

Corse in casa, contenta. Incontrarsi era giovato a entrambi. Per mesi, Tim era stato roso dal senso di colpa per quello che Pennie aveva dovuto affrontare a causa sua, per non essere stato presente. L'avrebbe sposata soltanto per quello. Il destino però aveva scelto di sollevarli entrambi da un peso che non sarebbero stati in grado di sopportare. Potevano essere amici, coltivare un legame che sarebbe durato più a lungo di un matrimonio.

9

PENNIE festeggiò i diciotto anni due settimane prima di Natale. Nel weekend aveva spedito l'ultima domanda di iscrizione all'università. Spinta dagli incoraggiamenti della madre e dal suo aiuto, si era definitivamente lasciata quel compito alle spalle e poteva godersi le vacanze, al contrario di molti compagni che ancora non avevano neanche cominciato e si sarebbero dovuti affannare per presentare in tempo le richieste. La sua vita sembrava essere ritornata quella di sempre: tutti i sabati faceva volontariato al rifugio dei senzatetto, i suoi voti erano ottimi e le referenze degli insegnanti eccellenti. L'università in cima alla sua lista era Harvard, perché desiderava seguire le orme del padre. Aveva però presentato domanda anche a Yale, Princeton, Dartmouth, alla Duke, alla Columbia e alla NYU, sebbene l'idea di rimanere a New York non la allettasse. Preferiva vivere un'esperienza nuova, allontanarsi da casa. Avrebbe potuto lavorare a New York in seguito. Tim l'aveva spesso incoraggiata a tentare l'ammissione a Stanford. Per lui era il massimo, ma Pennie non ambiva frequentarla, non aveva lo spirito di una ragazza californiana e voleva mettere un po' di distanza tra lei e il suo ex, per evitare di appoggiarsi troppo a lui, come era stato nei tre anni passati insieme. Ormai si sentiva pronta a intraprendere la propria strada contando soltanto sulle sue forze.

Diventare maggiorenni è un evento importante, e in famiglia il compleanno di Pennie fu festeggiato alla grande: Eileen la portò a cena nel loro ristorante preferito, insieme ai gemelli e alle sue due amiche del cuore. Il fine settimana precedente, Paul le aveva dedicato la serata invitandola al *La Grenouille*, uno dei locali più chic nei quali fosse mai stata. Con il suo tubino nero e le scarpe con tacchi alti della madre, si era sentita un'adulta. Lei e il padre si erano goduti una cena deliziosa da soli e senza nominare Olivia.

La sera del compleanno, quando rincasarono dal ristorante, Eileen radunò i figli in soggiorno per chiedere il loro parere su una questione. Per un attimo, i tre pensarono che volesse informarli sulla decisione di divorziare, sebbene Pennie dubitasse che avrebbe scelto proprio la sera della sua festa per farlo.

«Voglio la vostra opinione su una cosa», esordì Eileen. «Quest'anno, per il Ringraziamento, abbiamo tutti sentito la mancanza di vostro padre che, detto tra parentesi, non credo abbia festeggiato in alcun modo. Non ha altra famiglia se non noi.»

«Non era con Olivia?» domandò Mark con ingenuità, subito zittito da un'occhiataccia della sorella.

«Sembra di no», fu la replica pacata della madre. Dopo il disastroso pranzo al *Serendipity*, Paul aveva tenuto separata la vita sentimentale da quella famigliare, e i tre ragazzi non avevano più incontrato Olivia. «Cosa ne pensate se lo invitassimo a cena per la Vigilia?» continuò la madre. «Lo farò volentieri, se per voi va bene. In caso contrario, lascerò le cose come stanno. Credo che sarebbe una buona idea riunirci, quest'anno.»

«Vuol dire che tornerete insieme?» chiese Seth.

«No, ma pensavo che a Natale ci potremmo rilassare un po'.»

Paul non era più tornato a casa da ottobre, né lei voleva incontrarlo, e si accordavano al telefono o via e-mail per le visite dei ragazzi.

«Sarebbe fighissimo se venisse per Natale», esclamò Seth con un largo sorriso, subito imitato da Mark.

«E tu cosa ne dici?» domandò Eileen alla figlia.

«Dico che sarebbe splendido», mormorò Pennie. «Non sarà troppo difficile per te?»

«È probabile, ma sono stata io a suggerirlo. Natale è Natale. Voglio però mettere in chiaro che farò solo ciò che desiderate voi.»

«Invitiamolo, allora!» esclamò Mark.

Quella sera stessa, Eileen mandò a Paul un'e-mail, precisando che quel gesto non sottintendeva nulla di romantico, ma era la famiglia a invitarlo. Paul rispose mezz'ora dopo che avrebbe accettato, profondamente commosso dall'altruismo della moglie. Eileen aveva già programmato di farlo dormire sul divano nel suo vecchio studio, che ormai usava lei.

Olivia avrebbe festeggiato di nuovo con la famiglia e non gli aveva proposto di unirsi a loro, così quell'invito fu per Paul motivo di profonda gratitudine verso la moglie, dato che l'alternativa era di trascorrere il Natale in solitudine.

Il giorno successivo al compleanno di Pennie, Eileen ricevette per posta un grosso plico. Compilò tutti i moduli impiegandoci quasi un'intera giornata e, l'indomani, lo rispedì al mittente.

Sette giorni dopo l'invito della moglie a trascorrere la Vigilia in famiglia, Paul era a letto con Olivia, rannicchiata tra le braccia dopo avere fatto l'amore. Mancava una settimana al Natale.

«Ti andrebbe di cenare con i miei il ventiquattro?» gli chiese sorridendo.

Paul ricambiò il sorriso e la baciò teneramente sulle labbra. La loro vita sessuale andava alla grande e la convivenza rendeva entrambi felici.

«Mi piacerebbe», rispose, «ma sarò con i miei figli.»

«Vengono in città? Da te?» gli domandò sorpresa. Non si sentiva pronta a estendere l'invito anche a loro che, di sicuro, non avrebbero accettato.

«No, andrò io a Greenwich. Eileen mi ha mandato un'e-mail, la settimana scorsa. Lei e i ragazzi mi hanno invitato a trascorrere la Vigilia con loro. Poiché ho immaginato che tu saresti stata con i tuoi e non mi hai detto nulla al riguardo, ho accettato.»

«Perché non me lo hai chiesto?» replicò lei, contrariata.

«Non volevo essere insistente riguardo un eventuale invito con i tuoi. E, se devo essere sincero, sono felicissimo di trascorrere il ventiquattro con i ragazzi. Ho apprezzato molto il pensiero.»

«C'è qualcosa che devo sapere?» mormorò, sospettosa. Forse Eileen stava tentando di riprenderselo e faceva leva sulla nostalgia delle feste e dei loro figli.

«Assolutamente niente. Nell'e-mail, Eileen ha sottolineato che non ci sono implicazioni romantiche e ha precisato che si tratta solo di una festa in famiglia. Potrebbe essere l'ultimo Natale che passo con loro. Sono molto contento di andarci.»

Olivia si drizzò a sedere sul letto, ormai del tutto sveglia. «Be', questa situazione a me non piace affatto. Preferirei che tu venissi a cena dai miei.»

«Non posso più disdire, sarebbe una delusione troppo grande per i ragazzi.»

«O per tua moglie?»

«Lei è abbastanza forte da sopportarne un'altra, ma qui si tratta dei miei figli.»

«Hai già chiamato l'avvocato?» lo pressò Olivia. «Come procedono le pratiche per il divorzio?»

«Non l'ho ancora fatto. Ci siamo separati da appena due mesi. Ho intenzione di occuparmene dopo le feste. Non mi sembra delicato far recapitare i documenti del divorzio a Natale. Qualche settimana in più non cambierà niente.»

Olivia non replicò, ma era evidente che fosse contrariata. Fino a quel momento non ne aveva parlato apertamente, tuttavia era convinta che Paul – dopo avere lasciato la famiglia – avesse avviato le pratiche per il divorzio.

Nei giorni successivi, affrontò l'argomento della cena della Vigilia un altro paio di volte, ma Paul fu irremovibile: i figli avevano la precedenza. Evitò di aggiungere che Olivia avrebbe potuto invitarlo prima. Gli sarebbe piaciuto conoscere la madre e la nonna, ma a quel punto la compagna avrebbe dovuto accontentarsi di presentarglielе dopo Natale. Olivia centellinava le concessioni, perciò quell'invito aveva un significato particolarmente importante e testimoniava quanto serio fosse il loro rapporto. Lui le era grato che glielo avesse domandato, ma i ragazzi erano la sua priorità e, come aveva imparato a proprie spese, doveva tenerli separati dalla sua vita sentimentale.

Nella settimana precedente il Natale, Olivia non risparmiò commenti stizziti sui programmi del compagno. Paul tentò di farsi perdonare la decisione di trascorrere la Vigilia a Greenwich con uno splendido bracciale tennis di zaffiri intervallati da piccoli brillanti. Olivia apprezzò moltissimo il dono, tuttavia continuava a provare una profonda tristezza alla prospettiva di trascorrere la Vigilia senza di lui. Lei gli regalò una giacca di pelle nera griffata Hermès, che gli stava benissimo.

La mattina della Vigilia, dopo un'oziosa colazione insieme a Olivia, Paul salì sul treno di mezzogiorno per Greenwich. Quando arrivò di fronte alla sua casa e la vide coperta da un sottile strato di neve, gli parve di ammirare una cartolina natalizia. Eileen aveva fatto installare le luci decorative sulla villetta e intorno agli alberi, come ogni anno, e in giardino aveva messo un divertente Babbo Natale, un pupazzo di neve e una renna. Un po' banale, forse, ma lui e la famiglia lo adoravano. Eileen lo fece entrare e, alla vista dell'albero di Natale, gli vennero le lacrime agli occhi. Quello di consentirgli di trascorrere insieme la festa era stato il regalo più bello che lei potesse fargli.

«Grazie dell'invito», le disse con voce roca per l'emozione.

«Non sarebbe stato Natale senza di te», replicò lei con calore, poi gli fece lasciare le sue cose nello studio con bagno annesso, dove si sarebbe sentito a suo agio.

I gemelli gli saltarono addosso, e anche Pennie parve contenta di vederlo. Il loro rapporto si era fatto piuttosto teso dall'incontro con Olivia, ma in occasione della festività la figlia sembrava essersi un po' sciolta. Gli aveva addirittura comprato un maglioncino nero Ralph Lauren.

Paul uscì quasi subito con i gemelli per l'acquisto di un regalo per la mamma. Seth e Mark avevano individuato una sciarpa e un paio di guanti, ma non avevano i soldi per comperarli e Pennie, troppo presa dai suoi impegni, non era riuscita a comprarli.

Eileen mise un sottofondo di musiche natalizie. Dall'esterno, nessuno avrebbe detto che erano separati e che Paul era innamorato di un'altra.

La sera della Vigilia, Olivia si preparò per andare a cena dalla madre. Era triste perché avrebbe voluto che Paul fosse con lei, ma si era decisa troppo tardi. Per la prima volta, sentì il pungolo della gelosia. Paul e la sua famiglia erano un'unità della quale lei non faceva parte e con la quale sapeva di non poter competere. Per lui i figli erano importantissimi e non avrebbe permesso che qualcosa interferisse nel loro rapporto: era un atteggiamento ammirevole, che però la faceva sentire esclusa.

Paul le aveva mandato un messaggio subito dopo l'arrivo a Greenwich, ma poi non si era fatto più sentire.

Olivia si presentò dalla madre con un delizioso abito aderente di velluto nero. Gwen indossava una gonna lunga di velluto verde bosco e una camicetta di seta bianca. La nonna e Federico, invece, non erano ancora arrivati.

«Buon Natale, tesoro», salutò la figlia con un abbraccio. «Qualcosa non va?» aggiunse, accorgendosi immediatamente del malumore di Olivia.

«Niente di che. Sono seccata che Paul non mi abbia accompagnato. Volevo presentarvelo.»

«Perché non è venuto?»

«Gliel'ho chiesto troppo tardi. Si era già organizzato.»

«E non ha voluto rinunciare ai suoi impegni per accontentarti?» domandò la madre, sorpresa.

«È andato a Greenwich per stare con moglie e figli.»

«Capisco. Difficile competere con la famiglia», commentò Gwen. «Come mai i figli non sono andati da lui?»

«Non era preparato in questo senso, e loro preferivano restare con la madre. Così li ha raggiunti. Ha sottolineato che questa sua visita non significa niente, però mi turba ugualmente.»

«Vuol dire che il prossimo anno lo inviteremo in tempo», concluse Gwen, sorridente.

Olivia si sedette sull'elegante divano. Un attimo dopo suonarono alla porta, e il maggiordomo andò ad aprire. Gabrielle e Federico fecero il loro ingresso. Lui sfoggiava una raffinata giacca da sera di velluto nero e lei un abito lungo di pizzo rosso acceso, che le stava d'incanto. Gwen e Olivia li guardarono scendere dalla scalinata che conduceva in soggiorno, Federico con passo cauto, Gabrielle più disinvolta. Erano una bellissima coppia. Gabrielle abbracciò la figlia e la nipote, e qualche istante dopo fu raggiunta dal compagno. Federico aveva una folta chioma di capelli candidi come la neve, metà del viso ancora incredibilmente bella e i tratti del profilo cesellati come quelli di un antico romano. L'altra metà era deturpata dalle cicatrici, che Gabrielle ormai non vedeva più e alle quali tutti gli altri si erano abituati.

Radunati in salotto, in attesa della cena, il cameriere riempì i calici di champagne. Dopo avere scambiato qualche commento sulla mostra parigina di Federico e sull'ottimo allestimento, Gabrielle si rivolse a Olivia: «Dov'è il tuo giovane compagno? O forse così giovane non è».

«È con la moglie e i figli», rispose la nipote, cupa.

«Che delusione, speravo di conoscerlo. Sarà per un'altra volta», replicò Gabrielle. Si sentiva un po' colpevole perché non era riuscita a invitarlo a pranzo al suo laboratorio, come aveva stabilito con Gwen poco prima della loro partenza per Parigi. Poi aggiunse, preoccupata: «Va tutto bene?»

«Sì. Mi ha regalato uno stupendo bracciale di zaffiri, e rientrerà domani.» Tese il polso per mostrare il gioiello alla nonna.

«Il prossimo anno inviteremo lui e i suoi ragazzi.» Gwen abbozzò un cenno d'assenso, poco convinta dal proposito. Il suo appartamento era disseminato di oggetti fragili e preziosi, e temeva che potessero essere danneggiati.

Dopo avere conversato per circa un'ora sorseggiando champagne, si trasferirono in sala da pranzo, dove fu servito un autentico banchetto: caviale, anatra all'arancia come da tradizione e pudding natalizio flambé.

Terminata la cena, tornarono in salotto per scambiarsi i regali. Gabrielle aveva fatto spedire alla figlia il proprio dono, pesantissimo, e Gwen lo aveva sistemato vicino al camino, accanto all'albero. Quando lo aprì, rimase deliziata alla vista di una splendida miniscultura in bronzo eseguita dalla madre apposta per lei.

Gabrielle, dal canto suo, si commosse davanti al quadro che Gwen aveva dipinto dopo che lei le aveva suggerito di riprendere i pennelli in mano. Il risultato era stato uno straordinario panorama toscano eseguito a memoria e in perfetto stile Monet.

«Sei bravissima!» esclamò Gabrielle. «Avresti dovuto dedicarti alla pittura!»

Il dipinto fu apprezzato anche da Federico.

Per la nipote, Gabrielle aveva creato un cavallo così piccolo da stare sul palmo di una mano. Gwen aveva regalato alla figlia una giacca di pelliccia candida e un eccentrico paio di scarpe. Olivia aveva scelto per la nonna un caldo maglione da indossare al lavoro, uno uguale per Federico e un bracciale d'oro per la mamma. Federico aveva regalato alle tre donne sciarpe in seta e cachemire firmate Hermès di colori diversi.

«Ci siamo davvero viziati!» esclamò Gabrielle. Federico, nel frattempo, si era tolto la giacca per provare il maglione di Olivia, e quest'ultima aveva indossato il bolerino di pelliccia. Gwen aveva regalato a Federico un berretto di cachemire e guanti bordati di pelliccia, poiché spesso usciva di notte o al mattino presto per i servizi fotografici.

Gabrielle e Federico si congedarono verso le undici e mezzo, e Olivia poco dopo la mezzanotte. Rientrata nell'appartamento vuoto, non riusciva a smettere di pensare a Paul e a cosa stesse facendo. Sentiva la sua mancanza, e l'amarezza le aveva rovinato il Natale.

A Greenwich, la famiglia Jackson aveva bevuto eggnog anziché champagne e Paul, come sempre, si era occupato di tagliare il tacchino preparato da Eileen con farcitura al tartufo nero e foie gras che tutti avevano apprezzato al pranzo del Ringraziamento, e che Paul trovò deliziosa. Dopo avere cenato con calma e sparecchiato, si radunarono in soggiorno per aprire i regali. Eileen, che aveva riferito a Paul i desideri dei figli, ricevette dal marito un favoloso maglioncino di cachemire bianco, e lei, a sua volta, gliene fece trovare sotto l'albero uno royal blu di Hermès: a lui piacque quanto quello nero regalatogli da Pennie. Eilleen gradì moltissimo la sciarpa e i guanti scelti dai gemelli, che avevano anche distribuito a ciascuno dei buoni natalizi per alcuni lavoretti che si sarebbero impegnati a fare, come lavare la macchina o pulire il vialetto.

Terminato di aprire i pacchetti, Eileen si schiarì la voce e disse che doveva fare un annuncio. Un po' in ansia, esitò un attimo mentre raccoglieva il coraggio di parlare, sotto gli sguardi curiosi e attenti della famiglia.

«Prenderemo un cane?» chiese Mark.

«No, non per il momento. Sto per fare una cosa che ho sempre desiderato: andrò a Parigi.» I suoi sorrisero. «Per tre mesi», aggiunse, «per studiare alla scuola di alta cucina, il *Cordon Blue*. La mia candidatura è stata accettata. E quando tornerò avvierò un servizio di catering qui a Greenwich.» Paul e i ragazzi rimasero esterrefatti. «È un'esperienza molto importante per me, e ho bisogno del vostro aiuto. A metà anno scolastico, quando avrete la settimana di vacanza, mi raggiungerete a Parigi.»

Poi guardò il marito, che la stava fissando stupefatto. Avrebbe creato una piccola impresa, avrebbe frequentato una scuola professionale, e aveva deciso tutto da sola. Era tornata ad avere dei sogni, ed era determinata a non rinunciarci per niente e per nessuno. «Ho bisogno che tu resti con i ragazzi, quando non ci sarò», gli disse. «Ho il volo prenotato per Capodanno e inizierò il corso il giorno seguente. Rientrerò a fine marzo, dopo il conseguimento del diploma. Per tre mesi, ho bisogno che tu ti trasferisca a Greenwich. Tina è disposta a pernottare qui, qualche volta, quando ti servirà.» La domestica, affidabile e coscienziosa, era con loro da anni, e i ragazzi la adoravano. «Avrai una pausa per una decina di giorni, quando verranno a Parigi da me. È una cosa che voglio assolutamente fare e questo è l'unico modo», concluse con un tono che non ammetteva repliche.

Paul sapeva di esserle debitore. L'aveva tradita per cinque mesi, era andato via di casa e stava portando avanti la sua relazione. Eileen si faceva carico da diciotto anni della gestione famigliare, e da due mesi stava affrontando tutto da sola. Il minimo che potesse fare per lei era tornare a casa per dodici settimane e occuparsi di ciò che lei faceva tutti i giorni. Non sapeva ancora come lo avrebbe spiegato a Olivia, ma era consapevole di non potersi tirare indietro. Non avrebbe deluso la moglie per l'ennesima volta.

Nell'istante in cui Eileen smise di parlare, si levò un vocio sorpreso. Si era candidata a una scuola di alta cucina a Parigi, era stata accettata, aveva fatto progetti in segreto. I gemelli le dissero che con i loro buoni natalizi le avrebbero facilitato il compito. Pennie promise di aiutarla in ogni modo possibile. E Paul accettò di ritornare entro una settimana, per Capodanno. Eileen era stata capace di fare qualcosa di eccezionale. Forse si era comportata con un pizzico di egoismo, tacendo le sue intenzioni, ma i ragazzi erano grandi abbastanza per cavarsela da soli per tre mesi. E comunque ci sarebbe stato il padre a controllarli. Era lui la chiave di volta del progetto, e non aveva espresso alcuna obiezione. Prima di andare a letto, Eileen ringraziò e abbracciò tutti, in particolare Paul, ancora sconcertato.

Era già sotto le coperte, quando ricevette una chiamata da Jane, l'unica informata dei suoi piani.

«Allora, cos'hanno detto?»

«Sono rimasti scioccati», ridacchiò Eileen. «Ma hanno aderito, e Paul ha accettato di trasferirsi.»

«Lo sai, vero, di avergli fatto un bello scherzetto? La sua fidanzata non ti ringrazierà per averlo costretto a parcheggiarsi a Greenwich per tre mesi con i ragazzi. Tutto sommato, però, non è così male, giusto? Tocca a loro, adesso, se lo meritano.» Jane non nutriva alcuna simpatia per Paul ed era felice per la vittoria dell'amica.

Olivia chiamò Paul e gli disse che le era mancato infinitamente. Lui evitò di informarla dei piani della moglie, preferiva farlo di persona. Dopo averla salutata, si sdraiò sul divano, chiedendosi come avrebbe incassato la notizia. Se avesse potuto trascorrere con lei i fine settimana a Greenwich, sarebbe stato l'ideale, ma sapeva che né Eileen né i figli glielo avrebbero permesso. La casa di famiglia era un luogo sacro per tutti, lui compreso, dove nessun'altra donna poteva mettere piede. Non restava da sperare che Tina, la domestica, gli concedesse di trascorrere una notte in città di tanto in tanto. Diversamente, sarebbe stato ancora più difficile far accettare la cosa a Olivia. D'altra parte, Eileen aveva il diritto di ricostruirsi una vita. La ammirava moltissimo per il suo coraggioso progetto e desiderava aiutarla a concretizzarlo.

Il mattino seguente, a colazione, parlarono di nuovo dei programmi di Eileen; lei, con la precisione e le abilità organizzative che la contraddistinguevano, aveva pensato a tutto. Assegnò a ciascuno un compito specifico. Pennie si sarebbe occupata del bucato, Seth di mettere a posto la spesa, Mark di aiutare il padre a rifornire la dispensa nel fine settimana, e tutti avevano la responsabilità di tenere puliti il soggiorno e la cucina.

«E io di cosa mi occuperò?» le chiese Paul, in tono scherzoso.

«Di non perdere nessuno dei ragazzi prima del mio ritorno e... mi dispiace per te, dei compiti per casa. I gemelli hanno bisogno di una mano.» Ne avrebbe avuto di lavoro da fare, nei successivi tre mesi. Avrebbe affrontato la vita di un genitore single, come Eileen faceva da otto settimane.

Paul li salutò prima di pranzo e ringraziò per il meraviglioso Natale trascorso insieme. Prese il treno per tornare a New York da Olivia, che lo aspettava nel suo appartamento. Aveva molte novità da raccontarle, rifletté con una certa apprensione, consapevole di non poter rifiutare il favore a Eileen per salvaguardare la propria relazione. Lui e la compagna si sarebbero dovuti adattare. In fondo erano solo tre mesi, non sarebbe stata la fine del mondo. Si augurava che Olivia la pensasse così.

Distesa sul letto, Olivia stava guardando una serie tv quando Paul entrò. Felice di rivederlo, gli gettò le braccia al collo.

«Che bello riaverti qui!» esclamò. «Mi sei mancato. Senza di te non mi è sembrato neanche che fosse Natale. La mamma e la nonna sono rimaste deluse dalla tua assenza», aggiunse con il tono di una bambina piccola.

«Ci rifaremo l'anno prossimo», promise lui prima di baciarla.

Si sdraiò sul letto insieme a lei tenendola tra le braccia. «Devo dirti una cosa», mormorò.

Olivia si irrigidì immediatamente. «Torni da lei?»

«Certo che no», le rispose, calmo. «Però devo trasferirmi a Greenwich per tre mesi e stare con i ragazzi.»

«Con lei?» gemette Olivia, in preda al panico. «Qualcuno sta male?»

«Non con lei. È questo il punto. Vuole frequentare un corso di cucina a Parigi per avviare poi un servizio di catering. Glielo devo, Olivia, dopo tutti i problemi che le ho procurato. I ragazzi non possono stare da soli.»

«Non puoi assumere una governante?»

«No, non posso. Non sono più dei bambini piccoli. Eileen partirà tra una settimana. Tina, la domestica che abbiamo, è disponibile a pernottare da noi, di tanto in tanto, per darmi l'opportunità di stare con te, e in occasione delle vacanze sarò libero perché i ragazzi raggiungeranno la madre a Parigi. A parte questo, dovrò fare il pendolare da Greenwich ogni giorno e vivere con i miei figli.»

«Stai scherzando, vero?» sbottò Olivia scattando a sedere sul letto e fissandolo furiosa. «Per tre mesi? E io cosa dovrei fare?»

«Ci dovremo adattare, fare del nostro meglio. È mio dovere farlo. E tu non potrai stare lì con me, anche se mi piacerebbe moltissimo», le spiegò Paul con sincerità. Anche lui era triste all'idea di starle lontano, ma al tempo stesso era impaziente di tornare a vivere con i figli, che gli mancavano infinitamente. «Ci sono persone che lo fanno per tutta la vita», continuò con pazienza. «Per me si tratta soltanto di tre mesi. Quando Tina potrà stare con loro oppure si organizzeranno per trascorrere un weekend con gli amici, mi precipiterò qui. Non posso fare di meglio.»

Impossibile negoziare, Olivia lo comprese immediatamente. «Potremmo stare insieme la sera, prima che tu faccia ritorno a Greenwich», gli propose.

«Certo, a patto di non perdere l'ultimo treno. Dovrò cenare con loro, ogni tanto, e aiutarli con i compiti. Eileen è una madre a tempo pieno, sempre disponibile per loro.»

«E si aspetta che tu faccia lo stesso in sua assenza?» sibilò indignata. «Come ha potuto prendere un impegno del genere, a Parigi, senza neanche chiedertelo?»

«Lo desiderava con tutto il cuore. E io, dopo averle rovinato la vita, non me la sento di ostacolarla, non sarebbe giusto.»

Olivia si alzò dal letto e cominciò a camminare su e giù per la camera, sconvolta. Paul sarebbe diventato un padre fuori sede e a tempo pieno, con tre figli da seguire per i compiti ogni sera. «Potremmo cercare un nuovo approccio con i ragazzi, così magari potresti venire a trovarci, senza però fermarti per la notte. Eileen farebbe una scenata se lo venisse a sapere, e anch'io non lo troverei giusto.»

«Allora dovrebbe starsene a Greenwich a badare ai suoi figli. Perché questo deve essere un tuo problema, un nostro problema?»

«Perché sono anche i miei figli.»

«Non riesco a credere che ci stia facendo una cosa del genere.»

«Pensa a quello che le abbiamo fatto noi. Non posso rifiutarmi di aiutarla solo perché tu e io dobbiamo stare insieme ogni sera. Anche lei ha diritto di avere una vita.»

«Be', pure io, se è per questo. E non con un compagno che per tre mesi deve fare il babysitter ai suoi figli.»

«Le cose stanno così, Olivia», replicò lui in tono pacato. «È un mio preciso dovere.» E avrebbe dovuto esserlo già da prima, se ne era reso conto soltanto in quel momento.

Mentre lo ascoltava, Olivia si chiese se il destino le stesse offrendo l'opportunità per valutare quanto fosse coinvolta in quella relazione, quanto seria voleva che fosse. Quella parentesi le avrebbe dato modo di guardare Paul sotto un'altra luce, considerando anche il suo ruolo di padre.

«Non hai neanche avviato le pratiche per il divorzio.»

«Ti assicuro che lo farò.»

Paul non avrebbe mai ammesso che una parte di lui era felice che per tre mesi avrebbe vissuto con i figli. Olivia però non voleva rinunciare a trascorrere le notti al suo fianco, e non trovava giusto che Eileen si divertisse a Parigi mentre Paul doveva farsi carico dei figli a scapito della loro relazione.

«Non possono stare da soli?» insistette.

«No, non possono. Senza controllo si scatenerebbero. E poi potrebbe succedere qualcosa, o uno di loro potrebbe ammalarsi.»

Olivia non ci aveva riflettuto. Si sdraiò di nuovo accanto a lui e, qualche minuto dopo, fecero l'amore. Eppure, non servì a renderla più felice. Si sentiva sopraffatta da una pioggia di cattive notizie: tra la Vigilia di Natale trascorsa con moglie e figli, e il trasferimento a Greenwich per i successivi tre mesi, stava cominciando ad avere una visione di quello che sarebbe stato il loro futuro insieme. Per Paul, la priorità erano i ragazzi. E forse anche Eileen, rifletté Olivia con amarezza.

«Mi dispiace, tesoro», le sussurrò.

«Non credo che tu sia dispiaciuto», ribatté lei con cattiveria. «Tu non vedi l'ora di andare a stare con loro.»

Paul non osò ammettere che era così, perché non voleva perderla. Poteva solo augurarsi che quell'impegno non compromettesse il loro rapporto.

10

PAUL e Olivia trascorsero un tranquillo San Silvestro nell'appartamento di lei, facendo l'amore e bevendo champagne. Quella sarebbe stata l'ultima notte di libertà fino al ritorno di Eileen, il trentuno marzo, e lui voleva godersela fino in fondo.

Il pomeriggio di Capodanno tornò a casa. Eileen era andata all'aeroporto un'ora prima.

Trovò un suo biglietto con i ringraziamenti, i numeri di telefono per essere sempre rintracciabile e la promessa di chiamare ogni giorno i ragazzi. Eileen era una persona responsabile, e lui doveva essere all'altezza delle sue aspettative.

Aveva lasciato Olivia furiosa per la sua partenza: non riusciva proprio ad accettare che tornasse a Greenwich mentre era ancora sposato. Ai suoi occhi, dopo due mesi e mezzo di felicità il tempo della spensieratezza era finito.

Anche l'umore dei gemelli non era dei migliori. Paul li trovò nella loro stanza, e Mark era decisamente imbronciato.

«Cosa succede?» domandò sedendosi sul letto. Seth, che ignorava il fratello, stava approfondendo la biografia di Tolstoj dopo avere letto *Guerra e pace*, che gli era piaciuto moltissimo.

«Se tu non te ne fossi andato, la mamma non sarebbe a Parigi in quella scuola per cuochi», dichiarò Mark fissando il padre con aria truce.

«Probabilmente hai ragione. Ricordati però che la mamma ha talento, e questa avventura sarà straordinaria per lei. Merita di vivere un'esperienza speciale.»

«È colpa anche di quella ragazza. La rossa. Olive, o come accidenti si chiama.»

«Olivia. E la colpa non è sua, ma mia. È una questione fra tua madre e me, non c'entra nessun altro.»

«La frequenti ancora?»

«Sì.»

«E verrà a stare qui mentre sarai con noi?»

«Non lo so. Non credo.»

«Alla mamma non piacerebbe.»

«Hai ragione. Di tanto in tanto, però, potrebbe venire per farmi una visita e andare a cena fuori.» Neanche lui desiderava che Olivia si presentasse lì, per rispetto verso Eileen. «A proposito, cosa mangiamo stasera? Potremmo ordinare la pizza.»

«L'abbiamo già mangiata. Non puoi cucinarci qualcosa?» ribatté Mark, seccato.

«No, non sono capace, a differenza di vostra madre.»

Mark, pur se controvoglia, accettò la proposta. Quando Paul andò da Pennie, lei gli disse che sarebbe uscita con degli amici.

«Ti serve un passaggio?»

«No, vengono a prendermi loro.»

Paul era ritornato da poco e già si stava facendo un'idea della routine di Eileen: cibo casalingo e servizio trasporto continuo per i figli.

Ordinò la pizza, che lui e i gemelli mangiarono in cucina. Tina era disponibile a preparare la cena durante la settimana, ma a pranzo e nei weekend ci avrebbe dovuto pensare lui. Sebbene Eileen si fosse occupata di tutto nei dettagli, le cose da fare erano tante, e Paul cominciava a chiedersi come e quando avrebbe avuto il tempo di vedere Olivia. La moglie gli aveva preparato anche uno schema con gli orari serali del doposcuola dei gemelli.

Paul aveva avvisato in ufficio che per tre mesi sarebbe arrivato un'ora più tardi per accompagnare i ragazzi a scuola. Gli era anche venuto in mente di chiedere a Tina se durante la settimana potesse dormire qualche volta a casa loro, con un extra in busta paga. La pace con Olivia non aveva prezzo. L'indomani mise in pratica il suo intento, e colse al volo l'unica occasione che gli si presentava per quella settimana: il venerdì sera. Era l'unico giorno in cui Tina si era dichiarata disponibile, perché il resto della settimana aveva già promesso di aiutare un vicino ammalato e la nipote che aveva appena partorito. Di fronte a quelle prospettive poco rosee, Paul si chiese se ce l'avrebbe fatta a portare a termine il suo impegno.

Inviò un messaggio a Olivia per incontrarsi una o due ore al termine della giornata lavorativa. Per non dipendere dagli orari dei treni, aveva deciso di fare la spola tra Greenwich e New York con l'auto.

Alle sei, appena entrato in casa di Olivia, lei cominciò a lamentarsi.

«Cosa c'è di così difficile, per te?» le chiese, esasperato. Stava facendo del suo meglio, ed era soltanto il primo giorno.

«Il fatto che non ho idea di quando potremo dormire una notte insieme e che dovremo tentare costantemente di ritagliarci qualche ora. Ecco cosa c'è di difficile per me.»

«Posso rimanere venerdì sera», le disse lui, sforzandosi di mantenere la calma.

«Tutto qui, soltanto una notte?»

«Tina non aveva altra disponibilità per questa settimana. La prossima saranno due.»

Solo in quel momento Paul ricordò un promemoria attaccato sulla bacheca in cucina. A scuola di Pennie ci sarebbe stato un incontro di preparazione al college, al quale non poteva mancare.

«Merda!» sbottò. «Venerdì non posso. Devo partecipare con mia figlia a una riunione a scuola.»

«Niente nottate insieme, dunque? Per tutta la settimana? È questo ciò che ci aspetta?» Olivia lo fulminò con lo sguardo.

«Temo di sì. Ti domando un po' di pazienza. I miei figli hanno un fitto programma di impegni, e i gemelli necessitano di aiuto con i compiti per casa. Non so come faccia Eileen a stare dietro a tutto questo, ma ha fatto il possibile per spianarmi la strada, quindi non posso tirarmi indietro.»

«Mi sembra un incubo. Perché non cerchi di ricordarti che io non ho figli e non è così che voglio vivere?»

«Non è questa la vita che avrai, infatti. Non sarò io a stare con i ragazzi, ma lei. Sarà assente solo per tre mesi.»

«Perché diavolo hai accettato di prendere il suo posto?»

«Perché sono il loro padre.»

Dopo due ore trascorse a litigare, Paul dovette rientrare a Greenwich. Arrivò alle nove e mezzo e fece appena in tempo a salutare l'insegnante di matematica di Seth che se ne stava andando e a vedere rientrare Pennie, riaccompagnata da un'amica.

«Dove sei stata?» le chiese.

«A una riunione per l'annuario scolastico. Sono la presidentessa del comitato che se ne occupa. Suonava bene sul curriculum inviato alle università. Ci incontriamo di sera, ma siccome siamo leggermente in ritardo rispetto al previsto, abbiamo un'altra seduta domani sera.»

Paul dovette dare un antidolorifico a Seth, che dopo la lezione di matematica aveva cominciato a lamentare un mal di testa. Alle dieci e mezzo i figli erano nelle loro stanze e Paul non aveva ancora cenato. Aprì il frigorifero e non trovò neanche un avanzo della cena preparata da Tina, così si accontentò di una fettina di pizza della sera precedente, che buttò giù fredda, seduto al tavolo della cucina. Già lo stare dietro alla routine dei ragazzi era un lavoro a tempo pieno, e non aveva ancora fatto con loro i compiti né preparato un pranzo. A tutto ciò, andavano aggiunti gli sforzi che avrebbe dovuto fare per rendere felice una ventisettenne alla quale non importava nulla dei suoi figli né di tutto quello che lui doveva fare. Era troppo per una persona sola, rifletté con un senso di sopraffazione.

Era mezzanotte, le sei del mattino a Parigi, quando Eileen, che avrebbe avuto la sua prima lezione alle sette e trenta, gli inviò un messaggio per accertarsi che ogni cosa stesse andando come previsto.

«Non so come tu faccia», rispose lui dopo averla rassicurata che la situazione era sotto controllo.

«Non fermarti mai e vedrai che tutto andrà a posto», commentò lei, impaziente di iniziare i corsi. Nella prima parte della giornata l'attendeva la presentazione dei vari tipi di casseruole e delle loro funzioni, e nel pomeriggio avrebbe cominciato con la preparazione delle salse.

Prima di dare un'ultima occhiata ad alcuni documenti di lavoro, Paul provò a telefonare a Olivia, che non gli rispose. All'una spense la luce e mise la sveglia per le sei. Voleva vestirsi e programmare la giornata prima di preparare la colazione. In passato non si era mai posto il problema di cosa facesse Eileen dopo che lui andava in ufficio, ma era arrivato il momento di imparare, e il tempo a disposizione era poco.

Arrivò in ufficio alle dieci, in ritardo per la riunione. Appena fu terminata, si precipitò a chiamare Olivia.

«Alle sei?» propose.

«Non possiamo fare alle sette? Alle cinque e mezzo ho una riunione e non credo di riuscire a finire per quell'ora.»

I tre mesi precedenti, quando potevano incontrarsi senza problemi al termine della giornata, consapevoli di avere tutto il tempo per rilassarsi e fare l'amore, erano ormai un ricordo. Olivia aveva l'impressione di essere diventata una sorta di pit-stop sulla via di Greenwich. Le sembrava addirittura che la situazione fosse tornata a quando Paul non aveva ancora lasciato la moglie, con il vantaggio che almeno, allora, era Eileen a occuparsi dei figli.

«Alle sette non posso», si scusò il compagno. «Se mi fermassi da te, non tornerei a casa prima delle dieci. Troppo tardi.»

«Bene, allora niente», sbottò lei.

«Olivia, per favore, dammi tregua. Sto cercando di incastrare tutto.»

«Be', non mi pare che tu ti stia sforzando eccessivamente per incastrare la sottoscritta.»

«Ti sbagli, ma devo tornare a casa. Non sai quanto vorrei averti lì con me.» Un desiderio impossibile, ne era consapevole.

«A domani», tagliò corto lei, al colmo dell'irritazione.

Il mattino seguente, Olivia fece una breve visita alla madre.

Gwen, seduta davanti al cavalletto a dipingere, le chiese in tono casuale: «Come sta Paul?» Diede qualche pennellata al dipinto e arretrò di un passo per osservarlo con le palpebre socchiuse. L'immagine andava formandosi.

«La nostra relazione è diventata uno schifo. Sua moglie sta frequentando un corso di tre mesi a Parigi e lui si è trasferito a Greenwich per stare con i ragazzi. Deve tornare ogni sera, e ho l'impressione che nelle prossime settimane diventerà sempre più difficile vederci.»

«Forse non tutti i mali vengono per nuocere», buttò lì la madre.

Olivia annuì. «L'ho pensato anch'io, ma ti garantisco che non è affatto divertente.»

«Benvenuta nel mondo reale», commentò Gwen.

«Nel mondo reale di chi? Non di certo nel mio: io non ho figli e non vivo in periferia.»

«Lui sì, però, e da quando state insieme è diventato anche il tuo mondo. Ce la farai.»

«Ce la farò? Ce la faremo? Comincio a domandarmelo, e sono passati solo tre giorni.»

«Dev'essere difficile per lui.» Gwen posò il pennello. «Non complicargli la vita facendogli pressioni.»

«Perché si parla sempre dei suoi impegni e delle sue difficoltà?»

«Perché è un uomo sposato con tre figli. E in questo momento la moglie è assente.»

«E quella che deve pagarne il prezzo è la sottoscritta», sibilò Olivia, furiosa.

A parere di Gwen, la figlia non era sufficientemente matura per fare alcune concessioni al compagno. Se lo amava, avrebbe dovuto cedere. Quella parentesi sarebbe stata un banco di prova per entrambi. «Ci sono più problemi di quanti mi aspettassi. Credevo che fosse sua moglie l'ostacolo maggiore, che avesse delle aspettative troppo elevate nei suoi confronti. Questa però è la sua vita.»

«Ti avevo avvisato che stare con un uomo sposato è complicato.»

«È un casino.» Olivia sorrise. Ancora una volta, sua madre aveva ragione.

«Sei ancora innamorata di lui?»

«Penso di sì. Però sacrificherei il mio braccio destro perché la moglie rientrasse e tornasse a occuparsi dei ragazzi.»

«Meglio per tre mesi che per sempre. Immagina se avesse la custodia dei figli.»

Olivia inorridì. «Non pensarci neanche.»

Quella sera, dopo essere riuscito a vedere Olivia per due ore, Paul rientrò a casa alle nove e mezzo, senza avere avuto il tempo di mangiare un boccone. Per fortuna, i ragazzi avevano già cenato, fatto il doposcuola e i compiti.

Riuscì a organizzare il fine settimana a tutti i figli, che si sarebbero fermati da alcuni amici, e a trascorrere così due giorni interi con Olivia. La domenica sera tornò alla solita routine. L'unica buona notizia era che Tina aveva acconsentito a fermarsi a dormire anche il lunedì e il mercoledì. Per Paul la vita sembrava essersi trasformata in una staffetta. Ogni volta che riceveva un messaggio da Eileen, le assicurava che tutto procedeva benissimo.

Il lunedì mattina il meccanismo perfetto si ruppe. Tina lo chiamò sul lavoro per comunicargli che Mark aveva vomitato in classe. Era andata a prenderlo lei stessa e lo aveva messo a letto perché aveva la febbre. Seth gli mandò un messaggio in cui lo informava che quella sera aveva bisogno del suo aiuto per un progetto di scienze che doveva consegnare il giorno dopo. In un attimo, Paul vide sfumare la notte con Olivia.

«Sarà sempre così?» volle sapere lei, esasperata, quando glielo disse.

«Forse, ma dopo tornerà Eileen. Consoliamoci al pensiero che ci godremo i weekend.»

«Credevo che, data l'età dei ragazzi, sarebbe stato più semplice.»

«Al contrario, è tutto più difficile. I problemi si moltiplicano. Da bambini li mettevi a letto alle sette ed eri libero. All'asilo non si fanno progetti di scienze o ripetizioni di latino.»

«Non ci resta che affrontare la situazione fino al rientro di tua moglie», sospirò Olivia. «Che ne diresti di un collegio per tre mesi?» Sembrava che pian piano iniziasse a farsene una ragione, pensò Paul, sollevato. «Ti chiedo solo di non domandare la custodia dei figli o, se lo farai, di portarli con te in città.» Più che i ragazzi, era il continuo andare avanti e indietro di Paul tra New York e Greenwich a sfiancarli, oltre al fatto che non avessero una governante fissa. Eileen non l'aveva mai voluta, le piaceva fare da sola.

L'impegno di Paul aveva inciso negativamente sulla

parte romantica del rapporto con Olivia. Di rado avevano il tempo di fare l'amore, e talvolta lui era così stanco, stressato e di fretta da non desiderarlo neppure, dando un altro motivo di lamentela alla compagna.

A Parigi, l'esperienza di Eileen era opposta a quella di Paul. Le lezioni erano interessantissime, gli insegnanti molto esigenti e lei imparava ogni giorno qualcosa di nuovo. Si era fatta un'idea molto più chiara dell'uso delle pentole e degli utensili da cucina, e aveva appreso l'arte della preparazione delle salse, che per lei fino a quel momento era stata un mistero. Studiava con grande impegno e si dedicava con passione a preparare ogni ricetta che veniva assegnata.

Il suo compagno di corso era un ventitreenne inglese, Hugo, i cui genitori possedevano un noto ristorante a Nizza. Frequentava la scuola di alta cucina per far sì che, un giorno, il locale di famiglia conquistasse le tre stelle Michelin.

Avevano preso l'abitudine di mangiare in vari ristoranti per tentare di decifrarne i piatti, e formavano un team affiatato. La sera, quando Eileen rientrava a casa, si godeva un lusso che le era stato negato per quasi vent'anni: ore da dedicare esclusivamente a se stessa. Leggeva libri e riviste o studiava ricette. La domenica, si concedeva lunghe passeggiate sulle rive della Senna o al Bois de Boulogne. Durante la prima settimana, aveva preso in affitto un grazioso appartamentino nel settimo arrondissement, e tutte le mattine il portiere le portava croissant appena sfornati. Finalmente si sentiva di nuovo una donna libera, non più una supermamma o una moglie senza un istante di pausa.

«Sei sposata?» le chiese Hugo un giorno, a pranzo, mentre gustavano il piatto che avevano preparato per la lezione, un branzino nappato con una delicata salsa.

«Più o meno», rispose Eileen.

Hugo scoppiò a ridere. «Che risposta è? Sei sposata o no?»

«Lo chiedi perché intendi farmi il filo?»

Rise di nuovo. «Assolutamente no. Sono gay. A Nizza ho un ragazzo, Jonathan, un americano. È lui a pagarmi il corso, un sogno che i miei non possono permettersi di esaudire.»

«È stato sempre anche il mio sogno. Per quanto riguarda la tua domanda, sono sposata ma separata.»

«Mi dispiace.»

«Anche a me, però mi ci sto abituando. Quando rientrerò negli Stati Uniti chiederò il divorzio. Paul, mio marito, mi ha lasciato per un'altra: ecco il succo della mia triste storia. Patetico, non trovi?» Eileen si stava riprendendo molto in fretta, e l'esperienza al *Cordon Bleu* la stava gratificando enormemente.

«Troverai un altro. Sei bella, intelligente, spiritosa.»

Più passavano i giorni, più Eileen apprezzava Hugo. Aveva talento, era un ragazzo posato e un gran lavoratore, proprio come tutti gli altri chef che frequentavano quel corso professionale.

«Mia mamma dice che ormai sono troppo vecchia e che nessuno mi vorrà più: ho quasi quarant'anni. Voglio aprire un servizio di catering nel Connecticut, dove vivo.»

«Figli?»

«Tre. Mi mancano da morire, ma non scambierei questa esperienza per niente al mondo. È la prima cosa che faccio per me stessa.»

«Buon per te.» Hugo le sorrise.

Le piaceva stare in sua compagnia, e insieme lavoravano benissimo.

Le giornate scorrevano veloci ed Eileen si sorprese nel rendersi conto che erano già passate sei settimane, e presto l'avrebbero raggiunta i figli.

Hugo avrebbe trascorso quella breve parentesi a Nizza, nella villa in collina dove abitava insieme al compagno, che Eileen aveva conosciuto in occasione di qualche sua visita a Parigi nei weekend. Era coetaneo di Eileen, veniva da Los Angeles e, proprio come Hugo, era stupendo.

«Io invece mi godrò la pausa con i miei figli. Non vedo l'ora che arrivino.» Poiché l'appartamento che aveva preso in affitto era troppo piccolo per ospitarli tutti, aveva prenotato tre stanze in un alberghetto sulla Rive Gauche.

All'aeroporto, li scorse subito attraversare la dogana, stanchi e scarmigliati. Caricati i bagagli sul minivan con autista che aveva noleggiato, si divertì a guardarli ammirare con occhi spalancati la capitale francese. Il conducente mostrò loro gli Champs Élysées e Place de la Concorde, fece un rapido giro di Place Vendôme e passò davanti all'accademia di alta cucina, il *Cordon Bleu*, nel quindicesimo arrondissement. Raggiunsero la Rive Gauche attraversando il ponte Alessandro III e transitarono davanti a Les Invalides, luogo di sepoltura di Napoleone. Infine giunsero al loro delizioso albergo. Quella sera stessa, dopo avere fatto due passi nei paraggi, Eileen li portò a cena al *La Fontaine de Mars*, uno dei migliori bistrot di Parigi, nel diciassettesimo arrondissement. Durante il giro per la città, avevano fatto una breve pausa al *Deux Magots*, un localino tra i più antichi della capitale, e avevano gustato un gelato da *Berthillon*, rinomato per la qualità dei suoi dolci.

I ragazzi furono entusiasti della cena, durante la quale le raccontarono le ultime novità, sebbene lei si tenesse al corrente con una chiamata quotidiana su FaceTime e Skype. Pennie le confidò di essere in ansia per le risposte di ammissione all'università, che avrebbe iniziato a ricevere entro un mese. Aggiunse che nel frattempo stava lavorando sodo tanto nel volontariato quanto all'annuario scolastico e che, di tanto in tanto, aiutava il padre con i compiti dei gemelli.

«A proposito, come se la sta cavando papà?» chiese Eileen, cauta. Secondo i messaggi e le e-mail che Paul le inviava costantemente, tutto sembrava procedere senza difficoltà.

«Credo che lo stiamo facendo impazzire un po'», ammise Mark. «Non fa tutte le cose che fai tu.» Eileen non si sorprese. «E discute spesso con la fidanzata. Non hanno molto tempo per vedersi, tranne i fine settimana, e lei si lamenta. Una sera li ho sentiti che litigavano per telefono.»

«Ancora sei settimane e tornerò», replicò Eileen, pacata. Il tempo stava volando, ma lei aveva appreso tutto quello che c'era da sapere per gestire un servizio di catering. Sapeva persino come preparare una torta nuziale. Il cioccolato non aveva più segreti, e si era accorta di possedere un vero talento per i decori di zucchero, grazie all'insegnante, un mastro pasticciere molto quotato.

«E tu, mamma, ti stai divertendo?» volle sapere Pennie, che sentiva un po' di nostalgia. Sapeva però che l'occasione era unica, e la madre se la meritava. «Come farai a organizzarti con il catering?»

«Mi sto divertendo tantissimo e ho imparato un sacco di cose. Per il lavoro, assumerò un assistente e per il resto mi affiderò a terzi, con i quali stipulerò dei contratti: stoviglie, cristalleria, tende, gazebi e tutto il necessario per allestire un ricevimento. Voglio organizzare le feste più esclusive di Greenwich.»

«Sarai bravissima, non ho dubbi», sorrise la figlia. Il fatto di non avere la mamma sempre accanto le aveva fatto apprezzare la sua organizzazione e gli sforzi per semplificare loro la vita. Paul, al contrario, stentava a stare dietro a casa, famiglia e lavoro. Tutto sommato, l'esperienza di averlo di nuovo a casa le era piaciuta, e quando se ne fosse andato ne avrebbero avuto nostalgia. La stessa che provavano per la madre.

«Tu e papà avete preso qualche decisione?» chiese alla madre, quando rimasero sole per qualche minuto.

Lei fece cenno di no. «Non che io sappia. Non mi ha detto nulla.»

«Credo che si sia pentito di essersene andato», le confidò Pennie, malinconica.

«Sono sicura che gli mancate.»

«Gli manchi anche tu.»

Sebbene Eileen risentisse di quell'allontanamento, qualcosa in lei era cambiato rispetto a prima. Aveva imboccato una nuova strada ed era elettrizzata al pensiero del suo nuovo lavoro nella ristorazione.

«Vuoi che ritorni?» continuò la figlia.

«Non saprei. Talvolta le cose vanno troppo oltre per essere aggiustate, ed è proprio questo che potrebbe essere accaduto a noi. La vita è come un fiume, continua a scorrere, che tu lo voglia o no.»

«Vale anche per Tim e me. Gli voglio ancora bene, ma non mi ci vedo più insieme a lui.»

Eileen annuì, riflettendo su quanto fosse cresciuta la figlia. «Provo lo stesso verso tuo padre. È come se la nostra situazione fosse triste ma felice al contempo, perché si sono spalancati nuovi orizzonti nella nostra vita, abbiamo conosciuto persone nuove, fatto esperienze inedite. Sono pronta al cambiamento. Con il passare degli anni mi ero impigrita, o forse mi ero soltanto distratta.»

«Eri impegnata con noi», disse Pennie in tono di scuse. La madre le sembrava rifiorita: gli occhi brillavano, sorrideva più spesso, emanava sicurezza e fiducia in se stessa. Era felice. «Credi che papà sposerà Olivia, se divorzierete?» Benché intristita da quella separazione,

Pennie aveva accettato l'idea che i genitori potessero non tornare più insieme.

«Non lo so. Dovresti chiederlo a lui.»

«È molto giovane. Magari, chissà, vorrà dei figli suoi. Pensi che papà ne vorrà altri?»

«No, sarebbe troppo per lui. Da me non li ha mai desiderati.»

Pennie, però, aveva ragione. Stare con una donna più giovane poteva significare che lei desiderasse diventare madre. Era strano immaginarlo con una seconda famiglia, ma l'eventualità non poteva essere esclusa.

La settimana di vacanza con i figli trascorse in un batter d'occhio, e separarsi fu triste per tutti. Ancora cinque settimane a Parigi, poi sarebbe ritornata anche Eileen. Cinque settimane nelle quali doveva imparare tutto il possibile.

Paul trascorse i dieci giorni di assenza dei ragazzi con Olivia e riuscì a riportare la relazione sui binari giusti. Dormivano ogni notte insieme, e Olivia lo aveva presentato alla nonna e a Federico. Paul, incantato, li aveva definiti la coppia perfetta. Una domenica, a un brunch, aveva persino conosciuto la madre della compagna, da cui era rimasto affascinato per la bellezza, l'intelligenza e la cultura.

Facevano l'amore tutte le volte che potevano, come per rifarsi del tempo perduto.

Così, quando i figli rientrarono dalla Francia, la relazione era tornata serena. Olivia, naturalmente, non era contenta alla prospettiva che lui dovesse ricominciare a fare il pendolare, ma presto Eileen sarebbe stata di nuovo a casa, e tutto sarebbe tornato alla normalità.

Paul andò a prenderli all'aeroporto, e i ragazzi lo inondarono di racconti e aneddoti: i giri esplorativi a Parigi con la madre, i ristoranti in cui erano stati per provare raffinate pietanze. Pennie aveva comprato qualche abito al *Le Bon Marché*, a due passi dal loro albergo, e i gemelli si erano portati dietro un po' di souvenir, tra i quali una torre Eiffel luminosa per il padre, che promise di mettere sulla scrivania in ufficio.

Rientrarono sotto una leggera nevicata. Parigi era una città fantastica, ma niente eguagliava la loro casa, dove tra poco più di un mese li avrebbe raggiunti anche la madre. Presto, si rattristò Paul, non avrebbe più avuto motivo di stare a Greenwich. Olivia ne sarebbe stata felice, ma lui no. Aveva imparato a conoscere meglio i suoi figli, e gli sarebbero mancati. Più passavano i giorni, più la sua organizzazione migliorava. Eppure, non riusciva a immaginare un futuro accanto a Eileen, nonostante tutto. Entrambi erano andati avanti con la propria vita.

Ancora non sapeva come si sarebbe evoluta la storia con Olivia, però era certo che quella con Eileen era finita. Le voleva bene, ma non rappresentava più il suo futuro. Eileen era il passato. Se guardava al futuro, vedeva la rossa Olivia, non Eileen. Voleva ricominciare, era pronto a farlo, e poteva soltanto sperare che per Olivia fosse lo stesso.

11

TORNATI a Greenwich, i ragazzi attesero il rientro di Eileen.

Olivia non riusciva quasi più a vedere Paul, di nuovo impegnato con i figli, e un giorno ricevette un'e-mail da un francese, Jean-Pierre Muset, che chiedeva di incontrarla; l'e-mail era piuttosto formale e scritta in un buon inglese. Gli domandò maggiori informazioni, e lui le spiegò che lavorava nel settore della compravendita d'arte e che avrebbe desiderato parlarle di persona. Si sarebbe trattenuto a New York solo per quattro giorni e promise che non le avrebbe rubato troppo tempo.

Olivia, più libera dagli impegni personali, accettò di andare a bere qualcosa con Jean-Pierre al *Mark Hotel*, a poca distanza dal suo appartamento.

La stupì vedere quanto giovane fosse il suo ospite. Trentaduenne, figlio di un famoso commerciante d'arte, nel senso tradizionale del termine, era rimasto molto colpito dal sito di Olivia, con la quale avrebbe voluto avviare una collaborazione a Parigi. Olivia trovò la proposta allettante, perché avrebbe ampliato il suo giro d'affari.

Jean-Pierre era alto, attraente, con i capelli scuri e caldi occhi marrone, il sorriso sempre sulle labbra.

«Non ci avevo mai pensato, ma l'idea mi piace», ammise Olivia.

«Ho un amico a Londra, un vecchio compagno di scuola, che potrebbe essere interessato ad allargare i contatti in Inghilterra. Le possibilità sono davvero infinite. Idealmente, mi piacerebbe operare tra Parigi, Londra e Hong Kong, proprio in quest'ordine. Qualora fosse interessata alla mia proposta, mi piacerebbe fermarmi qualche giorno a discuterne con lei e vedere il modo in cui opera. In seguito, potrebbe raggiungermi a Parigi e aiutarmi ad avviare la seconda base. Basterebbero un paio di mesi di permanenza per il lancio della galleria e l'organizzazione di un ufficio. Che gliene pare?»

Jean-Pierre, oltre che intelligente, era anche diretto e pieno di idee.

«Sono molto interessata!» dichiarò lei.

Naturalmente avrebbe raccolto informazioni sul suo conto e sulla sua reputazione, ma il progetto le piaceva.

«Mio padre è proprietario di una grande galleria d'arte a Parigi e potrebbe prestarci qualche stanza per aprire lo studio. Ho parlato con lui prima di venire qui a consegnare per suo conto un dipinto a un cliente newyorkese. Negli ultimi cinque anni ho lavorato con lui, e adesso sono pronto a mettermi in proprio. Internet è una favolosa opportunità per la nostra generazione.» Chiacchierarono per due ore e, prima di congedarsi, Jean-Pierre le lasciò il biglietto da visita. Una volta rientrata, dopo averlo cercato su Internet Olivia scoprì che aveva studiato alla Sorbona e a Oxford, dove aveva conseguito un master in Storia dell'arte, e aveva mosso i primi passi da Christie's, proprio come lei. Suo padre era uno dei più prestigiosi commercianti d'arte europei, Arnaud Muset, e c'era una pagina web dello stesso Jean-Pierre. Aveva credenziali eccellenti per un uomo della sua età.

Terminate le sue ricerche, lo richiamò.

«Che ne direbbe se ci vedessimo domani nel mio ufficio?» gli propose.

Jean-Pierre accettò senza esitazione, aggiungendo che avrebbe potuto trascorrere due o tre giorni in sua compagnia prima di tornare in Europa, a Madrid, dove avrebbe partecipato ad alcune riunioni insieme al padre.

Si presentò il mattino seguente in jeans, camicia azzurra, una giacca di tweed in stile inglese e stivaletti color cuoio. Olivia si rese conto di trovarlo molto attraente, ma scacciò subito quella sensazione: lei era innamorata di Paul. Il compagno sarebbe stato impegnato tutta la settimana con i figli e si sarebbero visti soltanto durante il weekend, perciò lei poteva dedicarsi a Jean-Pierre e mostrargli com'era strutturato il suo lavoro. La proposta di quell'uomo rappresentava un'opportunità straordinaria.

«Sarebbe interessata a un'eventuale partnership?» le domandò lui. Diventando soci, lui avrebbe investito parecchio denaro nell'attività.

«È possibile. Per il momento, però, pensiamo al nostro ufficio a Parigi.»

Prima di fare qualunque passo, Olivia voleva discuterne con i suoi consulenti finanziari. Aveva investito parte dell'eredità paterna nella galleria, e ci teneva a muoversi con cautela. La proposta di avviare una società, però, si sarebbe potuta rivelare interessante. Lavorare con Jean-Pierre era piacevole: aveva un carattere gradevole e alla mano, ma era al tempo stesso professionale, ben organizzato e impeccabile nei confronti di lei.

Jean-Pierre volò a Parigi il venerdì pomeriggio, e Olivia lo avrebbe raggiunto sette giorni dopo, per fermarsi tre settimane a valutare la situazione.

Quella sera stessa, comunicò la decisione a Paul, ancora all'oscuro di tutto a causa dei molti impegni di entrambi. Non gli aveva anticipato nulla al telefono, determinata a parlargliene di persona e nei dettagli.

«Perché non me lo dai detto prima?» le domandò, sorpreso.

«Non avevi tempo. Cosa ne pensi dell'idea?»

«Suona bene, ma credo che dovresti discuterne con i tuoi consulenti finanziari.»

«Già fatto. Finora sembra tutto a posto. Tra una settimana andrò a Parigi per rendermi conto della situazione personalmente.»

«Così presto?» replicò lui, confuso.

«Perché no?»

«Come mai tutte le donne che fanno parte della mia vita migrano a Parigi?» si domandò lui, sorridendo. «Mi piacerebbe accompagnarti, ma non posso lasciare i ragazzi. Magari ti capiterà di incontrare Eileen», scherzò.

Olivia non lo trovò divertente. «Spero di no. Sarebbe imbarazzante.»

«Evita il *Cordon Bleu*, allora.»

Olivia pensò che non avrebbe avuto alcuna necessità di andarvi. Partiva per incontrare un mercante d'arte, non per frequentare una scuola di cucina.

Riuscirono a passare insieme una notte del fine settimana; quella seguente Paul doveva essere a casa perché tutti e tre i ragazzi avevano le prove scolastiche e doveva aiutarli. Le anticipò che non si sarebbero potuti vedere prima del weekend successivo. Olivia, esasperata, non vedeva l'ora che Eileen rientrasse. Non sopportava di venire dopo i figli del compagno, e cominciava a chiedersi come sarebbe stata la loro vita insieme anche quando lui non avesse dovuto più tornare a Greenwich. C'era sempre una partita, un allenamento, un problema, un insegnante del doposcuola, un malessere, qualcosa che richiedeva la sua attenzione. Il tutto moltiplicato per tre. Al momento non sembrava esserci posto per lei nella vita di Paul.

Non si vedevano da sei giorni quando Olivia si imbarcò sul volo di Parigi, il venerdì sera, lasciandosi alle spalle il compagno, deluso di non poter trascorrere insieme il fine settimana come aveva sperato dopo gli accordi presi con Tina.

Olivia atterrò a Parigi alle nove del mattino di sabato, prese un taxi e chiese di essere portata al *Ritz*, dove di consueto alloggiava la madre. Jean-Pierre, avvisato del suo arrivo, l'avrebbe incontrata a pranzo nel giardino d'inverno de *L'Espadon*. Era impaziente di presentarle il padre.

Nella sua stanza d'albergo, Olivia fece un bel bagno rilassante, indossò un abitino nero chic e, sofisticata come non mai, si recò all'appuntamento. Jean-Pierre, in giacca e cravatta, la accolse con un sorriso gioioso.

«Com'è andato il volo?»

«Tranquillo. Ho guardato un film e ho dormito fino all'atterraggio. Adoro viaggiare di notte.»

«Anch'io. Ho preso l'abitudine di riposare durante i lunghi spostamenti quando, all'inizio della carriera con mio padre, andavo spesso in Asia per lui.»

Il responsabile di sala li accompagnò al loro tavolo nel giardino d'inverno, sotto il tetto a vetri. Conosceva Jean-Pierre, che ordinò dello champagne per festeggiare la loro «alleanza» e «l'ufficio parigino». Scelsero un menu leggero che accompagnò due ore di chiacchiere e scambi di idee per la loro collaborazione, alcune delle quali Olivia pensò di mettere in pratica anche a New York. Jean-Pierre le aveva dato suggerimenti eccellenti.

Erano entrambi di buon umore quando lui la condusse nella loro galleria d'arte, un immenso edificio che Monsieur Muset aveva acquistato sulla rue du Faubourg Saint-Honoré, la via dello shopping più elegante di Parigi.

Servendosi di un ascensore privato, raggiunsero lo studio del padre, un uomo dall'aspetto solenne, sulla sessantina, seduto dietro un'enorme scrivania Luigi XV. Nel sentire rumori di passi, alzò gli occhi e sorrise alla vista di quella splendida donna. Jean-Pierre gli aveva parlato del suo interesse per l'attività newyorkese di Olivia, ma solo dopo che il figlio l'ebbe presentata lui capì di chi si trattava.

«È dunque lei la nuova socia del mio ragazzo», la salutò Arnaud, sorridendo. Notò che insieme formavano una bellissima coppia. Jean-Pierre aveva un debole per le donne molto giovani, molto sexy e talvolta dall'aspetto un po' volgare, perciò Muset senior si sentì sollevato nel vederlo in compagnia di una donna di classe, che però frequentava per affari e non per questioni sentimentali.

Arnaud la accompagnò a fare il giro della galleria, mostrandole alcuni dipinti di pregio. Gli capitava spesso di commerciare in quadri dei vecchi maestri o dei più rinomati impressionisti, ma trattava anche artisti moderni, in particolare Picasso. Quando le presentò due spettacolari opere del pittore spagnolo, Olivia gli confidò di averne una della stessa serie, e lui rimase intrigato.

«Mio padre era un appassionato collezionista. L'ho ereditata da lui», gli spiegò con modestia. Discreta come sempre, aveva svelato poco della sua vita a Jean-Pierre, limitandosi a parlargli del suo lavoro, delle esperienze divertenti da Christie's o al college. Non sapeva nulla neanche della madre. «Mia nonna è un'artista», rivelò in seguito. «Gabrielle Waters. Crea sculture molto voluminose in bronzo, principalmente cavalli.»

Arnaud la fissò sorpreso prima di scoppiare a ridere.

«Ne ho sempre voluto uno per la nostra casa di campagna. Sono in lista d'attesa da almeno un decennio, ma ormai sono arrivato alla conclusione che sua nonna venda soltanto ai vecchi clienti o ai migliori amici. Il mio nome non le ha fatto neppure battere ciglio.»

Dopo essersi intrattenuti con il padre, Jean-Pierre la condusse nuovamente al piano inferiore per mostrarle gli uffici che Monsieur Arnaud avrebbe messo a loro disposizione, spazi ampi ed eleganti, ottimi per gli incontri con la clientela.

«Ha tenuto dei segreti», commentò lui con un sorriso, quando furono soli. «Non mi ha detto nulla della fama di sua nonna. È piuttosto avanti con gli anni, vero?»

«Ne ha novantadue, e diventa ogni giorno più forte. E non è tutto», sorrise Olivia di rimando. «Vive con un uomo più giovane, un ottantaquattrenne, Federico Banducci, il fotografo.»

Il volto di Jean-Pierre si illuminò. «Ho venduto una delle sue fotografie, l'anno scorso. Di solito non ci occupiamo di questo genere d'arte, ma un cliente ha insistito per averne una, e non riuscendo a trovarne sul mercato si è rivolto a noi. Io stesso ne posseggo due. Adoro il suo lavoro. Mi fa piacere constatare la sua provenienza artistica, Olivia. E suo padre di cosa si occupava?»

Durante il loro incontro newyorkese, gli aveva accennato che suo padre era mancato molti anni prima.

«Era un produttore, Tom Page», rispose con orgoglio. Jean-Pierre si rammentò immediatamente il nome. «E mia madre è un'attrice.» Non rivelò altri dettagli, intrigandolo ancora di più, incuriosito da quella giovane donna sorprendentemente discreta e con un albero genealogico tanto speciale. Sarebbe stato interessante approfondirne la conoscenza, specialmente se avessero deciso di lavorare insieme.

«Crede che identificherei il nome di sua madre?»

«È probabile», rispose Olivia con aria innocente.

«E allora? Me lo vuole dire?» la incalzò Jean-Pierre.

Lei rise di gusto. «Gwen Waters. Un'attrice americana», rispose, come se lui potesse non sapere chi fosse.

«Sì, e Renoir era un artista francese. Conosco i loro nomi. Davvero Gwen Waters è sua madre?» Olivia annuì, nel mezzo di quelle sale che sarebbero diventate il loro studio, la sua estensione parigina. «Adesso non possiamo proprio esimerci dal lavorare insieme. Mi piacerebbe molto conoscerla.»

«Accadrà, ne sono certa. Negli ultimi tempi ha ripreso a dipingere. Lo fa tra un film e l'altro. È molto brava.»

«Ho visto tutte le sue pellicole. Mio padre darebbe qualsiasi cosa pur di incontrarla. Ne è sempre stato innamorato.» Come la maggior parte degli uomini.

«Ecco, questa sono io. E cosa mi dice di lei?»

«Mio padre lo ha appena conosciuto. Mia madre è morta quando avevo sette anni. Sono figlio unico.»

«Avevo la sua stessa età quando è mancato il mio, e neanch'io ho fratelli o sorelle.»

«Ormai è chiaro. Siamo gemelli separati alla nascita. Ora che ci siamo ritrovati, la collaborazione è imprescindibile. È il destino.»

Jean-Pierre avrebbe voluto sapere se fosse fidanzata, ma era troppo presto per chiederlo. Benché il loro fosse un rapporto lavorativo, Olivia lo incuriosiva con la sua affascinante bellezza e le celebrità di cui si componeva la sua famiglia.

«È troppo stanca per uscire, questa sera?» le chiese mentre lasciavano la galleria e si incamminavano su Faubourg Saint-Honoré, lungo il quale si avvicendavano le boutique più lussuose – Chanel, Hermès, Saint-Laurent – e le più rinomate gioiellerie internazionali.

«Stanca? Per niente. Ho dormito a sufficienza in aereo.»

«Uno dei nostri clienti ha rilevato un nightclub, il *Castel*, e stasera darà un party. Ho detto a mio padre che ci sarei andato. Le piacerebbe accompagnarmi?»

«Sembra divertente.» Olivia sorrise. «Non sono certa però di avere portato l'abbigliamento giusto.»

«Può indossare un semplice paio di jeans, se lo desidera, con una camicia o un maglioncino. In questo genere di locali non si bada molto all'abbigliamento», la rassicurò. «E se prima andassimo a mangiare un boccone da qualche parte?» propose. «Di solito, a quei party fin dopo la mezzanotte non si presenta nessuno. Oppure è già annoiata dal sottoscritto?»

«Sarà meglio che non accada, se dovremo lavorare insieme», rispose lei, divertita.

«Ho in mente di portarla in un bistrot. Verrò a prenderla al *Ritz* alle nove», disse aprendole la portiera del taxi che avevano fermato per ricondurla in albergo.

Durante il tragitto, Olivia pensò a quanto fosse stato piacevole il pomeriggio, il pranzo, l'incontro con il padre di lui e la visita alla galleria e agli spazi che Muset avrebbe messo loro a disposizione. Per non parlare dei programmi per la serata, con la cena fuori e la festa in un club privato.

Indossò un maglioncino con i lustrini, un paio di jeans, scarpe con il tacco alto e il bolero di pelliccia, che aveva messo in valigia perché marzo è ancora un mese piuttosto freddo, a Parigi. Jean-Pierre arrivò puntuale e la portò a cena in un delizioso bistrot. Verso mezzanotte, uscirono per recarsi al *Castel*, nascosto in una viuzza poco frequentata. Il locale era una discoteca riservata ai soci, e la clientela che man mano vi entrava era vestita con cura ed eleganza. Ogni tanto si notava qualche ospite dal look più casual, come Olivia, o con outfit creativi tipici degli artisti eccentrici. Al pianterreno, che ospitava un ristorantino affollato, un'indicazione dal design erotico che rappresentava i genitali maschili conduceva al club sottostante, dove gli invitati bevevano e si divertivano con un sottofondo di musica tecno. Jean-Pierre presentò Olivia al proprietario, un attraente uomo sulla quarantina, e al suo compagno, un inglese poco più che ventenne. Accanto a quest'ultimo, c'era una bellissima donna bionda in jeans e camicetta di pizzo. Hugo, l'ospite britannico, la presentò come Eileen Jackson, e Jean-Pierre fece lo stesso con Olivia. Le due si fissarono per qualche istante, trattenendo il fiato. Fu Eileen la prima a tendere la mano, che Olivia strinse con un sorriso nervoso. Olivia comprese subito chi aveva davanti, ed Eileen, che spesso aveva sentito parlare di lei, dedusse che era la donna che aveva distrutto il suo matrimonio.

«Immagino che il destino ci abbia condotte a Parigi per darci l'opportunità di conoscerci», commentò Eileen con grazia. «È bella come i miei ragazzi l'hanno descritta», aggiunse con classe.

«Mi spiace», mormorò Olivia, in modo che solo Eileen sentisse. All'improvviso, Eileen era diventata reale, ed era lì, faccia a faccia con lei. Prima, era stata soltanto un'idea.

«Non è il caso. Non tutti i mali vengono per nuocere, e adesso sto sfruttando l'opportunità di fare cose che desideravo da anni. Ho riacquistato la libertà. Avremmo dovuto concludere il nostro rapporto già da tempo. Lei ci ha soltanto riscossi dal torpore in cui eravamo sprofondati.»

«Grazie. Sappia comunque che mi duole davvero», aggiunse Olivia, sotto lo sguardo dei tre uomini, ignari di tutto. «È molto più complicato di quanto pensassi. Se potessi tornare indietro, non lo rifarei. Ho imparato una grande lezione, come del resto Paul, ne sono certa.»

«Non so se lui abbia tratto qualche insegnamento, ma sta pagando pegno, nel correre dietro ai nostri figli durante la mia assenza. Io l'ho fatto per quasi vent'anni, ora tocca a lui.»

Per Olivia, la parte peggiore di quell'incontro era l'essersi resa conto in quel breve scambio di battute di apprezzare davvero Eileen, e di capire la persona che lei e Paul avevano tradito. In altre occasioni l'avrebbe ammirata.

«Le auguro ogni bene», le disse, sincera.

«Sta già andando bene», replicò Eileen con generosità.

Fu la folla ad allontanarle, e Jean-Pierre continuò le presentazioni di altri invitati.

«Chi era?» le chiese quando arrivarono dall'altro lato del locale. «Un'attrice? È bellissima.»

«È una storia lunga e complicata, che le racconterò, ma non adesso.»

Alla vista di Eileen era scattato qualcosa in Olivia, e aveva l'impressione di essersi risvegliata all'improvviso. Aveva dovuto arrivare a Parigi, incontrarla, vederla con i suoi occhi per capire di non appartenere a Paul. Si domandò se lui sarebbe tornato dalla moglie, se lei lo avesse spinto a farlo. Eileen non le pareva infelice, al contrario, aveva l'aria rilassata e soddisfatta.

Hugo fece la stessa domanda su Olivia. Era chiaro che tra le due donne ci fosse un collegamento, nonostante il loro incontro fosse frutto del caso.

«Quella», rispose Eileen stranamente calma e sollevata, «è la donna per la quale mio marito mi ha lasciato.»

«La conoscevi?» chiese, sconcertato. Erano diventati buoni amici durante il corso, e l'aveva invitata al party del compagno.

«L'ho incontrata poco fa per la prima volta. Sai qual è la cosa più divertente? Penso che tra loro sia finito tutto, e lui ancora non lo sappia. Chi era il suo accompagnatore?»

«Il figlio di un noto mercante d'arte, Arnaud Muset. Jonathan acquista spesso quadri da loro, per questo lo ha invitato. Suppongo che abbia deciso di fare le veci del padre.»

«Davvero attraente», commentò Eileen.

«Se dovesse finire tra Paul e quella donna, lo vorresti di nuovo con te?»

«No», rispose lei senza esitare. «La vita di adesso mi piace più di quella di prima, e migliorerà ancora quando avvierò il mio servizio di catering. Sono pronta: una volta a casa, chiederò il divorzio. Ho già contattato il mio avvocato. Se non ho ancora avviato le pratiche è perché, prima di fare qualunque passo, voglio parlarne con i ragazzi e con Paul.»

Un'ora dopo, Jean-Pierre e Olivia lasciarono la festa, troppo rumorosa e sempre più affollata. Olivia non rivide più Eileen in mezzo a quella folla, ma, come lei, aveva la sensazione che quell'incontro fosse stato programmato dal destino per liberarle entrambe.

Respirò l'aria fresca della strada e si sentì subito meglio. Quella serata era stata insolitamente straordinaria per molte ragioni, legate a incontri casuali e a nuove amicizie.

Jean-Pierre la riaccompagnò in albergo, e Olivia sentì tutto il peso di quella lunga giornata. Non le chiese più nulla di Eileen: dall'espressione di Olivia nell'istante dell'incontro aveva intuito che doveva trattarsi di una storia che non era necessario conoscere ma che forse, un giorno, lei gli avrebbe rivelato.

Nelle due settimane seguenti, Olivia e Jean-Pierre trascorsero molte ore insieme, discutendo di affari, di come aprire la filiale a Parigi, di chi ingaggiare, di quali artisti rappresentare per sfondare sul mercato francese. Più i giorni e le serate passavano, più si sentivano a loro agio insieme. Olivia doveva ritornare a New York, ma per il mese seguente stava progettando un altro soggiorno piuttosto lungo nella capitale francese. Nel frattempo, il loro lavoro aveva cominciato a dare i primi frutti: avrebbero collaborato sul mercato parigino appoggiandosi agli uffici della galleria Muset. Gli avvocati si erano già messi al lavoro per stilare le bozze di un accordo. Per un po' di tempo, lei avrebbe dovuto spostarsi da un continente all'altro, fino a quando ogni dettaglio fosse stato messo a punto, e lui sarebbe volato a New York per conoscere meglio la base operativa americana. Alla fine dell'anno, progettavano di estendersi a Londra.

L'acume per gli affari di Jean-Pierre e la sua esperienza sul mercato dell'arte avevano dato una marcia in più all'attività di Olivia, allargandone il raggio d'azione.

L'ultima sera, Jean-Pierre le pose la domanda che aveva in serbo da quando l'aveva conosciuta. I messaggi che Olivia gli inviava tramite i suoi comportamenti erano piuttosto guardinghi, per evitare che si avvicinasse troppo, e lui si chiedeva se si trattasse di cautela perché lavoravano insieme o di qualcos'altro. Pur sentendosi attratto da Olivia, non era certo di come lei avrebbe reagito alla sua curiosità. Allo stesso tempo, però, desiderava che le cose tra loro fossero chiare fin da subito.

«Olivia, sei impegnata con qualcuno? Talvolta penso di sì, altre volte ho l'impressione che tu sia quasi libera.»

Anche lei era attratta da Jean-Pierre, ma non se la sentiva ancora di mettersi in gioco.

«Sto con una persona da quasi un anno. Una situazione complicata, molto complicata. Per me la cosa è ormai chiusa, ma lui non lo sa ancora. Gliene parlerò al mio rientro, indipendentemente da tutto.» Gli sorrise. «Solo dopo sarò libera.»

«So che può sembrare una pazzia, ma questa storia ha forse a che vedere con la donna che hai incontrato durante la festa al *Castel*, la sera del tuo arrivo?»

Olivia restò colpita dal suo intuito. «Sì, è così.» Esitò un istante, indecisa se parlargliene o meno. Non voleva avere segreti per lui, ma neanche raccontargli troppo. «È sua moglie. Stanno per divorziare.»

Jean-Pierre, troppo discreto per chiederle se il motivo della separazione fosse lei, tacque. D'altra parte, non aveva importanza.

«Era la prima volta che la incontravo», continuò lei. «Il suo comportamento è stato impeccabile.»

«In tal caso, credo che avremo qualcosa di cui parlare quando tornerai a Parigi, in aprile. Aspetterò fino ad allora.»

Non voleva pressarla troppo a livello personale, ed era evidente che Olivia avesse diverse questioni in sospeso da risolvere. Il messaggio, però, era stato chiaro. Era nato un sentimento forte tra loro, lo sapevano entrambi, un sentimento che andava al di là degli affari. Al momento giusto sarebbe accaduto qualcosa. Intanto, avevano un'infinità di cose da organizzare, progetti da sviluppare e una nuova dimensione verso cui guardare.

Jean-Pierre la salutò con due baci sulle guance. Olivia si sarebbe imbarcata sul volo per New York il mattino seguente.

«Ci vediamo tra qualche settimana», le disse con dolcezza, trattenendola per le dita. «Non vedo l'ora.»

«Anch'io non vedo l'ora.» Olivia sorrise, sventolò una mano in segno di saluto e scomparve nella hall dell'albergo.

12

IL volo da Parigi a New York sembrò durare un'eternità. Olivia era impaziente di vedere Paul: aveva parecchie cose da dirgli. Si erano inviati messaggi di frequente, ma era stata con Jean-Pierre la maggior parte del tempo, mentre lui era sommerso dagli impegni con i figli.

Sapendo che sarebbe rientrata quel pomeriggio, si era organizzato per lasciare i ragazzi con Tina, la sera. Olivia aveva promesso di avvisarlo appena fosse arrivata nel suo appartamento.

Quando finalmente l'aereo atterrò, recuperò il bagaglio e superò in fretta la dogana, non avendo nulla da dichiarare. Aveva già chiamato un taxi e si fece portare subito a casa. Da lì telefonò a Paul, che rispose al primo squillo. Sembrava eccitato, e lei si sentì stringere il cuore. Si chiese se avrebbe cambiato idea, quando l'avesse rivisto, ma sperava di no. Aveva preso la sua decisione nel momento in cui aveva incontrato Eileen. Probabilmente non sarebbe successo niente tra lei e suo marito, se l'avesse conosciuta dall'inizio della loro relazione. Non era più un'entità senza volto: era una persona, una donna, una madre. Sua moglie. Olivia si era resa conto che non era più in grado di portare avanti la loro storia, ne era consapevole. Aveva detto bene sua madre: distruggere il matrimonio di qualcuno era una responsabilità enorme. E forse, dopotutto, per loro non era ancora troppo tardi.

«Dammi quindici minuti», le disse Paul, prima di riagganciare.

Lei si lavò il viso e si pettinò, e poco dopo lui arrivò. Era raggiante quando la rivide dopo due settimane di lontananza. Davanti all'espressione seria di lei, tuttavia, Paul si sentì raggelare.

«Bevi qualcosa?» gli chiese.

«Ne ho bisogno?»

«Ho molte cose da dirti.»

Paul non le aveva ancora dato un bacio. Desiderava farlo, ma aveva la sensazione che lei volesse mantenere le distanze, e non aveva idea del perché. Non poteva essersi innamorata di un altro in quindici giorni, rifletté, perciò doveva esserci qualcos'altro.

Olivia si sedette in salotto, e lui occupò la poltrona di fronte a lei.

«Sono accaduti tanti eventi dopo che sono partita, che riguardano in prevalenza il mio lavoro. Mi sono messa in società con un mercante d'arte di Parigi. L'uomo che avevo incontrato qui, prima di decidere di fare questo viaggio. Apriremo una sede là, e forse un'altra a Londra l'anno venturo. Dovrò trascorrere parecchio tempo a Parigi nei prossimi mesi, probabilmente fino a giugno compreso.»

La notizia sembrò deludere parecchio Paul.

«Ma voglio far crescere la mia attività, e questo è il modo giusto», continuò.

Lui annuì. Non gli stava lasciando spazio per sollevare obiezioni né discutere. Era chiaro che aveva già preso la sua decisione, e gliela stava semplicemente comunicando.

«Non sarò a New York spesso. Quanto sto per dirti l'ho deciso a Parigi, o forse anche prima. Non voglio vivere con i figli di un'altra donna. In questo momento non ne voglio nemmeno di miei. È troppo, per me, Paul. Credo di non essere ancora abbastanza cresciuta per farmi carico di tutto questo. Detesto dirti una cosa simile, ma i tuoi figli non mi vogliono, e la verità è che nemmeno io voglio loro. Sono troppo giovane. L'idea mi terrorizza, e comunque non mi pare che nella tua vita ci sia molto spazio per me: ce n'è soltanto per loro, e forse per la loro madre. Io non voglio fare la mamma.»

Per lui fu un pugno nello stomaco, e Olivia se ne rese conto. Non poteva dire nulla riguardo al lavoro, ma in merito a quanto gli stava dicendo di loro due e della loro relazione riteneva di avere voce in capitolo.

«Non puoi mollare adesso, Olivia. La loro madre ritornerà la prossima settimana. E, con lei qui, io mi sarò tolto questo impegno e potremo riavere quello che avevamo prima della sua partenza per Parigi.»

«Finché non sorge un problema, uno dei ragazzi si

ammala, o Pennie resta incinta di nuovo. Anche l'estate scorsa abbiamo avuto soltanto dei momenti rubati, quando eri fuori di te per quello che le era successo.

«Siamo in competizione per il tuo tempo e per il tuo amore», continuò Olivia. «Non è quello che voglio, non posso accettarlo in questo momento della mia vita. Forse sono troppo egoista per avere dei bambini... Quello che è certo è che non sono figli miei e non voglio né posso occuparmene. Non sono pronta.»

Davanti a una simile presa di posizione, Paul si trovò spiazzato.

«Ho lasciato mia moglie per te, Olivia, e la mia famiglia, i miei figli», sottolineò nel tentativo di farle cambiare idea. «Me ne sono andato di casa, per te. Non puoi mollarmi adesso, non è giusto, non è corretto. Ho gettato via tutto per la nostra relazione, e adesso mi sento dire che non vuoi i miei figli nella tua vita.»

«Non voglio i figli di nessuno. Soltanto i miei, se ne avrò. E non mi sento pronta nemmeno per questo, come ti ho appena detto. Se rimanessi incinta, abortirei. Per questo prendo la pillola. Inoltre tu non sei stato del tutto onesto con me: mi avevi detto che il tuo matrimonio era finito da anni, che lo sapevate entrambi, che eri un uomo libero. Hai mentito a me e a te stesso. La vostra storia non era chiusa. Non lo è nemmeno ora, né per te, né per i vostri figli che rivogliono la madre... e in effetti forse la rivuoi anche tu. Vieni a letto con me da dieci mesi, hai lasciato lei cinque mesi fa e non hai ancora contattato un avvocato per chiedere il divorzio. Non sei sicuro, lo so, e lo sai anche tu. Eri annoiato e forse non eri innamorato di lei, ma non hai gettato via niente per me.» Dopo una breve pausa, continuò: «Adesso sei di nuovo bloccato a Greenwich, sempre indaffarato. Sei tornato a vivere là e chissà cosa farai dopo. Credo che tu abbia messo fine a quello che c'era fra noi tre mesi fa, tornando a casa. Non ci siamo praticamente più visti, da allora. E se dovesse capitare di nuovo? Hai ancora un piede ben piantato nel tuo matrimonio. Sei andato via di casa, ma ci sei rientrato: credo che tu mi abbia persa in quel momento».

«Non avevo scelta. Sarò fuori di casa tra una settimana o due. Non puoi aspettare fino ad allora per scaricarmi?» Era passato alle suppliche, visto che con il senso di colpa non aveva funzionato. Quello che aveva detto Olivia era quasi tutto vero. Non poteva controbattere, si trattava di ciò che provava lei.

«Non so nemmeno se divorzierai mai. Non hai ancora avviato le pratiche.»

«Lo farò. Hai la mia parola.»

«A quest'ora avresti potuto già essere divorziato.»

«Sono tornato a casa per dare una mano a Eileen, affinché potesse frequentare quel corso a Parigi. Glielo dovevo, glielo dovevamo tutti e due, perché io l'ho tradita e poi l'ho lasciata.»

«Sono cose tra voi», ribatté lei, fredda, infastidita dal tentativo di lui di farla sentire in colpa.

«C'eri anche tu», la accusò, con uno sguardo cattivo negli occhi.

«Sì, c'ero anch'io, e non sarebbe dovuto succedere. Abbiamo fatto una cosa sbagliata, e lo sappiamo entrambi. Non la rifarei se tornassi indietro», dichiarò in tono freddo. Poi, calma, aggiunse: «L'ho incontrata, a Parigi».

«Di proposito?» chiese Paul, sconcertato.

«No, è stato un incontro fortuito, a un party, la prima sera che ero là.»

«Cosa le hai detto?» farfugliò, in preda al panico.

«Che mi dispiaceva per tutto. Ed ero sincera. Non avevo il diritto di interferire nella vostra vita. Avrei dovuto permetterti di chiarire con lei. Forse lo farai, adesso.»

«E lei... cosa?...»

«Lei è stata incredibilmente garbata, cordiale e gentile. L'ho vista serena, ha detto che alla fine la vostra separazione è stata la cosa migliore. Ma sono sicura che abbia pianto tutte le sue lacrime per arrivare dov'è ora. Io ti amo, Paul, però non amo quello che abbiamo fatto, né quello a cui ha portato la nostra relazione, né quello che dovrei fare se volessi continuare a stare con te. Dovrei aspettare in eterno che trovi il coraggio di divorziare, magari con il rischio che un giorno tu torni da lei, spezzandomi il cuore. E, se rimanessi, mi ritroverei a dovermi occupare dei figli di un'altra donna.»

«Quello è compito di Eileen, non tuo.»

«Forse non più: se si darà al catering non ne avrà il tempo. Quindi farai l'autista pure tu, come è giusto che sia. Sono anche figli tuoi, e lei – come mi ha detto quella sera – l'ha fatto per quasi vent'anni. Io mi chiamo fuori. A breve tornerò a Parigi e non voglio che questa storia si trascini. L'ho capito mentre ero via, dopo averla incontrata. Volevo dirtelo subito, magari siete ancora in tempo per sistemare le cose. Sono sicura che ti ami ancora, e sembra una bella persona, mi è piaciuta. Mi sono sentita uno schifo quando l'ho vista e abbiamo parlato.»

«Non mi perdonerà mai per quello che abbiamo fatto.» Stava tentando di nuovo di coinvolgerla, cosa che Olivia trovò poco elegante. Incolpava lei quanto se stesso, o forse di più, e quell'atteggiamento non le piaceva affatto. In quel momento si rese conto che Paul era un debole, un codardo. Prima aveva incolpato Eileen di tutto quello che non andava nella sua vita, e ora lo stava facendo con lei.

Paul si alzò e la guardò. Capì che era seria, e che niente le avrebbe fatto cambiare idea. Il fatto che le due donne della sua vita si fossero conosciute lo terrorizzava.

«Mi dispiace, Paul, sinceramente», gli disse, alzandosi a sua volta. Si fissarono un momento, poi lui si voltò e andò verso l'ingresso. Non provò a baciarla, non le disse che era innamorato di lei. Olivia non sapeva se lo fosse o meno, di sicuro lei non lo era più. I suoi sentimenti erano cambiati da un po' di tempo, ma non voleva dirglielo. Sentì la porta chiudersi piano: se n'era andato.

La tristezza durò un istante, poi passò. Sapeva di avere fatto la cosa giusta, per tante ragioni. Avrebbe agito così anche se non avesse conosciuto Jean-Pierre Muset. Si trattava di Paul, di lei e di Eileen, di nessun altro. Era pentita di avere avuto una relazione con lui. Aveva creduto che fossero follemente innamorati, che il matrimonio di lui fosse finito e che per loro potesse esserci un futuro, invece era tutto falso. La sua era stata una relazione con un uomo sposato, nulla di più, un errore che non avrebbe dovuto commettere. Si desideravano sessualmente, ma non si amavano. Il matrimonio con Eileen, invece, era tutt'altro che chiuso.

Con la sensazione di riuscire finalmente a respirare di nuovo, cominciò a disfare la valigia. Lui non chiamò né le mandò messaggi, non le disse che era dispiaciuto. Era uscito dalla sua vita per sempre.

L'indomani Olivia cenò con la madre e la nonna. Raccontò loro del legame lavorativo con Jean-Pierre Muset, di cui Gabrielle conosceva il padre di fama. La nonna ricordò loro che a fine maggio ci sarebbe stata una mostra delle sue opere recenti al MoMA, un evento che la rendeva felice.

Gwen raccontò di avere letto un'ottima sceneggiatura, ed era elettrizzata. Un noto produttore stava già avviando il progetto, e lei desiderava con tutta se stessa la parte che le era stata offerta. Era un ruolo forte, in cui sentiva di poter dare il meglio.

Tutte e tre le donne avevano davanti a sé una nuova e stimolante avventura lavorativa.

A fine serata, Olivia confidò loro di avere chiuso con Paul e di sentirsi sollevata. Sia la madre sia la nonna ne furono liete. Non parlò di Jean-Pierre, perché tra loro non era ancora successo niente, e magari non sarebbe mai accaduto. Ma sarebbe stata senz'altro una scelta migliore, rifletté, determinata a non avere mai più una storia con un uomo sposato.

13

COME promesso, Eileen rientrò da Parigi il giorno dopo l'ultima lezione. Era stato triste lasciare la scuola di alta cucina, gli insegnanti e tutte le persone che aveva conosciuto. In particolare Hugo, che era diventato un caro amico e le aveva promesso di tenersi in contatto.

Aveva conseguito il diploma, ed era stata una delle esperienze più eccitanti della sua vita. Aveva inoltre raccolto informazioni dai vari chef su come avviare la sua attività. Era impaziente di cominciare e intendeva mettersi all'opera già nelle settimane successive. Inoltre, dopo più di un mese di lontananza, era ansiosa di rivedere i ragazzi.

Aveva inviato un'e-mail a Paul per comunicargli la data e l'orario di arrivo, in modo che potesse organizzarsi per andare via da casa prima. Presumeva che sarebbe uscito con tutte le sue cose la mattina, per recarsi al lavoro. Non si aspettava di trovarlo al suo ritorno, né desiderava incontrarlo. Gli avrebbe telefonato entro un paio di giorni per comunicargli la sua intenzione di chiedere il divorzio. Era pronta, ed era l'ora di farlo. Inoltre, la attirava l'idea di prendere l'iniziativa, cosa che non aveva più fatto da quando lui l'aveva lasciata.

Sarebbe atterrata al JFK nel primo pomeriggio, e al rientro dei ragazzi da scuola sarebbe stata già a casa. Seth e Mark avevano l'allenamento di baseball, mentre Pennie – che aveva da poco ricevuto un premio per il servizio reso al rifugio per senzatetto – era impegnata con un incontro per l'annuario scolastico, quindi lei avrebbe avuto tutto il tempo per disfare le valigie e organizzarsi.

L'auto che aveva chiamato la lasciò davanti a casa alle due e mezzo. Varcò la soglia sorridendo: era bello essere tornata, anche se già le mancavano Parigi e la vita degli ultimi tre mesi.

La sua libertà era finita. Non avrebbe più avuto tempo per se stessa, inoltre da quel momento in poi avrebbe dovuto organizzare al meglio le sue giornate per poter avviare l'attività e continuare a essere il più possibile presente con i figli.

Aveva già in mente di assumere un'assistente. Stava giusto pensando a questo, quando trasalì nell'udire un rumore di passi che andavano verso di lei. Fece un sospiro di sollievo quando vide che era Paul.

«Cosa ci fai ancora qui? Ho pensato fossi un ladro.»

«Ho preso un giorno di ferie.»

Le portò di sopra la valigia, e lei lo seguì in camera da letto. Era tutto perfettamente in ordine, e lui aveva già portato via le sue cose, anche le carte e i documenti che teneva in studio. La casa era accogliente, ordinata e pulita.

«Che bellezza», si complimentò, e in quel momento ebbe la certezza che avesse fatto un ottimo lavoro con i ragazzi. Lui non l'aveva accolta con un bacio, né lo aveva fatto lei. Si guardavano come due estranei, o due vecchi conoscenti. Vivevano separati da sei mesi ormai, e si erano allontanati. Inoltre, dopo il periodo a Parigi, Eileen si sentiva una persona nuova.

«Ti va una tazza di tè?» le chiese lui.

La cosa la sorprese: la stava trattando come un'ospite. «No, grazie, sto bene così.»

«Quindi adesso sei una chef Cordon Bleu. Congratulazioni!»

Eileen comprese che era a disagio, e non aveva idea del perché fosse ancora lì. Forse lo turbava l'idea di andare via, ma aveva un appartamento a New York, e lei era tornata.

«Sarai contento di non dover più fare la vita da pendolare», commentò lei, aprendo la valigia per prendere un paio di jeans.

«Credo che mi mancherà. È stato bello vivere qui con i ragazzi e tornare da loro la sera.»

Eileen sapeva che aveva trascorso alcune notti in città, ma non molte, stando a quanto le avevano riferito Pennie e i gemelli.

«Possiamo parlare per qualche minuto?» le chiese.

Lei era stanca per il viaggio e non capiva perché lui in quel momento si stesse trattenendo. Tuttavia non voleva deluderlo dopo che l'aveva aiutata per tutte quelle settimane.

«Certo. Ora?»

Paul annuì, e si spostarono nello studio di Eileen.

«Dobbiamo parlare, direi», esordì lui, appena si fu seduta.

«Di cosa si tratta? Qualche problema con i ragazzi?» Riteneva di essere informata su tutto ciò che li riguardava, ed era stata in contatto con loro ogni giorno, a volte anche a più riprese.

«Loro stanno bene», la rassicurò. «Intendevo dire che dobbiamo parlare di noi.»

«Non c'è fretta. Sono appena arrivata.»

Immaginò che volesse comunicarle che avrebbe avviato le pratiche per il divorzio, ma era anche l'intenzione di lei. Aveva tutti i documenti pronti, mancava solo che lui le desse il nome del suo avvocato. Forse Olivia gli stava facendo pressione affinché si sbrigasse, anche se non aveva avuto quell'impressione quando si erano incontrate.

«Ho contattato il mio avvocato qualche settimana fa», gli disse. «Possiamo concludere in fretta, se è questo che vuoi chiedermi.»

«No, non è questo.» C'era tristezza negli occhi di Paul. Pensava alla loro storia da quando Olivia era tornata da Parigi, da quando la sua vita era cambiata completamente. «Io vorrei riprovarci, se sei d'accordo. Mi sono reso conto, vivendo qui, quanto conti per me il nostro matrimonio. Ho perso la testa per un periodo, ma adesso sono qui.»

«E Olivia?»

«Abbiamo chiuso quando è tornata da Parigi.»

Eileen ebbe la netta sensazione che fosse stata lei a chiudere. Era la stessa sensazione che le aveva trasmesso la giovane quando si erano viste a Parigi: che per lei fosse finita.

«E perché?»

«Perché era solo un'avventura, un momento di follia per entrambi. Io voglio la mia famiglia, Eileen, non una ragazza. Non ho voglia di ricominciare. Io voglio noi.» Molto probabilmente era la verità, visto che non poteva più avere Olivia. In quel caso si sarebbe riadattato alla comoda, vecchia routine, con la moglie che si occupava di tutto. Era ancora più sicura che Olivia lo avesse scaricato, magari per il giovane affascinante con cui stava quella sera, oppure perché non gradiva la situazione di Paul e il caos che aveva creato per tutti.

«L'ho incontrata a Parigi. È davvero molto bella.»

«Sì, ma lo sei anche tu. Siamo fatti l'uno per l'altra, tu e io. I ragazzi hanno bisogno di noi due insieme, e lo stesso vale per noi.»

Forse era vero per lui, ma non era più così per Eileen. Aveva conquistato a caro prezzo la sua libertà, e non intendeva rinunciarci per nessuno, men che meno per lui. Non provava alcuna nostalgia per il loro matrimonio, lo aveva superato, soprattutto dopo gli ultimi tre mesi. Voleva guardare avanti, non indietro.

«Non posso, Paul. Sono successe troppe cose. È passato troppo tempo.»

«Sono passati solo pochi mesi. Potremmo fare terapia di coppia. Io sarei disposto.»

«Forse sei mesi fa, o un anno fa. E non sono nemmeno sicura che avrebbe aiutato a risolvere le cose. Forse se avessi rinunciato a lei. Ma adesso no, non voglio.»

«L'ho appena fatto. Ho rinunciato a lei.»

Stava mentendo, ed Eileen lo sapeva, lo conosceva troppo bene. Non poteva dimostrarlo, ma non aveva importanza. Non aveva più niente da dargli. Gli aveva dato tutto negli anni in cui erano stati sposati.

«Io non penso sia andata così», gli disse, tranquilla. «E comunque non conta più nulla. Mi dispiace per te se non ha funzionato. Ma io non posso, Paul. Ho trascorso gli ultimi sei mesi a cercare di ricostruirmi una vita, una vita nuova. Non intendo buttare via tutto. Finalmente ho qualcosa per cui guardare avanti. Avremmo dovuto divorziare anni fa. Credo che la fine del nostro matrimonio sia una benedizione per entrambi. Forse Olivia dopotutto ci ha fatto un favore. Altrimenti né io né te avremmo avuto il coraggio di dire basta. È arrivata lei e tu le sei corso dietro. E per noi è stata la fine. Come vuoi tornare a quello che avevamo? Io adesso mi sento di nuovo viva.»

Paul, invece, si sentiva morto dentro. Olivia lo aveva lasciato, e lui aveva bisogno di Eileen, del porto sicuro della loro casa e dei loro figli.

«Devo essere stata una noia mortale, per te», continuò Eileen.

«No, non è così. Io ti amo», mormorò lui.

«Ti amo anch'io. Dopo tanti anni sei tu la mia famiglia, ma non hai mai smesso di avercela con me per essere stato obbligato a sposarmi, e hai continuato a punirmi. Non posso tornare a quella situazione, non lo sopporterei.»

«Ti prego», fece lui, e si mise a piangere.

Fu mortificante per entrambi. Lei non voleva vederlo supplicare. Non sarebbe tornata con lui, in nessun caso. Il loro matrimonio era stato uno sbaglio, ed era stato uno sbaglio rimanere sposati. Era necessario mettere la parola fine.

«Avvierò le pratiche per il divorzio questa settimana. Abbiamo entrambi bisogno di chiudere. Probabilmente sei nervoso e teso per Olivia. La supererai. Comunque, è troppo giovane per te, e i ragazzi l'avranno terrorizzata.» Aveva ragione, ma Paul non l'avrebbe mai ammesso con lei. «Hai bisogno di qualcosa di nuovo, nella vita. Tu e io non ci facciamo stare bene a vicenda.»

«Sì, invece», insisté lui, ancora in lacrime come un bambino.

Ma non era un bambino, era l'uomo che l'aveva ferita profondamente, e non voleva più averlo accanto. Non poteva dirglielo, ma non era più innamorata, ne era assolutamente sicura.

«Ci penserai su?» continuò lui.

«L'ho già fatto, ci ho pensato per sei mesi. Un tempo

sufficiente per capire che stiamo facendo la cosa giusta. Era già finita da anni. Chiudiamo il nostro matrimonio e ricostruiamoci una vita.»

«Io voglio ricostruire la nostra, insieme.»

«Io no.» Non c'era un modo più semplice per dirglielo. «Io voglio il divorzio.»

«I nostri figli ci vogliono insieme.» Stava tentando il tutto per tutto, ma non funzionava.

«Pennie andrà via di casa tra cinque mesi, i ragazzi tra sei anni. Non intendo rinunciare alla mia vita per questo. Impareranno ad accettarlo. Saremo entrambi più felici, dopo il divorzio, e andrà meglio anche per loro.» A quel punto Eileen si alzò: non voleva continuare quella conversazione, con il rischio che i toni diventassero ostili. «Devo disfare i bagagli e organizzare un po' di cose», disse in tono gentile, ma fermo.

«Non rinunciare a noi, Eileen, per favore.»

«Lo hai fatto tu, Paul. Se Olivia fosse ancora disponibile, saresti fuori di qui in cinque minuti. E io non intendo starmene qui ad aspettare la prossima. Tra noi è finita. E adesso, per favore, tornatene a casa.»

Lui uscì dallo studio senza dire una parola e scese le scale con passo pesante. Era furioso: era stato respinto due volte nel giro di una settimana. Eileen lo guardò mentre, senza voltarsi indietro, usciva dalla porta. Si ripromise di sostituire le serrature. Voleva evitare che entrasse quando ne aveva voglia.

Cinque minuti dopo le inviò un sms: «Sei una puttana!» Scosse la testa. Quello era l'uomo che voleva convincerla a riprovarci perché l'amava tanto, pensò. Aveva preso la decisione giusta, e lui doveva trovare la sua strada da solo. Gli era grata di averle concesso quei tre mesi per studiare al *Cordon Bleu*, ma la loro storia era finita e lei desiderava soltanto voltare pagina.

Stava già preparando la cena quando arrivarono i ragazzi, e c'era un profumino delizioso. Mark e Seth le saltarono al collo, e aspettarono che rientrasse anche Pennie per mettersi a tavola. Era bello ritrovarsi, finalmente.

Più tardi, quella sera stessa, Eileen ricevette un altro sms da Paul. «Scusa», diceva. Al primo non aveva risposto, e non rispose nemmeno a quello. Era tempo di lasciarsi tutto alle spalle. Paul doveva capire cosa fare della sua vita; era certa che presto si sarebbe trovato una donna, ma non sarebbe stata lei.

Chiamò l'avvocato l'indomani mattina, dopo che i ragazzi furono usciti per andare a scuola. Le avrebbe mandato le carte da firmare quel pomeriggio: decisero di inviarle al legale di Paul, anziché aspettare che lui contattasse un divorzista. Quindi Eileen telefonò a un fabbro a cui chiese di cambiare tutte le serrature entro sera. Si rese conto che probabilmente era stato un errore permettere a Paul di restare mentre lei era a Parigi, ma non aveva avuto alternative. Quella sera informò i figli del divorzio. Rimasero delusi, ma non sembrarono molto sorpresi. Quando lei e Pennie si trattennero in cucina, la figlia le disse che era d'accordo con la sua scelta.

«Grazie, tesoro, significa molto per me. Anch'io credo che sia la decisione giusta.» L'abbracciò, e sentì che era tutto perfetto.

Che Pennie stesse vivendo un momento di forte tensione le era apparso chiaro nell'istante in cui era tornata da Parigi, e forse già da alcuni giorni prima. Le lettere di accettazione da parte dei college sarebbero arrivate da un giorno all'altro. Aveva già ricevuto risposta dalla NYU e dalla Columbia, le sue seconde scelte, dal momento che non voleva studiare a New York. Le tre grandi in cui sperava erano Harvard, e a seguire Princeton e Yale. Non era altrettanto sicura riguardo alla Duke o Dartmouth. La Duke era ottima, ma non l'attirava l'idea di vivere in North Carolina per quattro anni: era un mondo troppo diverso da quello che conosceva. Dartmouth invece era rivolta più agli atleti, e a suo parere più adatta a studenti maschi. Si ricordò quanto era stato in ansia Tim, finché non aveva saputo di essere stato ammesso a Stanford. Ora toccava a lei stare sulle spine, e ogni giorno attendeva impaziente che consegnassero la posta.

Sapeva che le buone notizie arrivavano in una busta bella grassoccia, contenente un plico di moduli da completare per l'accettazione, l'alloggio ed eventuali richieste di finanziamenti. Invece le cattive notizie giungevano in una busta piatta con un singolo foglio: «Nonostante la domanda e il saggio presentati abbiano impressionato questa commissione, ci duole informarla...» Molti dei suoi compagni erano già stati respinti dalle università che avevano scelto.

La prima da cui giunse risposta fu Princeton, qualche giorno dopo il rientro di sua madre da Parigi. Un'amica la accompagnò a casa in auto, durante la pausa pranzo, in modo che potessero aprirla insieme. La busta era spessa, e a Pennie tremavano le mani mentre la strappava.

«Molto meglio farlo con te qui, che via Skype: meno male che sei tornata.» Con un sorriso enorme guardò la madre, mentre spiegava il plico di fogli.

«Sono felice anch'io.» Eileen aveva le lacrime agli occhi. Erano momenti importanti per la sua bambina... Un istante dopo Pennie lanciò un urlo e si mise a ballare per la cucina, poi la abbracciò.

«Mi hanno presa! Mi hanno presa! Sono entrata! Sìììì!» Lo aveva immaginato dallo spessore della busta, ma non si poteva essere sicuri. Pennie non dava mai per scontate le buone notizie.

«E ci andrai?» le chiese Eileen trattenendo il fiato, anche lei tremante, mentre si domandava se l'ordine delle preferenze fosse cambiato, nel frattempo.

«Voglio aspettare di vedere le altre risposte.» Aveva tempo fino al primo maggio, per rispondere. Da quella data in poi le varie università avrebbero scremato le liste e offerto posti agli studenti in lista d'attesa.

Pennie chiamò il padre per dargli la notizia, e lui le fece le congratulazioni.

La lettera della Duke le fu recapitata il giorno seguente: ormai arrivavano in rapida successione. Si erano visti costretti a rifiutare la sua domanda poiché avevano ricevuto un numero di richieste doppio rispetto ai posti disponibili, e molti studenti meritevoli erano stati esclusi. Lei non vi diede troppa importanza perché non era un college che la entusiasmava. Ebbe la stessa reazione con Dartmouth: sapeva che non sarebbe stata l'università giusta.

Yale l'aveva messa in lista d'attesa, sempre per l'elevato numero di domande. Le restava soltanto una lettera, quella a cui teneva di più. Arrivò cinque giorni dopo il ritorno di Eileen, un sabato. Pennie non aveva chiamato sua mamma per avere notizie, era impegnata in una riunione editoriale per l'annuario, con il quale erano in ritardo per il reperimento del materiale. Rientrò verso sera, accolta dal profumo delizioso della cena che la madre aveva già messo sul fuoco. Appena entrò in cucina, Eileen le indicò il tavolo senza dire una parola. La risposta di Harvard era lì. Pennie la fissò, troppo spaventata per toccare la busta.

«Oddio, e adesso cosa faccio?»

«Be', non so... potremmo farla incorniciare così com'è, chiusa, e conservarla come il più grande mistero della tua vita», le risposte la madre sorridendo.

La busta era spessa, quindi era un buon segno, ma Pennie non voleva illudersi. La prese e per un minuto la tenne tra le mani. Poi finalmente si decise ad aprirla, e chiuse forte gli occhi.

«Vuoi aprire gli occhi, accidenti? Non sopporto tutta questa suspense!» esclamò la mamma.

Pennie obbedì e cominciò a leggere. Non dovette proseguire molto. La lettera esordiva con una parola: «Congratulazioni!» Rimase pietrificata per un attimo, poi fece un salto e lanciò un urlo. I gemelli si precipitarono di sotto in un baleno, mentre Pennie abbracciava la madre sollevandola da terra.

«Cos'è successo?» chiese Seth senza fiato, piombando in cucina seguito da Mark.

«Mi hanno presa! Sono stata accettata!» gridò lei.

Seth la guardò esasperato: «Pensavamo che mamma si fosse tagliata un dito, o che avesse avuto un infarto». Avevano il divieto assoluto di toccare il suo set di coltelli professionali, che teneva in una custodia di cuoio, e la cosa scatenava la loro fantasia.

«Okay, e dov'è che ti hanno presa?» chiese Seth.

«A Harvard!» strillò ancora Pennie. Il fratello le sorrise, raggiante, e Mark le diede il cinque, sotto lo sguardo felice di Eileen, che si asciugò le guance con il grembiule. Era stato un momento stupendo, indimenticabile.

Pennie andò a chiamare il padre e gli amici, poi mandò un messaggio a Tim, in California, che le rispose immediatamente, congratulandosi. Stava vivendo uno dei momenti più importanti della sua vita, e sapeva che l'avrebbe ricordato per sempre. Telefonò anche al suo consulente scolastico al cellulare, per ringraziarlo della brillante referenza.

«Hai fatto tutto da sola, e lo sai», le rammentò la madre. «Facendoti in quattro con il volontariato, studiando, rinunciando alle feste. E i tuoi saggi erano fantastici.» Ne aveva scritti tre, che aveva inviato alle varie università. «Questo è un risultato eccezionale. Dovresti essere molto orgogliosa di te. Io lo sono, tantissimo.» Eileen scoppiò di nuovo a piangere, poi rise tra le lacrime di gioia.

Quella sera stessa Pennie compilò i moduli, incluso quello per un posto al dormitorio, poi scrisse una lettera di rifiuto per le altre università che l'avevano accettata, liberando così posti per altri studenti. Imbucò tutte le lettere lunedì mattina, mentre andava a scuola, con la sensazione di essersi tolta un peso enorme dalle spalle. Era stato un mese carico di tensione; quasi tutti i suoi compagni avevano ricevuto le loro risposte, alcuni con esiti più felici di altri. In ogni caso, oramai sapevano più o meno tutti dove sarebbero andati. I giorni seguenti trascorsero in un'atmosfera dolce e amara insieme, all'idea che presto si sarebbero dovuti salutare. Il pensiero di Pennie andò a Tim, alla sua reazione quando aveva ricevuto risposta da Stanford e ai sentimenti contrastanti di lei riguardo al dover chiudere con lui. Poi c'era stata la gravidanza, ed erano stati sul punto di sposarsi. Si chiese come sarebbe stata la sua vita se lo avessero fatto, e se fossero rimasti insieme dopo l'aborto spontaneo. Era stata una cosa troppo grande per entrambi, e lui era stato estremamente tenero e gentile.

Pennie non era più uscita con un ragazzo durante l'ultimo anno, né aveva provato il desiderio di farlo. Aveva detto di no a tanti, anche molto carini. Non aveva nemmeno un accompagnatore per il ballo, a cui aveva dichiarato di non voler partecipare. Aveva preferito mettere in pausa le opportunità romantiche. Era terrorizzata dal rischio di restare di nuovo incinta, certa che non avrebbe retto una seconda volta. Sapeva che ogni tanto capitava anche alle ragazze che prendevano la pillola anticoncezionale, se saltavano una compressa senza accorgersi o se non la prendevano a orari regolari. Ne conosceva una che era rimasta incinta a causa dell'antibiotico che aveva assunto per la faringite, che aveva annullato la copertura contraccettiva. Dopo che si erano visti in occasione del Ringraziamento, a Tim non aveva più chiesto se avesse una ragazza, anche se lo sospettava; non le andava di saperlo, e lui comunque non ne parlava. La trattava con cautela e con l'affetto che ancora provava per lei. Anche lui era rimasto segnato nel profondo da quello che avevano affrontato l'estate precedente.

Ma finalmente era accaduto qualcosa di meraviglioso. Il suo sogno era divenuto realtà: Harvard! E significava tanto anche per suo padre.

Lunedì mattina la scuola era un brulicare di notizie e di facce deluse di studenti che non erano stati ammessi in alcuna università, o che avevano spedito poche domande. Pennie si era limitata a inviarne sette. Alcuni erano arrivati a quindici, soprattutto coloro non avevano voti e punteggi alti come i suoi. Il suo consulente scolastico le aveva assicurato che avrebbe avuto ottime chance di entrare in un'università dell'Ivy League, per quanto l'esito fosse sempre imprevedibile. Entro cinque mesi sarebbe stata una matricola. Non immaginava che potesse esistere una sensazione più bella di quella, e sua madre continuava a rammentarle che era tutto merito suo, che se l'era guadagnato. Eileen voleva che la sua bambina fosse fiera di se stessa, che si godesse appieno quella vittoria e la festeggiasse degnamente.

Quel sabato, Pennie uscì per una serata tra amiche, quelle che avevano ricevuto risposta dagli atenei ed erano felici degli esiti. La domenica Eileen portò fuori a cena i figli. Aveva considerato se invitare o meno Paul, ma aveva optato per il no. Non gli aveva più parlato dal giorno in cui era tornata a casa, da quando l'aveva pateticamente supplicata di non mettere fine al loro matrimonio. Pensò che sicuramente la pratica del divorzio era giunta sulla scrivania del legale di lui, anche se non aveva avuto più sue notizie.

Quella settimana era andata a pranzo con Janet e le aveva raccontato le ultime novità. L'amica l'aveva trovata ringiovanita, dopo il viaggio in Francia.

Una volta conclusa la burocrazia con i college, Eileen si concentrò sui passi necessari per avviare la sua attività. Chiamò un'agenzia che forniva addetti alla ristorazione e chiese un assistente al catering. Voleva qualcuno di esperto, che avesse familiarità con la cucina francese. Si aspettava che quella ricerca richiedesse del tempo, invece in due giorni ricevette una dozzina di curriculum dei candidati. Alcuni li ritenne subito inadatti, altri li lasciò in sospeso per analizzarli meglio la sera, quando avesse avuto un po' più di tempo.

Alla fine ne rimasero tre. Non era autorizzata a chiedere l'età, ma poteva intuirla dall'elenco delle occupazioni precedenti. Tutti avevano lavorato in ristoranti, uno era stato assistente al catering per sei mesi, ma non era chiaro perché il rapporto di lavoro si fosse interrotto, e la cosa non le piacque. Disse all'agenzia che li avrebbe incontrati tutti e tre, e fissò un appuntamento con ciascuno di loro in una caffetteria in centro, per evitare di ricevere degli estranei in casa.

La prima candidata era una ragazza che aveva lavorato presso due eccellenti ristoranti francesi a Boston, con il titolo di sous-chef. Nonostante la giovane età aveva esperienza e referenze notevoli, peccato che avesse piercing ovunque: sopracciglia, naso, orecchie, labbra, lingua, oltre alle braccia che, completamente tatuate, le conferivano un aspetto minaccioso. Per il resto sembrava una persona curata, ma Eileen non riusciva a immaginarla come sua assistente al rinfresco per un matrimonio di classe.

Il secondo candidato, un uomo di qualche anno più anziano, era stato «line chef» in gioventù e chef pasticciere presso un hotel a cinque stelle negli ultimi cinque anni. Sembrava piuttosto burbero, ma le sue referenze erano ottime. Per mezz'ora espose le sue rigide idee sulla gestione dello staff. A metà colloquio, Eileen cominciava ad avvertire una spiacevole sensazione di disagio di fronte a quell'uomo. L'esperienza lavorativa in cucina era l'elemento più importante, ma contava anche la personalità. Non immaginava di poter lavorare con nessuno di quei due candidati, malgrado le loro comprovate capacità. Avrebbe trascorso molto tempo con l'assistente prescelto, se l'attività fosse decollata, quindi aveva bisogno di qualcuno che ispirasse fiducia ai clienti, che non avesse un aspetto respingente; inoltre, doveva essere in grado di coordinare i vari collaboratori e fornitori di cui si sarebbe servita, come ditte che noleggiavano tensostrutture o piste da ballo, oppure piatti, bicchieri e posate, nonché fioristi e grossisti di alimentari. La persona che cercava doveva intendersi di cucina raffinata e saper trattare con gli ospiti di un evento, nel caso lei fosse stata impegnata altrove. Si augurava di aggiudicarsi una grossa fetta del mercato dei matrimoni a Greenwich. Le famiglie altolocate spendevano un patrimonio per le nozze delle figlie. Il cibo aveva un ruolo importante, ma c'era molto di più di cui occuparsi. Ci aveva riflettuto parecchio, da quando le era venuta l'idea di avviare quel business. Aveva acquistato pubblicazioni sui ricevimenti nuziali per studiare le decorazioni floreali, l'arredamento e la preparazione della tavola.

Il terzo candidato spostò l'appuntamento due volte, una presentazione alquanto negativa, che fece pensare a una persona poco affidabile. Tuttavia, al telefono le parve gentile, e le sue giustificazioni valide. Una volta aveva l'influenza, mentre quella successiva dovette correre alla clinica veterinaria con il cane che era stato morso. Eileen era comprensiva e amava i cani, ma il lavoro per lei era importante, e si domandò come avrebbero fatto se avessero avuto un matrimonio da organizzare. L'agenzia le aveva detto che era uno chef eccellente, con una personalità molto forte. Era di bell'aspetto e aveva un debole per le colleghe donne. «È un po' un don Giovanni», le aveva detto l'impiegata, «ma si fa amare da tutti.» Aveva un accento italiano molto marcato, e aveva lavorato in Francia, in due châteaux privati e in un hotel a cinque stelle a Parigi. In ogni posto di lavoro era rimasto più a lungo degli altri, cosa insolita per gli chef privati, che dopo un po' cominciano ad annoiarsi e si spostano, soprattutto se i padroni di casa non danno ricevimenti con una certa frequenza. Amano esprimere la propria abilità e metterla in mostra, cosa difficile quando si lavora per una famiglia poco numerosa o per una coppia di anziani. Eileen decise di incontrarlo comunque, anche dopo che le aveva chiesto di rimandare per l'incidente del cane.

Si presentò con dieci minuti di ritardo, dicendo di avere sbagliato strada e di avere imboccato l'uscita errata. L'ultimo posto di lavoro era stata una grande dimora privata a Long Island. Eileen conosceva di nome i proprietari, personaggi mondani molto noti di cui leggeva da anni su varie riviste, che possedevano anche una lussuosa villa a Palm Beach. Il marito era un famoso finanziere di Wall Street. Aveva lavorato per tre anni per loro, ma poi la moglie era mancata all'improvviso, e il vedovo novantatreenne si era ammalato di Alzheimer. A quel punto, spiegò lo chef, si era ritrovato a preparare vassoi per lui e per le infermiere, e aveva dovuto mettere da parte le sue doti. Gli era dispiaciuto moltissimo per quell'uomo, che stimava, però era giunto il momento di cambiare. La signora era stata una donna piena di vita, che a novant'anni aveva ancora voglia di dare feste, ma era caduta dalle scale di marmo con i tacchi, riportando una grave ferita alla testa che dopo due giorni ne aveva causato la morte. Senza di lei, allo chef non era rimasto più niente da fare, così aveva presentato le dimissioni e attualmente era disoccupato.

Eileen era rimasta stupita quando se l'era trovato davanti. All'inizio le aveva dato l'impressione di essere molto serio, ma poi si era rivelato un tipo divertente e le aveva strappato più di una risata raccontando di party, eventi e lavori passati. Non era difficile immaginare che avesse successo con le donne, essendo di statura notevole, molto affascinante, dallo sguardo profondo ed espressivo. Era evidente che ci tenesse alla cura di sé, e stava molto bene con il completo giacca e pantaloni, accompagnato da un paio di costose scarpe scamosciate marroni. Veniva da Milano e aveva lo stile tipico degli uomini italiani. I genitori erano titolari di un albergo a Firenze, ed era cresciuto in mezzo al cibo. Eileen non chiese il nome dell'hotel, ma da come ne parlava doveva essere un'attività di successo. Comunque, lui voleva lavorare negli Stati Uniti e aveva la green card, condizione essenziale. Si chiamava Massimiliano Salvi, ma per tutti era Max.

«Ho sposato un'amica per ottenere la green card», spiegò senza nessun imbarazzo. «Siamo divorziati, e io posso lavorare qui, in America. Non avevo altro modo per procurarmela.» Aggiunse che aveva trentatré anni, ed Eileen notò che era pieno di energia e molto eloquente. Parlava un inglese eccellente, e correntemente spagnolo e francese, oltre all'italiano.

«Spero si renda conto che non le sto proponendo una posizione glamour come quelle che ha avuto in precedenza. Sto avviando un'attività, non è ancora nemmeno partita», continuò lei. «Vorrei concentrarmi sui ricevimenti di nozze, all'inizio, e su cene ed eventi di alto livello. Ho appena terminato un corso di tre mesi al *Cordon Bleu* di Parigi, e propendo per i piatti francesi semplici e ricercati.»

Lui sembrava d'accordo: era quello che incontrava il suo gusto, insieme con la «raffinata cucina italiana», come la definì.

«Se riesco a inserirmi nel mercato dei matrimoni, dovremo coordinare diversi fornitori, ma anche lavorare parecchio e con un'organizzazione perfetta, in modo da gestire più eventi contemporaneamente. Sto cercando un assistente che mi aiuti ad avviare tutto ciò; inoltre ci servirà una scuderia di sous-chef da chiamare, mentre lei supervisiona la preparazione dei piatti.»

Max annuì, per nulla intimidito da quello che lei stava prospettando. Gli offrì uno stipendio base di tutto rispetto, e una percentuale sul guadagno dai vari eventi, sperando di allettarlo, anche se probabilmente erano molto meno di quello a cui era abituato. Max però lo trovò ragionevole.

Eileen avrebbe preferito assumere una donna, ma non era così ingenua da non cogliere i vantaggi dell'avere un assistente uomo. Sarebbe stato faticoso, spesso si sarebbe trovata a dover trasportare delle cose pesanti quando nessun altro lo faceva per lei, e ad affrontare i momenti di crisi che inevitabilmente precedono un evento.

«Dovremo essere dei tuttofare, non soltanto degli chef. Io non voglio limitarmi a cucinare, voglio organizzare degli eventi.»

«Per questo cominciavo ad annoiarmi, dove lavoravo. La signora amava dare grandi feste: una volta diede un ballo in maschera, perciò trasformammo la casa in un palazzo veneziano; per la nipote organizzammo un ricevimento di nozze in stile Versailles. E poi cene di gala per cento persone, per beneficenza. Il primo anno è stato magnifico, poi, come le ho detto, il marito ha iniziato a non stare bene e le serate sono diventate più discrete. Infine c'è stata la caduta di lei, ed è finito tutto. Una tristezza immensa... Le volevo molto bene, era una donna meravigliosa.» Si asciugò una lacrima, ed Eileen ne fu commossa, anche se si chiese se non fosse un po' troppo emotivo, perché avrebbe potuto rappresentare un problema. «Penso che il suo progetto possa avere un successo enorme. E mi piacerebbe darle una mano», concluse Max.

Eileen era tentata di metterlo alla prova, ma voleva un po' più di tempo per pensarci. Aveva in mente una persona più di basso profilo, un esecutore. E aveva la sensazione che Max fosse un tipo molto esuberante, con opinioni proprie; nella peggiore delle ipotesi, se non avesse funzionato, avrebbe sempre potuto licenziarlo, come le disse anche lui. Sembrava elettrizzato, e la cosa le piacque, inoltre le sue referenze erano impeccabili: tutti coloro per cui aveva lavorato lo avevano apprezzato. Se fosse riuscita a sfondare nella ricca comunità di Greenwich, si sarebbe potuto rivelare l'assistente perfetto.

Al termine del colloquio, era ottimista e decise di dargli una possibilità.

«Come intende pubblicizzare l'attività, quando sarà pronta per partire?» le chiese lui.

«Speravo nel passaparola. Se riusciamo a procacciarci qualche evento, cominceremo a farci conoscere.»

«Sì, idea eccellente, ma deve inviare un'e-mail a tutte le persone che conosce. Un'e-mail intelligente, che attiri... dev'essere divertente ed elegante insieme. La gente dovrà parlare di lei, il suo nome dovrà arrivare ai giornali e dovrà farsi amare dai reporter. Lo scopo è che i clienti la supplichino di organizzare i loro party, che siano matrimoni o eventi di qualunque genere.»

Aveva ragione, rifletté Eileen. C'era anche una parte di rappresentazione: l'immagine era fondamentale. E voleva davvero il suo aiuto.

«Max, vorrei offrire il posto a lei.»

«Sono eccitantissimo», fece lui, commettendo un piccolo errore che le strappò un sorriso. «No, mi scusi, sono eccitatissimo.» Rise, e rise anche Eileen.

«Qualcosa mi dice che è anche eccitante!»

«Mi capita di innervosirmi, quando non è tutto perfetto. Ma dopo cinque minuti passa. Poi ottengo la perfezione e sono di nuovo felice.»

«Io non mi innervosisco, ma sono una perfezionista come lei.»

«Lavoreremo bene, insieme, ne sono sicuro.» Si alzarono, lui le diede la mano e sorrise, raggiante. Aveva una stretta decisa. «Quando si comincia?»

«Subito. La settimana prossima, appena può lei.»

«Posso già fare qualcosa ogni giorno: compilare liste di fornitori, progettare la campagna e-mail. Posso rispondere al telefono, quando inizieranno ad arrivare le chiamate. Sarò disponibile a tempo pieno tra due settimane. Ho alcuni party già fissati.»

Era proprio ciò di cui aveva bisogno Eileen. Max sembrava flessibile, disponibile e creativo.

«Spero che il telefono squilli davvero.»

Gli diede il suo indirizzo, e lui promise di passare l'indomani. Viveva in un monolocale non distante da casa sua. Si diedero di nuovo la mano, poi Eileen lo guardò allontanarsi al volante di una vecchia Fiat.

Mentre rincasava, le venne un'idea. Chiamò subito l'agenzia per comunicare che aveva assunto il candidato. E, quando Pennie tornò da scuola, volle condividere con lei quello che aveva in mente. La figlia cercava un lavoretto che non la impegnasse tutta la giornata, per l'ultima estate prima del college.

«Ce l'ho io un lavoro per te», le propose, cauta. «Cosa ne dici di rispondere alle telefonate per la mia attività, prima di partire per Boston? Se qualcuno chiama, naturalmente.»

«Sembra uno spasso, mamma», le rispose sorridendo.

«E poi, se dovessero commissionarci degli eventi, potresti dare una mano.»

Eileen si rese conto che avrebbe avuto bisogno di una linea telefonica dedicata all'attività, e di un indirizzo e-mail. Inoltre doveva iniziare a pensare alla pubblicità, a un sito web e a una brochure. Infine, serviva un nome.

«Ne sarei felicissima», disse Pennie, entusiasta.

Dopo avere parlato con la figlia, Eileen salì nel suo studio, dove cominciò a compilare delle liste. Quel pomeriggio ricevette un'e-mail da Max, che la ringraziava dell'opportunità.

Aveva raccontato a Jane del colloquio, e l'amica aveva voluto sapere se Max era carino, facendola ridere.

Il suo progetto era partito. Aveva già un assistente e una receptionist. Mancavano solo i clienti, qualche matrimonio e qualche evento. E un nome. Provò a giocherellare con le parole, su un taccuino che teneva sulla scrivania, e alla fine ritenne che il più adatto fosse il più semplice e diretto: Eileen Jackson Events. Sorrise, mentre guardava il suo nome. Stava succedendo davvero. Aveva un sogno, che stava per diventare realtà.

14

Olivia si trattenne a New York tre settimane, per dedicarsi al lavoro e organizzare un nuovo soggiorno a Parigi; cenò con la madre e la nonna, e con amici che non vedeva da tempo. Il fatto di frequentare un uomo sposato l'aveva indotta a isolarsi durante l'ultimo anno, innanzitutto per mantenere il segreto, oltre che per approfittare di ogni singolo momento rubato con Paul. Era un sollievo essere uscita dall'ombra e non dover più aspettare che lui avesse un'ora libera prima di tornare a Greenwich. La loro relazione era degenerata dopo la partenza di Eileen, quando lui aveva dovuto tornare dai figli. Finalmente, era di nuovo libera. Le era mancato, i primi tempi, ma era felice di avere chiuso prima che le cose peggiorassero, o di essersi fatta coinvolgere ancora di più. Era stato un anno difficile, benché all'inizio fosse stato anche eccitante.

Aveva sentito Jean-Pierre tutti i giorni, principalmente per discutere del nuovo progetto, e lui era stato attento a non sbilanciarsi al telefono o via messaggio. Voleva un rapporto vero, non virtuale. Molti suoi amici vivevano la propria vita sentimentale via sms, con partner che conoscevano solo superficialmente.

Olivia lo trovava molto affascinante, e le era capitato di chiedersi se avesse solo immaginato l'interesse di lui nei suoi confronti, poiché al telefono non vi accennava mai.

Stabilì la data del ritorno a Parigi a tre settimane dalla partenza, e decise di soggiornare nuovamente al *Ritz*. Voleva fermarsi tre settimane, magari un mese, anche se Jean-Pierre le aveva spiegato che in Francia maggio era un mese difficile per gli affari. C'erano quattro weekend lunghi per festività nazionali e religiose, e la gente tendeva a prendersi una vacanza. Però era un periodo perfetto per allestire lo studio e organizzarsi. Inoltre, la informò che aveva «rubato» una giovane impiegata della galleria del padre, che avrebbe fatto loro da segretaria e assistente, una ragazza francese che parlava molto bene l'inglese, essendo figlia di una madrelingua. Si chiamava Suzanne, e Olivia le aveva già parlato diverse volte al telefono. Il suo socio le aveva assicurato che era assai competente.

A metà aprile era tutto pronto per la partenza, e Olivia non sarebbe dovuta rientrare a New York fino a fine maggio, per la mostra della nonna al MoMA. Le aveva promesso che sarebbe stata presente all'evento, e questo la lasciava libera di trascorrere cinque settimane a Parigi, se avesse voluto. L'attirava l'idea di lasciare New York per un po'. Voleva allontanarsi da qualunque cosa le ricordasse Paul, che non sentiva da quando avevano rotto. Sapeva che Eileen doveva essere tornata, e si domandò se si fossero rimessi insieme. Non credeva affatto che lui volesse lasciare i figli e la casa di Greenwich, e sospettava anche che la moglie lo avrebbe riaccolto. In fondo, erano anche i suoi ragazzi. Olivia lo trovava assolutamente sensato, e dopo un po' aveva smesso di sentirne la mancanza, anche se a volte le capitava di patire la solitudine, nel suo appartamento.

Paul aveva ricevuto le carte dal suo avvocato. Era ancora incredulo che Eileen lo avesse respinto e volesse divorziare. All'inizio aveva reagito con rabbia, poi era subentrato il dolore, infine si era innervosito con Olivia. Era stato un mese terribile. Gli mancavano la casa di Greenwich e i ragazzi, ed entrambe le donne che lo avevano lasciato. Aveva fatto il doppio gioco per un anno, e alla fine le aveva perse entrambe. Non voleva rassegnarsi al fatto che con Olivia non potesse funzionare. Magari con il tempo si sarebbe abituata ai suoi figli; forse, se avesse fatto uno sforzo, sarebbe arrivata ad affezionarsi. Il primo incontro era andato male, ma l'avrebbero superato. Ai suoi occhi si era rivelata una ragazzina superficiale e per giunta egoista. Non era riuscita nemmeno a resistere fino al ritorno di Eileen. E quest'ultima, dal suo punto di vista, lo stava punendo per quella relazione.

Era stato a Greenwich alcune volte durante gli ultimi weekend, per seguire le partite dei gemelli, felice di non trovare la moglie. Pennie gli aveva detto che era occupata ad avviare l'attività di catering, e che aveva assunto un assistente. Stavano andando avanti tutti con la propria vita, e lui era stato piantato in asso, a compatirsi. Biasimava Olivia che non gli era rimasta accanto, ed Eileen che non lo aveva perdonato. Erano entrambe più determinate di quanto avesse immaginato. Ed entro sei mesi sarebbe stato un uomo divorziato, cosa che mai avrebbe pensato, dal momento che aveva accettato di sposare Eileen e sacrificato una carriera ben più eccitante di quella che aveva. Paul vedeva soltanto la sua situazione e non aveva nessuno con cui parlarne. Persino Pennie aveva preso le parti della madre.

Portò più volte Seth e Mark alle partite degli Yankees, cosa che lo tirò su di morale. Dopo, li riaccompagnava a casa e si fermava a fare la spesa nel supermercato di Greenwich, per non doversi trattenere troppo a lungo a New York. Il suo appartamento lo deprimeva, e i ragazzi non volevano mai andare in città, quindi era sempre solo. Lo aveva preso per essere vicino a Olivia, ma ormai non aveva più senso. Stava pensando di lasciarlo e di prendere una casa o un altro appartamento a Greenwich, per essere vicino a Seth e Mark, visto che Pennie comunque sarebbe partita per Harvard entro pochi mesi. Per loro però mancavano ancora sei anni, e fare il pendolare non gli dispiaceva, ci era abituato. Avrebbe cercato qualcos'altro in affitto durante l'estate, o magari avrebbe addirittura comprato, dal momento che i termini del divorzio prevedevano che rinunciasse alla casa coniugale. Non voleva costringere Eileen e i ragazzi a trasferirsi, e lei non poteva permettersi di liquidarlo, quindi gliel'aveva lasciata per espiare i suoi peccati. Lei aveva apprezzato e gli aveva scritto un'e-mail carina sul grande significato che il suo gesto di generosità aveva per tutti loro, perché lì si sentivano al sicuro. Inoltre, le avrebbe versato una cifra notevole, nonché il mantenimento per i figli. Aveva messo da parte il denaro per il college per tutti e tre. Non voleva la guerra, con lei, e preferiva mostrarsi generoso. Se lo poteva permettere: la sua carriera lo aveva premiato, anche se non era quella che aveva sognato da giovane.

Gli piaceva l'idea di acquistare una casa a Greenwich, vicino a loro, così i ragazzi sarebbero andati a trovarlo in bicicletta, nel weekend. Quella settimana stessa chiamò un'agenzia immobiliare per sentire cosa ci fosse di disponibile. C'erano tre proprietà nel loro quartiere, cosa che non gli dispiaceva anche se erano piuttosto costose.

Matilde Smith, l'agente immobiliare, gli sembrò una persona piacevole al telefono, e decisero di incontrarsi alle undici di sabato. Arrivando alla prima delle tre case da visitare, Paul si trovò davanti una donna molto attraente, mora, snella e un sorriso amichevole. Aveva i capelli lunghi e indossava un maglione a righe bianche e blu navy, jeans e scarpe da running. Aveva un'aria vagamente familiare, anche se non riuscì a individuare dove poteva averla vista. Viveva a Greenwich, quindi forse si erano incrociati nei paraggi.

La prima casa era malconcia e molto vecchia; necessitava di cucina e bagni nuovi, e non aveva nulla di bello. I proprietari erano due anziani che non avevano fatto alcun lavoro di manutenzione o miglioria dopo gli anni Cinquanta, pertanto occorrevano più interventi di quelli che Paul era disposto a sobbarcarsi. Voleva una casa nuova, fresca e piacevole da abitare, che piacesse ai suoi figli.

La seconda era in condizioni perfette, ma non aveva nulla di speciale. Saggiamente, l'agente aveva tenuto la proprietà migliore, e più costosa, alla fine. Dopo le prime due dimore, in vendita a prezzi ragionevoli, quella costava molto di più. A Paul bastò entrare per capirne il motivo. Era perfetta, ristrutturata di recente, con pavimenti di legno sbiancato ed enormi vetrate che lasciavano entrare il sole. Era una casa piena di luce. C'erano tre grandi stanze da letto al piano di sopra e altre due al secondo. Al pianoterra c'erano uno studio, una sala da pranzo, un ampio soggiorno, una cucina completamente equipaggiata e una sala giochi gigantesca, con un impianto audio high-tech. C'erano tende in ogni stanza e i bagni erano stati rifatti con rubinetti italiani alla moda. A completare il tutto, un cortile sul retro molto spazioso, piscina e garage per quattro automobili.

«Wow!» esclamò, mentre si guardava intorno. Era molto più bella della loro vecchia casa. Aveva tutto ciò che si poteva desiderare e un arredamento particolarmente elegante. «Perché qualcuno dovrebbe vendere una proprietà come questa?» chiese, stupito. Magari era opera di un imprenditore edile, ipotizzò, qualcuno che ristrutturava le case per rivenderle e guadagnarci, ma quella era davvero un'opera d'arte.

«Un divorzio», rispose Matilde. «Sa come vanno certe cose. Avevano appena finito i lavori e lui è scappato con la tata, una ragazza svedese molto carina. Quindi è in vendita. Vogliono recuperare i soldi, ragionevolmente, ma il prezzo è stato calcolato per una vendita veloce. Sanno che non riprenderanno tutto quello che hanno speso per i vari dettagli costosi. Desiderano solo disfarsene il prima possibile e andare avanti. La moglie è tornata a Los Angeles, è di lì. Questo posto suscita brutti ricordi in lei.»

Paul annuì. Era una storia familiare. Fu lieto di non avere costretto Eileen ad andarsene. Sarebbe stato doppiamente penoso per lei.

Chiese di nuovo il prezzo a Matilde e che margine di trattativa ci fosse, a suo parere. Non voleva approfittare della sfortuna dei proprietari, ma nemmeno pagare una follia, e lei comprese benissimo. La coppia aveva speso troppo per ristrutturare, pensando sarebbe stata la casa della loro vita, e probabilmente avrebbero accettato di rimetterci qualcosa: nella migliore delle ipotesi si sarebbero divisi la perdita. L'avevano acquistata solo tre anni prima, e due li avevano dedicati alla ristrutturazione. In precedenza avevano vissuto in una casa più piccola, sempre a Greenwich.

«È sul mercato da pochi giorni, e non ci resterà a lungo. Se le piace, perché non fa un'offerta e vede cosa succede? Se rifiutano, può alzarla in seguito. Verrà venduta in fretta. Soluzioni del genere non capitano spesso.

I proprietari si sono già trasferiti. Questi sono tutti arredi della ditta che si è occupata dell'home staging. Lei è in California con i bambini, lui ha comprato da una cooperativa a New York.»

«Con la tata?» non riuscì a trattenersi dal chiedere Paul.

Matilde annuì. «Ragazza fortunata», commentò. «Simili storie non sempre hanno un lieto fine. E comunque non c'è stato per la moglie, che vuole recuperare i suoi soldi da questa casa il prima possibile per poter acquistare a Los Angeles.»

Sembrava tutto talmente definito, rifletté Paul: coppie la cui vita andava in pezzi, che vendevano la casa e andavano avanti con il cuore straziato oppure con un nuovo amore. Si rattristò, e il suo pensiero andò a Olivia e a Eileen. Nessuno ne era uscito vincitore, secondo lui; Eileen, però, non sarebbe stata d'accordo.

«Vorrei fare un'offerta», disse. Già immaginava quanto sarebbe piaciuta ai gemelli, con la sala giochi e la piscina esterna che avrebbero sfruttato tutta l'estate. Non se ne sarebbero mai voluti andare, e in parte era proprio quella la sua speranza.

«La preparo», affermò Matilde, gentile. «E la consegno oggi stesso al loro agente. Era impegnato questa mattina, per questo ci sono soltanto io. Gliela lascio in ufficio, appena lei l'avrà firmata.»

«Possiamo farlo subito?»

Lei annuì e si sedettero al tavolo da pranzo noleggiato per l'allestimento. Gli piacevano diversi pezzi d'arredamento, e Matilde lo informò che era tutto in vendita, volendo.

Fece un'offerta di poco al di sotto del prezzo richiesto, ma non tanto da offendere i proprietari o fare saltare la compravendita. Firmò, diede un'ultima occhiata alla casa, poi uscirono e si fermarono fuori un momento.

«Sa, Matilde, lei ha un'aria familiare. Continuo a pensare che dobbiamo esserci già visti, ma non so dove.»

«A scuola», gli disse lei, con aria timida. «Il mio secondo figlio è in classe con i suoi. Il più grande inizierà le superiori a settembre, mentre il più piccolo andrà in prima elementare.»

«Ecco!» esclamò, e si sorrisero. «Ho continuato a pensarci mentre mi mostrava la casa. Spero davvero di aggiudicarmela, sarebbe stupenda per i miei figli.» Esitò un momento, poi aggiunse: «Stiamo divorziando anche noi. Mia moglie terrà la casa di famiglia... La mia ex moglie...» si corresse, suo malgrado. «Be', è difficile abituarsi... succede, suppongo.»

«Mi dispiace», replicò lei. «Ma comprendo benissimo, sono divorziata anch'io.»

Matilde era molto attraente, di una bellezza naturale. Le diede trentacinque, quarant'anni al massimo, e di colpo rammentò di averla vista a scuola. L'istinto gli diceva di invitarla a bere un caffè, o a pranzo, ma prima voleva concludere l'affare. «Magari possiamo portare fuori i ragazzi insieme, qualche volta», suggerì, cauto.

Lei gli sorrise. Aveva un sorriso affettuoso, i denti perfetti. «Ne sarei felice. Hanno quasi la stessa età. Il primo ha soltanto un anno e mezzo più del fratello, e dei suoi, e il piccolo adora andare dietro a loro.»

L'immagine di cinque ragazzi insieme avrebbe impressionato tanti, ma Paul la trovò un'idea gradevole. Matilde aveva l'età giusta, vivevano entrambi a Greenwich, inoltre aveva parlato dell'ex marito, quindi era single. Sì, aveva tutto un senso, e la cosa gli piaceva parecchio.

«La chiamo appena ricevo una risposta», gli promise lei. Si strinsero la mano e tornarono alle rispettive auto. Quando gli passò davanti, diretta all'agenzia dei proprietari, Matilde lo salutò con la mano.

Dopo, Paul portò Mark a prendere un gelato, dal momento che Pennie e Seth erano fuori, infine tornò in città.

Quella sera, mentre stava seguendo un programma sportivo con mezza pizza avanzata nel cartone, solo nel suo appartamento, sentì squillare il cellulare. Rispose distrattamente, senza guardare il numero. Sperava ancora in una chiamata di Olivia, che gli diceva che sentiva terribilmente la sua mancanza, ma non era mai lei.

«Salve Paul, sono Matilde.» Il tono era allegro, positivo, com'era lei come persona, che sembrava amare il suo lavoro. «È quasi fatta. Abbiamo bisogno dell'approvazione di entrambe le parti. Il marito ha accettato l'offerta. So di averle detto che le tende sono incluse, ma l'ex moglie vuole diecimila dollari. Sono riuscita a farla scendere a cinquemila. Credo sia una questione affettiva, per lei: è l'unico punto su cui ha insistito.»

«Va bene. Cinquemila dollari per le tende. Che comunque sono di mio gusto. Vorrei dare un'altra occhiata all'arredamento per decidere cosa comprare, per non dover correre in giro a cercare mobili.» Di solito era Eileen che si occupava di quelle cose.

«Certamente, possiamo andare quando vuole. Li richiamo subito per dire delle tende. E, Paul... congratulazioni!» gli disse, affettuosa. «Ha comprato una casa meravigliosa.»

«Non vedo l'ora di mostrarla ai ragazzi. Mia figlia partirà per il college a fine agosto, ma impazzirà per la piscina. Devi venire con i tuoi, qualche volta. Possiamo darci tu, cosa ne pensi?»

«Certo. E sì, grazie, ne sarebbero felicissimi...» Poi, in tono un po' timido, aggiunse: «E lo sarei anch'io».

Paul si domandò perché non l'avesse mai notata. Ma lui prima non era disponibile, e la sua vita era molto diversa: era sposato, e innamorato di Olivia. Si salutarono, e si sentì elettrizzato al pensiero della nuova casa.

L'indomani andò a Greenwich per dirlo ai ragazzi e a Eileen. Portò Pennie, Seth e Mark a vederla da fuori, e ne furono entusiasti. Era bello per loro sapere che il padre sarebbe stato lì vicino, e che potevano andare a trovarlo in qualunque momento. Quando li riaccompagnò, Eileen gli sorrise con aria soddisfatta. Paul aveva fatto la cosa giusta: era fiero di sé, e lo era anche lei.

Da quando aveva assunto Max, due settimane prima, lui era andato a casa sua ogni giorno per preparare liste e studiare l'e-mail di presentazione. Eileen aveva esaminato la rubrica degli indirizzi nel computer, individuando le persone che potenzialmente erano interessate a dare feste di un certo livello, con un numero di invitati anche non esagerato, o a organizzare eventi per beneficenza; aveva seicento nominativi. Avevano aggiunto un'immagine divertente e abbozzato un testo accattivante. Aveva inserito tutti quelli che le erano venuti in mente, comprese persone conosciute attraverso comitati benefici e alcuni tra i genitori più mondani della scuola: chiunque potesse avere motivo o desiderio di organizzare un party, una serata, un matrimonio o una cena elegante con cibo raffinato e servito con stile. Max contribuì con alcune idee originali, inoltre si occupò degli aspetti tecnologici e informatici; grazie al suo aiuto, Eileen entro quindici giorni poté inviare l'annuncio della neonata Eileen Jackson Events. Lei e Max esultarono con un «Urrà» e Pennie li raggiunse nello studio per vedere cosa stesse succedendo.

Avevano creato un sito web sul quale avrebbero caricato una galleria di immagini dei vari eventi. Per il momento era molto basico. Max era stato fondamentale, ed era sempre disponibile perfino se si trattava di dare una mano in casa: preparava pranzi veloci quando lavoravano o uno spuntino per i ragazzi al ritorno da scuola, che lo adoravano. Si era dimostrato una risorsa preziosa. Avevano confrontato le loro ricette, ed era rimasto impressionato da ciò che Eileen aveva appreso durante il corso al *Cordon Bleu*, oltre che dalle sue capacità innate.

«Sei nata chef», si complimentò.

Quanto a lui, era un maestro, e poteva contare sulla

vasta esperienza oltre che sul talento naturale. Eileen non vedeva l'ora di organizzare i primi eventi, per studiare insieme i piatti che avrebbe servito e occuparsi dei clienti.

La prima telefonata arrivò tre giorni dopo l'invio dell'e-mail: era Sandra Melling, una donna che Eileen ricordava di nome, anche se non aveva presente il volto. Diceva di averla conosciuta a un comitato benefico, in occasione di una serata in aiuto delle donne vittime di abusi.

«Meno male», esordì Sandra quando Eileen rispose. «La sua e-mail è l'esaudimento delle mie preghiere. Non ci vediamo da anni. Mia figlia sta per sposarsi per la seconda volta, me lo ha detto solo due giorni fa. Ha trentanove anni e vuole un ricevimento in grande. Ho chiamato tutte le ditte di catering del Connecticut, ma sono tutte prenotate. E lei insiste per sposarsi a giugno. Abbiamo otto settimane per organizzare un matrimonio con trecento invitati. Vuole tutto rosa, persino la torta. Credo che mi verrà un esaurimento nervoso. L'ho convinta a fissare come data l'ultimo sabato, il ventisette. Potete occuparvene?»

Parlava a raffica, ed Eileen ricordò vagamente che era una ricca vedova e viveva in una bellissima casa. Se era ancora di sua proprietà, sarebbe stata perfetta come location. E trecento invitati come debutto rappresentavano per la sua attività una favolosa (e spaventosa!) opportunità. Max era nella stanza, quando rispose, e lei gesticolò per dirgli di prenderle il taccuino sulla scrivania, dove scrisse «matrimonio» e «ventisette giugno». Sul bel viso di Max comparve un enorme sorriso di soddisfazione.

«Sì, siamo ancora disponibili per quella data», la rassicurò Eileen, sforzandosi di adottare un tono professionale e di non tradire l'eccitazione. «Signora Melling, ci farebbe davvero piacere lavorare per lei.»

«Deve averla mandata la provvidenza. Mi chiami Sandy. Quando possiamo incontrarci?»

«Domani andrebbe bene per lei?» le chiese mentre prendeva nota dell'indirizzo.

«Sì, perfetto. Non so nemmeno da che parte cominciare. La prima volta si era sposata a Palm Beach, ma adesso vuole farlo qui.»

«Faremo in modo che abbia il suo ricevimento», le promise Eileen.

Appena chiuse la comunicazione, Max la prese e la fece volteggiare per la piccola stanza.

«Abbiamo una cliente! Siamo partiti! Sta funzionando!» esclamò lei, felice.

«Esamineremo tutti gli aspetti», le disse lui. «Poi ne discuteremo e le faremo avere un preventivo. All'incontro non facciamo accordi.»

Aveva una tale esperienza e una tale audacia, che di tanto in tanto a Eileen veniva da chiedersi chi fosse il capo e chi l'assistente. Ma le piaceva sempre di più. Si stava rivelando un collaboratore brillante e una bella persona, con idee eccellenti. E avevano soltanto due mesi per organizzare un matrimonio.

«A proposito, la sposa vuole tutto rosa.»

Max inorridì. «No. Un matrimonio non può essere rosa. Il colore è il bianco.»

«Seconde nozze. La cliente ottiene quello che vuole, e noi otteniamo un ricevimento da mostrare a futuri clienti. Che scelga il verde o il nero, noi glielo diamo. E comunque potrebbe anche uscire una cosa carina.»

«Noi organizziamo matrimoni eleganti, non 'carini'», replicò lui, pomposo.

«Il dieci per cento di un matrimonio in rosa è sempre denaro, soprattutto se si parla di trecento invitati in una proprietà splendida.»

«Vero», concordò lui, poi sorrise. «Trovo che il rosa sia una grande idea, no?»

«Un'ottima idea.» Eileen ricambiò il sorriso, felice.

Olivia sistemò tutto prima di lasciare New York. Jean-Pierre la stava aspettando, ed erano d'accordo che sarebbe passato a prenderla al *Ritz* il giorno del suo arrivo. Era impaziente di rivederlo. Non aveva smesso di pensare a lui da quando era partita da Parigi tre settimane prima, ed era ansiosa di allestire il loro ufficio presso la galleria del padre di lui, in Faubourg Saint-Honoré. Jean-Pierre le aveva anticipato che aveva diversi progetti di cui discutere, e lo avrebbero fatto durante la cena.

Arrivò in albergo a mezzogiorno, fece un pranzo veloce in camera, controllò le e-mail, andò a fare qualche vasca in piscina, poi alla spa dove aveva prenotato un massaggio. Alle quattro era di nuovo in stanza, dove trovò un vaso con due dozzine di rose rosse e un biglietto:

Ben arrivata a Parigi. *À ce soir.*
Jean-Pierre

Con un sorriso sulle labbra, tornò a occuparsi delle e-mail. Alle sei e mezzo fece un bagno e si preparò con cura per la cena. Minigonna nera, giacca Chanel bianca, tacchi vertiginosi. I capelli rossi le illuminavano il viso e facevano risaltare gli occhi verdi.

Alle otto in punto uscì dall'hotel e due minuti dopo arrivò lui, al volante di una Ferrari nera lucidissima. Era davvero bello, perfino più di quanto ricordasse, e faceva una gran figura sull'auto sportiva.

«Questa è di mio padre», confessò quando partirono, e lei apprezzò la sua sincerità. «Me l'ha prestata per la serata, affinché facessi colpo su di te.»

Olivia amava i suoi modi quasi ingenui e la sua semplicità. Lo ringraziò dei fiori e cominciarono subito a chiacchierare come se si fossero visti soltanto il giorno prima. Il modo in cui si sentivano a loro agio, in cui mettevano insieme le loro idee dava l'impressione che si conoscessero da sempre. Erano amici e soci in affari, e tra loro c'era ancora una questione in sospeso...

Cenarono in un antico bistrot molto chic nel settimo arrondissement, *Le Voltaire*. Quando risalirono in macchina, finalmente lui glielo chiese.

«Dovevi occuparti di una cosa, quando sei tornata a New York. Credo c'entrasse qualcosa il marito della donna che abbiamo incontrato al *Castel*, a quel party.»

Olivia sapeva a cosa si riferiva: Jean-Pierre ricordava perfettamente le circostanze, oltre alla spiegazione che gli aveva dato quella sera.

«Sì, ricordo», gli disse.

«E lo hai fatto?» La guardò negli occhi mentre le poneva quella domanda. Da tre settimane aspettava di rivederla e di conoscere la risposta.

«Sì», gli disse, mentre con la mente tornava al momento in cui aveva detto a Paul i motivi per cui aveva deciso che stare con lui era stato un errore, e alla rabbia di lui.

Jean-Pierre sorrise, e sembrò felice. «Perché devi sapere che, se così non fosse stato, l'automobile di mio padre si sarebbe trasformata in una zucca, e noi saremmo diventati dei topi bianchi», scherzò, facendola ridere, mentre ripartivano e si dirigevano verso la Rive Droite. La notte parigina era splendida, illuminata dalla luna quasi piena, con la Senna che scorreva sotto il ponte e Notre Dame sullo sfondo.

A sorpresa, sul lungosenna lui svoltò a destra verso la cattedrale e parcheggiò. «Ti va di fare due passi?»

Olivia annuì, scesero dall'auto e si avvicinarono a quella costruzione magnifica.

Jean-Pierre le prese la mano, fecero un pezzetto a piedi e si fermarono sotto la cattedrale. E lì la baciò, come se avesse voluto farlo dal primo momento, e come se lei lo stesse aspettando da sempre. Voleva darle il primo bacio in un luogo che avrebbero ricordato. Voleva che fosse diverso, per tutti e due, e lo pensava da quando l'aveva vista la prima volta a New York, convinto che da quel momento sarebbe rimasta nella sua vita per sempre.

«Desidero che questo momento resti un ricordo, per noi», le sussurrò dolcemente, poi la baciò di nuovo. Videro un mazzo di palloncini bianchi che volavano in alto, verso le stelle. «Un segno», sussurrò lui, e lei sorrise. Un istante dopo, Olivia rise, e lui sembrò sorpreso. «Perché ridi?»

«Stavo solo pensando a quanto si sarebbe infuriato tuo padre se io non mi fossi occupata di quella questione e avessimo dovuto restituirgli una zucca al posto della Ferrari.»

Rise anche lui. Olivia sembrava davvero felice e aveva un'aria maliziosa.

«Sei tremenda», la apostrofò. Era magnifico essere giovani e felici, a Parigi, spensierati e innamorati. In quel momento Olivia capì che era lui l'uomo che aspettava da sempre e per il quale aveva voluto tornare libera.

15

Olivia aveva deciso di rimanere a Parigi fino alla vigilia della mostra della nonna al MoMA. Con Jean-Pierre si occupò dell'avvio del ramo parigino della sua attività, prepararono il nuovo ufficio e formarono la nuova assistente sull'uso della tecnologia che avrebbero utilizzato. Dopo cinque settimane comunicò a Jean-Pierre di dover rientrare a New York.

Erano andati a Saint-Tropez per il primo weekend insieme, e avevano alloggiato nella casa che Jean-Pierre si era fatto prestare da un amico. La cittadina era splendida fuori stagione, avevano camminato per le stradine, si erano seduti ai caffè lungo la banchina e avevano approfondito la loro conoscenza. Avevano fatto l'amore, dolcemente, con sentimento. Lui trascorse alcune notti con lei al *Ritz*, e lei andò nel suo appartamento. Stavano scoprendo le rispettive storie, le paure, i sogni e gli obiettivi. Erano felici di essere entrati l'uno nella vita dell'altra, ed erano fatti per stare insieme, come poteva notare chiunque li incontrasse.

Lo disse anche il padre di Jean-Pierre, lieto di vedere il figlio con una ragazza così interessante e bella. Sperava sinceramente che tra loro funzionasse, e glielo augurò.

«Ci sto lavorando», replicò il giovane, con un luccichio negli occhi che Muset senior non gli aveva mai visto.

Olivia gli rammentò della mostra a cui non poteva mancare e, con un po' di riguardo, Jean-Pierre le chiese di accompagnarla.

«Mi farebbe piacere conoscere tua nonna e tua madre. Ti creerebbe imbarazzo se venissi con te?»

«Certo che no.» Gli sorrise. «Se sei in grado di sopportare una nonna molto diretta e un po' eccentrica, che dice tutto quello che le passa per la testa.»

«Frequento artisti eccentrici da tutta la vita, e credo che alla sua età si sia guadagnata il diritto di dire quello che pensa.»

Lei lo avvertì riguardo alle cicatrici che deturpavano il viso di Federico, che potevano essere scioccanti la prima volta. In famiglia ci avevano fatto l'abitudine, e l'uomo si era rifiutato di continuare a sottoporsi a interventi chirurgici per cancellarle. Aveva deciso di conviverci. Olivia spiegò al compagno che un lato del viso era perfetto, mentre l'altro era stato dilaniato da una mina esplosa in Vietnam. Era fortunato a essere sopravvissuto.

Decisero quindi di raggiungere New York insieme due giorni prima dell'inaugurazione della mostra delle opere più recenti di Gabrielle, e andarono nell'appartamento di Olivia, che Jean-Pierre trovò spettacolare. Ammirò incantato la parete dei Warhol di sua madre, e i due Picasso che aveva ereditato dal padre.

Olivia voleva presentarlo alla nonna prima dell'evento, ma lei disse che era troppo impegnata a supervisionare l'installazione delle opere e che lo avrebbe conosciuto al museo.

«È una cosa seria?» si interessò Gabrielle.

«Potrebbe esserlo. Non ci conosciamo da molto, soltanto da due mesi.»

La loro relazione era all'inizio, lei aveva appena compiuto ventotto anni e stava cominciando a prendere le cose più seriamente, senza limitarsi a godersi il momento. Aveva imparato la lezione, lasciandosi coinvolgere troppo presto nel rapporto con Paul, senza considerare attentamente le conseguenze.

Non ebbero più successo con Gwen, che aveva da pochi giorni firmato il contratto per il nuovo film. La sceneggiatura era stata scelta da un produttore serio, un regista importante con cui aveva lavorato in passato. Erano stati scritturati parecchi attori di talento e le riprese sarebbero iniziate a settembre. La sua carriera presto sarebbe di nuovo decollata grazie a un ruolo straordinario, proprio come aveva predetto sua madre. E, dopo quello, aveva ricevuto una proposta per un altro film, di cui già era innamorata.

Olivia e Jean-Pierre arrivarono puntuali all'inaugurazione della mostra. I lavori scelti dal curatore erano spettacolari. La collocazione perfetta, nell'atrio, con spazio in abbondanza che dava il giusto respiro. Jean-Pierre non riusciva a decidere se ad affascinarlo fossero le opere o piuttosto l'artista fiera e ipnotica, dai capelli bianchi come la neve. Olivia fece le presentazioni e Gabrielle lo studiò con gli occhi socchiusi... prima che un sorriso si allargasse sul suo viso rugoso.

«Sarà un successo», gli disse, e dopo gli parlò in francese. Gabrielle apprezzò molto Jean-Pierre e lo presentò a Federico, a cui il giovane spiegò di essere andato alla ricerca di una sua fotografia per un cliente importante, e che lui stesso ne possedeva due. Federico ne fu molto felice, e Jean-Pierre rimase talmente colpito dalla sua personalità che non notò più le cicatrici.

«Sono la Bella e la Bestia unite nella stessa persona», ribatté il fotografo, ridendo di se stesso.

Poco dopo, all'ingresso della madre di Olivia, si creò agitazione. I soliti mormorii – «È qui», «Guardate chi c'è» – da parte di estranei sorpresi di vederla, ignari del legame di parentela con l'artista. Olivia sapeva bene quanto la madre detestasse l'attenzione verso la sua vita privata, e quella che si attirava ogni volta che si trovava in un luogo pubblico. Le andò incontro con Jean-Pierre, che Gwen salutò con un sorriso affettuoso. Lui si sforzò di rapportarsi a lei come avrebbe fatto con una donna normale, ma non ne fu capace: era troppo avvenente e troppo famosa. Gli riusciva più facile ignorare le cicatrici di Federico, che la fama e la straordinaria bellezza dell'attrice. A differenza di tanti, che si lasciavano ingannare dalla statura diversa e dal colore dei capelli, notò subito una certa somiglianza tra lei e Olivia, cosa che fece molto piacere a entrambe. Era raro per loro sentirsi dire che si somigliavano.

I tre chiacchierano per qualche minuto, finché Gabrielle e Federico li raggiunsero.

«Ho firmato per un altro film, oggi», disse Gwen alla madre, orgogliosa. «Avevi ragione. Sono due ruoli fantastici. Per un periodo ho pensato davvero che la mia carriera fosse finita e che fossi troppo vecchia per ottenere una parte decente. Con attrici della mia età, l'industria cinematografica può essere spietata, non perdona.»

«Qualunque sia la tua età», le fece notare la madre, sbrigativa, «è soltanto un numero. E i numeri non hanno potere su di te, se non sei tu a darglielo. Puoi sentirti 'troppo vecchia' a qualunque età, se te lo permetti. In realtà non si è mai troppo vecchi per niente, come non si è mai troppo giovani. Hai l'età giusta.»

Gabrielle si voltò per parlare con una persona che il curatore voleva presentarle. Indossava un abito di un viola intenso, con il colletto alto di pizzo nero, scarpe nere di satin e un lungo filo di perle che diceva essere appartenute alla nonna. Jean-Pierre la trovò senza tempo e stupenda.

Cenarono tutti insieme a *Le Grenouille*, con il direttore del MoMA e il curatore che aveva aiutato Gabrielle a selezionare le opere per la mostra; con loro, Jean-Pierre si sentì perfettamente a suo agio. Come Olivia, era cresciuto in quell'ambiente.

Gabrielle fece un commento sul dipinto di Gwen.

«Sto appunto terminando l'ultimo», annunciò lei alla madre. «Non credo che continuerò ancora a lungo, sto per tornare al lavoro, per fortuna.»

Jean-Pierre era ancora confuso all'idea di parlare con Gwen Waters come se fossero vecchi amici, e confidò a Olivia che non riusciva a immaginare cosa si provasse ad avere una madre così famosa.

«In realtà è molto normale», disse lei con semplicità. «Quando non era impegnata sul set, veniva sempre a prendermi a scuola, non è mai stata una diva. E di certo non lo è la nonna.»

«E non lo sei neanche tu.» Il giovane le sorrise. Olivia aveva le idee chiare ed era determinata, ma lui la trovava ragionevole e per nulla pretenziosa, oltre che competente professionalmente.

Dopo cena tornarono nel suo appartamento, mentre Gabrielle e Federico andarono in centro, a Bowery, con un taxi. Gwen ne prese uno per Dakota; appena fu entrata in casa si fermò a guardare il dipinto che aveva quasi finito e che aveva posizionato su un cavalletto in cucina. C'erano ancora dei dettagli che voleva aggiungere e lo stava appunto studiando quando squillò il telefono. Data l'ora tarda, si domandò se fosse Olivia. Invece, era sua madre, in preda al panico.

«Mamma, è tutto a posto?» le chiese.

«Federico... non riesce a respirare. Credo che abbia un infarto. Ho chiamato l'ambulanza, ma non sono ancora arrivati. Devo andare. Ti mando un messaggio più tardi.» Chiuse la comunicazione senza darle il tempo di replicare. Dieci minuti dopo, Gabrielle le scrisse che lo avrebbero portato al NYU, l'ospedale più vicino e attrezzato, e lei sarebbe salita in ambulanza con lui.

Gwen si era tolta l'abito da cocktail nell'istante in cui aveva ricevuto la chiamata. Si era infilata un paio di jeans, un maglione nero e delle scarpe basse. Appena ricevette il messaggio della madre, chiamò un taxi e corse al piano di sotto. Tre minuti dopo, il taxi era arrivato e partirono velocemente. Malgrado gli ottantaquattro anni, Federico era sempre stato in salute. Era pieno di energia ma non si prendeva molta cura di sé.

Era appena entrato in pronto soccorso, quando arrivò Gwen. Alla domanda se fosse una parente, rispose che era suo padre, in modo che non le impedissero l'accesso alla sala dove lo stavano visitando. In pochi secondi, i presenti cominciarono a riconoscere l'attrice; lei oltrepassò la doppia porta, accedendo alla sala d'aspetto in cui trovò la madre, ancora con addosso il vestito viola con il collo di pizzo nero. Pallidissima, se ne stava immobile ad aspettare di avere notizie dai medici.

Gwen le mise un braccio intorno alle spalle e la condusse verso due sedie dallo schienale dritto e rigido.

«Cos'è successo?» le chiese, in tono calmo.

«Non lo so. Stava bene, poi all'improvviso ha avvertito una fitta lacerante al petto e non riusciva più a respirare. Federico deve evitare i cibi pesanti e il vino rosso, che però apprezza. Di solito ha un'indigestione, nulla di più. Ho pensato che stesse avendo un infarto e ho chiamato l'ambulanza.» In quel momento Gwen si rese conto che, se fosse successo qualcosa a quell'uomo, e un giorno sarebbe successo, sua madre ne sarebbe stata devastata. Si affidavano l'una all'altro completamente e, benché fossero due persone indipendenti, erano legatissimi. Dopo quattordici anni, Gwen non riusciva a immaginare l'una senza l'altro.

Il medico uscì venti minuti dopo e le informò che intendevano effettuare un angiogramma. Non escludevano che potesse avere bisogno di uno stent coronarico, ma andava stabilito con certezza. Diedero il permesso a Gabrielle di vederlo per qualche minuto, e Gwen l'accompagnò.

Spettinato e senza gli occhiali, sembrava uno scienziato pazzo, e Gabrielle sorrise. Aveva ripreso colore, e disse che il dolore era meno acuto.

«Scusa, Gabbie», aggiunse. «Sto bene, dovrebbero permettermi di tornare a casa con te.»

«Io non ti porto a casa finché non sappiamo cos'hai», dichiarò lei, in tono fermo.

Federico provò a tirarsi su, e lei con delicatezza lo fece rimettere sdraiato. «Non costringermi a usare le maniere forti, Banducci», scherzò, e lui rise.

Gwen li osservava dalla porta, con un sorriso.

Poi, un inserviente portò Federico a fare l'angiogramma. Quando fu di nuovo in sala d'attesa con la figlia, Gabrielle tornò subito seria e le vennero le lacrime agli occhi.

«Non so cosa farei se dovesse succedergli qualcosa... è la persona più straordinaria che abbia mai conosciuto, l'uomo più gentile sulla faccia della Terra.»

«Perché non vi siete mai sposati?» le domandò Gwen, curiosa.

Gabrielle la guardò confusa. «Di figli non ne voglio più, perché dovrei sposarmi?» chiese a sua volta.

La figlia sorrise.

«Non ne ho mai sentito l'esigenza», continuò l'anziana donna. «Quando sei giovane e vuoi mettere su una famiglia ha un senso, ma alla nostra età che differenza fa? Il mio impegno verso di lui non potrebbe essere maggiore nemmeno se lo avessi messo al mondo io. Lui è il mio sole e la mia luna, le stelle nel mio cielo. Cosa mai potrebbe aggiungere un pezzo di carta?»

«Federico però è credente, giusto? Magari potrebbe fare differenza per lui.»

«Non per me, ed è più divertente vivere nel peccato. Ci impedisce di dare le cose per scontate, ed è più romantico. Il matrimonio potrebbe rovinare tutto», replicò lei, come se avesse cinquant'anni di meno. L'età per loro sembrava contare poco quanto il matrimonio.

Aspettarono un paio d'ore prima di rivedere il dottore. Erano le due del mattino, quando finalmente uscì per informarle che l'esame era andato bene, che Federico aveva superato l'attacco e stava riposando.

«In che condizioni è il suo cuore?» chiese Gwen.

Il medico sapeva perfettamente chi aveva di fronte e dovette fare uno sforzo per non fissarla troppo a lungo. «Probabilmente è più forte del suo, o del mio.» Sorrise. «Ha avuto un'indigestione e un attacco d'ansia.» A quel punto si voltò verso Gabrielle. «È successo qualcosa che lo ha fatto agitare, oggi?»

«Sta lavorando parecchio per preparare una mostra delle sue fotografie, e credo che abbia trasportato degli scatoloni pesanti contenenti negativi.»

«Gli farebbe bene rallentare. Può farlo qualcun altro al posto suo?»

La risposta della donna lo sorprese. «Non lo permetterebbe. Ci sono tutti i suoi archivi là dentro.»

«Io gli consiglio di stare a riposo per un giorno o due.»

«Prima di una mostra si sovraccarica sempre», spiegò Gabrielle.

«Adesso lo può vedere, se vuole», le comunicò il medico. «Poi dovreste provare a dormire entrambi», concluse.

«Posso dormire qui?» chiese Gabrielle. «Non darò disturbo, mi basta una sedia.»

«Possiamo farle mettere un lettino nella sua stanza, se lo desidera.»

Gabrielle disse alla figlia di andare a casa.

«Mi prometti che proverai a riposare un po'?» la pregò Gwen. «Altrimenti rischiamo di ritrovarci qui per assistere te.»

«Non succederà, io non sono ansiosa. Federico ha

un carattere melodrammatico, lo sai», disse con finta esasperazione, e Gwen rise.

Capitava che i due litigassero furiosamente, poi di colpo finiva tutto. Gabrielle era gelosissima se aveva l'impressione che lui avesse guardato un'altra donna, e lui ugualmente.

«Cerca di dormire un po', e di' a Federico che gli voglio bene.»

Gwen diede un bacio alla madre, che entrò nella stanza del compagno. Gli avevano messo una borsa del ghiaccio all'inguine, dove avevano inserito il catetere per l'angiogramma, una procedura assai poco piacevole.

«Stai bene?» gli chiese, tenera, mentre un'infermiera usciva silenziosamente dalla camera. Poi prese una sedia e la avvicinò al letto, per stargli accanto.

«Sto bene, andiamo a casa», insisté lui. Sembrava più stanco di quanto volesse ammettere, e a Gabrielle parve molto piccolo, in quel letto. Aveva una folta chioma di capelli, e con i maglioni ingombranti e gli scarponi che indossava abitualmente ci si dimenticava di quanto fosse magro. In quel momento invece Gabrielle lo vide fragile, e ne rimase turbata.

«Hanno detto che potrai essere dimesso domattina.»

«Allora vai tu, e fatti qualche ora di sonno. Scusa se ti ho spaventata.»

«Lo hai fatto solo perché volevi un po' di attenzione.» Gli sorrise.

«Ti ho vista guardare quel ragazzo, stasera», la prese

in giro lui, riferendosi al fidanzato di Olivia. «Non mi inganni. Sei una libertina», l'accusò con un ghigno.

«Be', non hai bisogno di simulare un attacco di cuore per scoprire quanto ti amo. Lo sai che è così.»

«Mi ami, Gabbie?» le chiese, in tono dolce. D'un tratto Gabrielle si sentì vecchia, anche se non l'avrebbe ammesso con nessuno, men che meno con lui.

«Naturalmente. Vorrei poter entrare in questo letto con te», gli disse in tono amorevole.

«Perché no? Le infermiere avrebbero uno choc... che non farebbe male.» Tirò indietro le coperte, lei rise e gliele rimboccò di nuovo.

«C'è qualcosa che ti andrebbe, adesso?» gli domandò.

«Sì», rispose lui con uno sguardo compiaciuto.

«Cos'è?»

«Penso che dovremmo sposarci», disse, seriamente. Glielo aveva chiesto costantemente per anni.

«Non esistono 'dovremmo' alla nostra età. Possiamo fare quello che vogliamo.»

«Bene. Io voglio sposarti», insistette lui, ostinato.

«Non serve, lo siamo già, sotto tutti gli aspetti che contano.»

«Non per la legge. Cos'hai contro il matrimonio? Sei una tale ribelle.»

Gabrielle lo prese come un complimento, e sorrise compiaciuta. «È un'istituzione borghese, ed è imbarazzante. Noi siamo più creativi.»

«Possiamo essere creativi e sposati.»

Federico non arrivava mai da nessuna parte con

le sue argomentazioni: lei si era opposta all'idea del matrimonio per tutta la vita. Sia prima delle nozze, a trentacinque anni, sia dopo, quando era rimasta vedova a trentasette.

«Potresti farmi venire un altro attacco d'ansia, se rifiuti», scherzò lui.

«Oh, smettila! E adesso a dormire, hai bisogno di riposare altrimenti domani non ti dimetteranno.»

«Uscirò comunque», dichiarò Federico, e le prese una mano. Rimasero a lungo seduti, poi cedettero al sonno, lei sulla sedia e lui a letto, sempre tenendosi la mano, e trascorsero così la notte intera.

Le infermiere sorrisero quando entrarono per controllare il paziente, e uscirono senza fare rumore.

«Quello è vero amore», disse una all'altra, scambiandosi un sorriso. «Così dovrebbe essere.»

«Sono teneri. Non mi dispiacerebbe trovare un uomo che mi ami così.»

«Non credo si possa avere prima dei cent'anni», scherzò la prima.

Fino alla mattina Federico e Gabrielle dormirono serenamente, senza mai lasciarsi la mano.

16

Il primo evento organizzato dalla Eileen Jackson Events si svolse senza intoppi. I tendoni arrivarono in tempo e vennero montati senza problemi. Erano trasparenti, per lasciare intravedere i lussureggianti giardini tutt'intorno. Ce n'erano tre, illuminati da lampadari a bracci: uno per la cena, con i tavoli apparecchiati con calici di cristallo e posate d'argento, uno per le danze, abbastanza grande da ospitare un'orchestra di dodici musicisti, due cantanti e una pista da ballo dipinta di rosa, infine uno per la cerimonia, pieno di fiori del colore scelto dalla sposa. Ciascun tendone poteva contenere trecento persone.

La teleria era perfetta, della stessa tonalità dell'abito della sposa. C'era un cadeaux per ogni ospite, al posto assegnato, un piatto d'argento di Tiffany a forma di cuore, con incise le iniziali degli sposi e la data. I centrotavola erano spettacolari, opera di un fiorista individuato da Max, che aveva chiesto un compenso irrisorio se paragonato a quello preteso da tutti gli altri.

C'erano ghirlande di fiori rosa, piante di arte topiaria prese a noleggio e mughetti che facevano capolino tra le corolle rosa. Eileen e Max supervisionarono la preparazione del cibo, squisito, e la torta era un capolavoro. L'aveva realizzata lo stesso Max, che poi l'aveva abbellita con le decorazioni in pasta di zucchero rosa di Eileen e con fiori veri, roselline rosa e ancora mughetti. Eileen aveva fissato un appuntamento per la sposa da Oscar de la Renta, dove aveva acquistato un magnifico abito di organza rosa chiaro con un lungo strascico: era stato confezionato su misura senza il minimo ritardo, e le stava d'incanto.

Arrivò un addetto alle riprese video professionista, e il fotografo aveva proposto una cifra ragionevole.

Sandy Melling aveva speso settecentomila dollari senza battere ciglio, ed era convinta di avere fatto un affare, perché il risultato fu perfetto e lei si era risparmiata stress e sforzi. Eileen e Max si erano impegnati molto per trovare i fornitori migliori, gli arredi più belli, i fiori più freschi, il personale più capace disposto a lavorare a una cifra inferiore del normale in cambio di visibilità. Avevano considerato ogni dettaglio, fatto pressione ai fornitori, assaggiato ciascuna pietanza, controllato la qualità di tutto. Niente era stato trascurato, e la riuscita fu impeccabile. La sposa non aveva una bellezza classica, ma il giorno delle nozze era adorabile: aveva avuto il suo matrimonio in rosa e dichiarò che era tutto molto più bello rispetto alla prima volta, quando si era affidata a una famosa wedding planner e aveva fatto spendere due milioni di dollari ai genitori, per un ricevimento con cinquecento invitati che non era nemmeno paragonabile a quello appena concluso.

Sandy si profuse in ringraziamenti per tutta la serata. Secondo Eileen alcune cose si sarebbero potute fare diversamente, sul piano dell'efficienza, e Max era d'accordo con lei, ma stavano imparando.

A fine serata, Eileen aveva ottenuto quattro richieste di appuntamenti con nuovi clienti, tre per un matrimonio e una per un anniversario in cui doveva essere tutto in oro, dalle posate al servizio, dai bicchieri alle tovaglie, dalla pista da ballo ai tendoni. L'attività stava decisamente decollando.

Gli ultimi invitati andarono via alle quattro del mattino, dopodiché a loro toccò smontare e ritirare tutto per restituire ogni cosa ai fornitori. Max ed Eileen supervisionarono i lavori: magari un giorno avrebbero avuto qualcuno che si sarebbe occupato anche di seguire le operazioni di smontaggio, ma per il momento potevano contare solo su se stessi. Avevano ricavato una cifra di tutto rispetto da quel matrimonio, e la commissione di Max era considerevole, ma non erano i soldi a elettrizzarli: l'emozione vera era la consapevolezza che era andato tutto alla perfezione e la cliente era soddisfatta. Non si era verificata alcuna defezione, tutto era andato come previsto, inoltre la qualità del cibo era stata eccelsa.

Entro le otto della domenica mattina avevano smantellato tutto, inclusi gli eleganti tendoni trasparenti e i lampadari, che erano stati riposti nelle rispettive casse.

Una lunga fila di furgoni lasciò il vialetto di Sandy Melling, che ancora dormiva.

«Abbiamo fatto un lavoro straordinario», considerò Eileen, seduta su una delle casse. Guardò Max, mentre gli addetti, in salopette bianca, portavano via le sedie da ballo Chiavari con lo schienale d'argento e i cuscini rosa chiaro. Ottocento in totale, tutte con i cuscini realizzati per l'occasione.

Max ricambiò il sorriso, sotto il sole del mattino. Nessuno dei due era andato a dormire, quella notte, ma il successo dell'evento li riempiva di energia.

«Tu sei straordinaria», le disse. «Brillante. E la tua ditta avrà un successo strepitoso, che andrà al di là delle tue previsioni più ottimistiche.» Era felicissimo di essere stato assunto da lei. Era competente ed efficiente, non si fermava finché non aveva analizzato ogni dettaglio, risolto tutti i problemi, inoltre era sempre garbata. Non perdeva mai il controllo, a differenza di lui, a cui capitava spesso di arrabbiarsi quando qualcosa non andava per il verso giusto. Come ammetteva lui stesso, un po' scherzando e un po' seriamente, faceva parte dell'indole italiana.

Si sedette sulla cassa, accanto a lei. Indipendentemente dai ruoli di capo e di assistente, durante l'evento erano stati due soci alla pari, che avevano dato il massimo per assicurarsi che fosse tutto perfetto.

«La tua torta era la cosa più bella che avessi mai visto», si complimentò lei. Avevano tenuto da parte lo strato superiore, su richiesta della sposa, che voleva conservarla per il primo anniversario, come portafortuna.

«Sono state le tue decorazioni di pasta di zucchero a fare la differenza. Sono orgoglioso di noi: abbiamo fatto un egregio lavoro.»

«Davvero», confermò Eileen, appoggiandosi a lui. Di colpo si rese conto di quanto fosse stanca, e doveva esserlo anche lui.

Max le mise un braccio intorno alle spalle, si chinò e la baciò sulle labbra. Per un attimo rimase interdetta, poi il bacio si fece più profondo e lei si lasciò coinvolgere, ricambiando.

Dopo, sembrò sconcertata. «Cosa... cos'era?» balbettò.

«Un bacio», rispose lui in italiano, come se fosse stata la cosa più normale del mondo.

«E lo hai fatto intenzionalmente?» Scioccata, Eileen non sapeva se essere arrabbiata o felice.

Prima che avesse il tempo di capirlo, lui la baciò di nuovo, con più decisione, per dimostrarle che era proprio quello che voleva.

«Max, cosa stai facendo?» mormorò senza fiato.

«Ti sto baciando, perché sei la donna più meravigliosa che abbia mai conosciuto. Sei forte e coraggiosa, gentile, sei un genio creativo e uno chef sopraffino. Voglio stare con te, con tutto ciò che sei, per sempre.» La guardò con occhi innamorati.

Eileen rimase ammutolita: non si sarebbe aspettata nulla del genere.

«Ho quarant'anni, e tu trentatré.»

«E allora? Stai tentando di spaventarmi o di impressionarmi?»

«Entrambe le cose.» Eileen rise.

«Siamo un uomo e una donna, lavoriamo benissimo insieme. E sono disposto a sgobbare fino allo sfinimento affinché la tua ditta abbia successo. Te lo meriti, Eileen, meriti un po' di felicità. Chi è che pensa a te? Chi veglia su di te mentre ti occupi di tutti gli altri? Io vedo quello che fai: fai tutto per gli altri e niente per te stessa. Voglio essere io a prendermi cura di te.»

Eileen adorava stare in sua compagnia e lavorare con lui, erano una squadra fantastica, si divertivano moltissimo, e lui rendeva possibile qualsiasi cosa. Non accettava di perdere, come lei del resto.

«Basta con quell'aria sorpresa», la ammonì, anche se in realtà lei stava sorridendo. «Quando è stata l'ultima volta che un uomo ti ha detto 'Ti amo'?»

«Non me lo ricordo», ammise lei, sommessamente. Era tutto così inaspettato, e come se non bastasse le stava dicendo che l'amava.

Arrivarono gli ultimi operai per portare via la cassa su cui erano seduti, così Max la prese tra le braccia e la portò alla sua Fiat. Eileen non protestò né provò a divincolarsi. La sua borsa era già in macchina, lui la fece sedere davanti e le sorrise.

«Dove andiamo, principessa?» le chiese, sedendosi al volante e mettendo in moto. Lavoravano insieme da quasi tre mesi, e riteneva di avere aspettato abbastanza: era da parecchio tempo che desiderava baciarla.

Eileen si prese un momento per riflettere. Sapendo di avere davanti un weekend di lavoro, aveva mandato i ragazzi da Paul, nella casa nuova. Loro la adoravano, e da quando la scuola era finita passavano le giornate in piscina.

«A casa, direi», rispose, con un luminoso sorriso. Non si aspettava una conclusione del genere, al termine del loro primo evento. Era una svolta interessante in un fine settimana perfetto.

Arrivarono a casa, Max parcheggiò nel garage e chiuse il portellone, in modo che nessuno vedesse la sua macchina lì a quell'ora del mattino. Non voleva suscitare pettegolezzi, né turbare i suoi figli se fossero tornati con il padre.

«Grazie», gli disse lei, apprezzando la gentilezza.

Era così stanca che fece fatica a scendere dall'auto. Lui la seguì dentro casa e, sorridendo, si chiusero la porta alle spalle.

Olivia trascorse quasi tutto giugno a New York, per gestire il ramo newyorkese dell'attività, mentre Jean-Pierre si occupava dell'ufficio di Parigi. Alla fine del mese, partì per passare luglio e agosto con lui in Francia. Avevano in programma di andare a Saint Tropez, in Corsica e in Sardegna dove avrebbero incontrato degli amici di lui, durante i weekend lunghi, infine lei sarebbe rientrata in America fermandosi per tutto il mese di settembre. C'erano tanti viaggi da pendolare nel suo futuro, ma per il suo lavoro era un bene, ed era positivo anche per il loro rapporto. Attendevano con ansia quell'estate insieme: stavolta non sarebbe andata al *Ritz*, ma l'avrebbe ospitata Jean-Pierre.

Gwen decise di terminare l'ultimo quadro, poiché Olivia non sarebbe stata con lei durante il weekend del Quattro Luglio, e non avendo progetti di viaggio. Aveva del lavoro da sbrigare durante l'estate, doveva studiare la sceneggiatura, condurre delle ricerche e prepararsi per il suo ruolo: le riprese sarebbero cominciate a settembre. Era un film in costume, e lei amava immergersi nell'analisi della storia del personaggio, prima di iniziare a interpretarlo, in modo da renderlo autentico. Sua madre aveva ragione: quella si preannunciava come una delle parti più impegnative e importanti della sua carriera. Voleva dedicarvi tutta l'attenzione possibile, quindi avrebbe completato il quadro prima che la sua mente si spostasse su qualcosa di diverso da un paesaggio italiano. Erano i suoi soggetti preferiti, e sulla tela li rendeva molto bene. Voleva regalarlo alla madre per il novantatreesimo compleanno, a cui mancava poco. Gwen amava passare le vacanze in città, quando tutti gli altri andavano via.

La domenica mattina aveva appena terminato una sezione particolarmente difficile del dipinto, quando

Federico la chiamò, la voce ridotta a un sussurro. Lui detestava parlare al telefono, quindi fu sorpresa di sentirlo.

«Sono preoccupato per tua madre, ma non dirle che ho chiamato. Ha un brutto raffreddore da una settimana. Le ha preso il petto. Credo che dovrebbe farsi visitarc, ma non ne vuole sapere. Ha tanta tosse, temo possa avere una bronchite o qualcosa di peggio. Potresti chiamarla e, quando la senti tossire, insistere perché contatti il medico?»

Gwen lo ringraziò di averla avvertita e mezz'ora dopo telefonò alla madre. Dopo due minuti che parlavano, Gabrielle ebbe un violento attacco di tosse, proprio come aveva detto Federico.

«Accidenti, mamma... non mi piace per niente questa tosse. Sei stata a farti visitare?» le chiese Gwen. Gabrielle detestava i medici e le medicine, e li evitava da tutta la vita.

«Non essere ridicola, mi sembra di sentire Federico. È soltanto un raffreddore estivo non si va dal dottore per un raffreddore.»

Aveva ragione Federico, pensò Gwen: sembrava venire dal petto, doveva essere almeno bronchite.

«Non credo tu voglia rischiare una polmonite, mamma. Magari ti serve un antibiotico.»

«La medicina è per i bambini, e io non sono una bambina.»

Federico aveva incontrato la stessa resistenza. Gabrielle odiava ogni genere di cura, e per fortuna non capitava spesso che stesse male.

«Ti chiamo domani per sentire come va. Se non sei migliorata, devi farti visitare. Nel frattempo evita l'aria condizionata: è pessima, soprattutto se sei già raffreddata. Fammi sapere se ti serve qualcosa.» Non c'era altro che potesse dire per convincerla: sua madre non amava essere oggetto di premure.

«Tu non sei un medico e io non ho bisogno di aiuto», dichiarò, irritata.

Il lunedì mattina Federico telefonò di nuovo a Gwen, in segreto, per informarla che Gabrielle era peggiorata. Aveva la febbre alta e non si era alzata dal letto. Preoccupata, Gwen decise di andare in centro per controllare di persona.

Federico la fece entrare nel magazzino, e lei salì subito le scale del loft che usavano come camera da letto. Gabrielle era sdraiata, tremava per la febbre e aveva i brividi, gli occhi vitrei, una tosse violenta che sembrava ulteriormente peggiorata. Gwen e Federico si scambiarono un'occhiata, mentre l'anziana donna si appisolava tra un attacco di tosse e l'altro.

Gwen si sedette sul letto accanto a lei e le parlò con gentilezza. «Devi andare in ospedale, mamma. La situazione si sta aggravando.»

Lei annuì con aria assente, senza discutere, e non era buon segno. Non sembrava del tutto cosciente mentre le facevano indossare un accappatoio sopra la camicia da notte, la avvolgevano in una coperta e Gwen le metteva le scarpe. Scottava per la febbre e continuava a essere scossa dai brividi.

Dieci minuti dopo erano su un taxi, diretti al NYU. Gwen era spaventata, ma lo tenne per sé. Andò al banco dell'accettazione per registrarla, dove le fecero compilare diversi moduli. Gabrielle dovette attendere un'ora per essere visitata, poi finalmente la trasferirono in una sala visite con una sedia a rotelle.

Federico era sull'orlo delle lacrime, e Gabrielle tentò di rassicurare il compagno e la figlia, ma era spaventata quanto loro.

Uno specializzando, un giovane massiccio con la barba, la visitò. Diede un'occhiata ai moduli e vide l'età. Cinque minuti dopo dichiarò che aveva una polmonite e doveva essere ricoverata. Non si rivolse mai alla paziente, parlò sempre con Gwen.

«Soffre di demenza senile?» le chiese.

«Certo che no», rispose la figlia. «Sta male, nient'altro.»

«La faccio ricoverare in terapia intensiva», continuò lui. «La polmonite è letale alla sua età», dichiarò, senza badare al fatto che Gabrielle lo sentisse. Poi condusse Gwen in sala d'aspetto, per parlare con lei. Lasciarono la paziente con il compagno, che la vegliava e le parlava dolcemente, per rassicurarla.

Il medico non usò mezzi termini. «La situazione è seria, considerata l'età. Credo dobbiate essere realistici. Le persone che hanno gli anni di sua madre non sopravvivono a una polmonite. Le farò somministrare subito un antibiotico in endovena, ma potrebbe essere già tardi.»

«C'è altro che possiamo fare? Le si può dare qualcosa di più forte, con l'antibiotico?»

«Possiamo farle fare delle inalazioni, ma non credo serviranno a molto.»

«Provi comunque. Faccia finta che abbia vent'anni di meno, o trenta. Di solito gode di ottima salute, è una persona estremamente vitale.»

«Vedremo quello che riusciamo a fare.»

Gwen avrebbe voluto chiamare il medico della madre, ma non sapeva chi fosse quello attuale.

Lo specializzando aveva detto che l'avrebbero trasferita in terapia intensiva entro un'ora, e le avrebbe mandato un gerontologo.

Gwen non aveva familiarità con il termine e chiese spiegazioni. «È un medico specializzato nelle malattie dei polmoni?»

«No, quello è lo pneumologo. Un gerontologo si occupa dei pazienti anziani. Si avvicina a un geriatra, ma ha una preparazione più ampia per trattare i problemi delle persone di età avanzata.»

Gabrielle stava dormendo quando Gwen tornò in sala visite. Federico disse che si era appisolata appena lei si era allontanata. Gwen si sentiva impotente e non accettava l'atteggiamento del dottore, che si era arreso nel momento in cui aveva letto l'età di sua madre.

«Cos'ha detto il medico?» domandò Federico in preda all'ansia.

«La portano in terapia intensiva, le daranno un antibiotico potente e dei farmaci da inalare. Hanno richiesto anche il consulto di un altro specialista.» Evitò di riferirgli che il medico le aveva dato poche speranze.

In quel momento Gabrielle si mosse, e guardò Gwen con gli occhi lucidi, febbricitanti.

«Chi è il tuo medico, mamma?» le chiese. Lo avrebbe chiamato chiedendogli di raggiungerli immediatamente.

«Palmer», rispose la madre, con voce roca. «Ma è morto l'anno scorso e non l'ho cambiato. Non stavo male.»

«Tu hai un dottore?» domandò Gwen a Federico, che fece cenno di no.

Gwen temeva che il suo fosse in vacanza, dopo il weekend di festa, e per avere un appuntamento con lui occorrevano settimane. Non le piaceva particolarmente, ma il suo predecessore era andato in pensione da due anni, lasciando l'ambulatorio al nuovo arrivato.

«Come ha fatto ad ammalarsi così?» chiese ancora al compagno della madre.

«Non stava bene da una settimana, ma è in queste condizioni solo da ieri.»

Un'ora più tardi, Gabrielle fu trasferita in terapia intensiva. Avevano già cominciato a somministrarle l'antibiotico per via endovenosa al pronto soccorso, e le avevano fatto una serie di esami del sangue. Gwen notò con sollievo che le infermiere del reparto erano molto gentili con lei.

Rimase con Federico al capezzale della madre tutta la giornata, e lei dormì quasi sempre. Un'infermiera li informò che la febbre era scesa. Il gerontologo arrivò alle cinque del pomeriggio.

Doveva essere vicino ai sessant'anni, ben vestito, con blazer e pantaloni cachi, camicia e cravatta, i capelli grigio argento dal taglio accurato. Gwen aveva osservato i medici andare a venire per tutto il giorno, chi con i capelli lunghi e trascurati, legati in una coda di cavallo o lasciati sciolti sulle spalle, con la barba di cinque giorni oppure lunga. Indossavano tutti il camice, e ai piedi calzavano sneakers o zoccoli. Questo medico, invece, aveva un altro stile.

Si presentò come Jeremy Stubbs e, dopo avere visitato Gabrielle, chiese di parlare con Gwen nel corridoio. Aveva un sorriso cordiale ed era gentile e disinvolto.

«Sua madre ha una polmonite, come sa, cosa non buona alla sua età. Sto dando un'occhiata agli esami del sangue, ma non abbiamo ancora tutti i risultati.» D'un tratto Gwen fu terrorizzata all'idea che avessero trovato qualcosa di molto grave, ma lui la stupì continuando: «Gode di una salute eccellente e non sembra soffrire di tutte le patologie tipiche della sua generazione. Colesterolo basso, cuore forte, fegato e reni con funzionalità regolare. Ha qualche malattia cronica?»

«No, nessuna.»

«Artrite? Vertigini? Le capita di cadere?»

«Mai. Fa le scale tutto il giorno… è una scultrice e una saldatrice. Le sue opere misurano tre metri di altezza. Dorme in un loft. Quindi escluderei l'artrite.»

Stubbs sorrise, ascoltando quel resoconto.

«Sembra una di quelle persone fortunate che non risentono del passare degli anni. Succede, anche se non molto spesso. Forse il lavoro ha un ruolo in tutto questo.»

«Ha inaugurato una mostra personale al MoMA, un mese fa», gli disse, orgogliosa.

«Capita di frequente alle persone come lei di trascorrere gli anni senza problemi, poi succede una cosa come questa. Non si risolve sempre per il meglio, e molti colleghi pensano che a un'età così avanzata una polmonite non si possa combattere. Non è la mia filosofia: nella condizione fisica in cui si trova sua madre, non c'è motivo per non ritenere che abbia ancora dieci, dodici anni davanti. Adesso dobbiamo sconfiggere la polmonite. Le prescriverò un antibiotico più potente. Potrebbe causarle disturbi allo stomaco, ma sono quasi certo della sua efficacia.»

«Grazie di cuore, dottore. Faccia quello che reputa opportuno. Ero in preda al panico quando siamo arrivati qui.»

«Non c'è ragione di temere il peggio, per ora. E poi non è costretta a letto, quindi se la febbre è scesa voglio che si alzi e cammini, che non resti sdraiata tutto il tempo. È lì che sorgono i problemi. Inoltre è importante che cominci subito con le inalazioni.»

Tornarono nella stanza di Gabrielle, che dormiva di nuovo. Il medico verificò che la febbre fosse effettivamente scomparsa, poi andò a informare le infermiere del cambio di antibiotico.

Federico si rivolse a Gwen in tono disperato: «Cos'ha detto?»

«Quell'uomo è strepitoso», gli rispose sottovoce. «Le darà un antibiotico più forte e dice che, se riusciamo a farle superare la polmonite, può vivere altri dieci, dodici anni.»

Gabrielle aprì gli occhi e la guardò.

«Ti facciamo alzare per fare due passi, mamma. Il medico non vuole che tu resti sdraiata.»

«Le mie gambe non hanno niente che non vada. Ho semplicemente la tosse.»

«Esatto, le gambe stanno bene, quindi vuole che le usi e che non te ne stia lì a non fare niente.»

«Sono stanca», mormorò lei. «Andrò a camminare più tardi.»

Se la sua vita dipendeva da quello, Gwen non gliel'avrebbe data vinta facilmente. Si fece aiutare da Federico e le misero l'accappatoio con cui era arrivata in ospedale, la aiutarono a tirarsi su e la fecero camminare lungo il corridoio, lentamente, portandosi dietro l'asta della flebo. Tossiva ancora, ma sembrava stare un po' meglio, muovendosi.

«Voglio andare a casa», disse Gabrielle, con una voce che stava tornando la sua.

«Non ancora. Dobbiamo sbarazzarci della tosse, prima.»

«Ho del lavoro da completare.»

«Allora dovrai rimetterti in forze», ribadì Gwen, in tono fermo.

Il dottor Stubbs tornò a controllarla mentre camminavano nel corridoio, e le sorrise.

«Mi fa molto piacere vederla in piedi, signora Waters. Così si rimetterà più in fretta. Le daremo qualcosa che la aiuti a respirare, che dovrebbe liberarle il petto. Voglio dimetterla il prima possibile», le assicurò. «Ci servono i letti per le persone che sono malate sul serio.»

Gabrielle si lasciò sfuggire un sorriso compiaciuto.

«Sta insinuando che la mia è tutta una finzione, dottore?» chiese, con un sorriso.

«Se è così lo scopriremo presto, e la rispediremo a casa», replicò lui ridendo. «Ci sono hotel molto più confortevoli, in città. Ho saputo che di recente ha inaugurato una mostra personale al MoMA.»

«Infatti. L'ha vista?»

«Non ancora, ma intendo farlo presto.»

«Non è che una piccola esposizione delle opere più recenti», chiarì lei, modesta.

«Sarà senz'altro speciale.»

A Gwen venne voglia di abbracciarlo mentre lo ascoltava parlare con la madre, e la faceva rinvigorire semplicemente trattandola come se non avesse quasi cent'anni, per quanto la sua situazione fosse seria.

Quando la riaccompagnarono nella stanza e la aiutarono a rimettersi a letto, lei sembrò grata di potersi stendere. Era spossata per la febbre, e a causa della tosse non dormiva bene da giorni. Avevano preparato le inalazioni, e un'infermiera sostituì la sacca della fleboclisi con un antibiotico più efficace.

Prima di andarsene, il medico scambiò ancora due parole con Gwen. «Torno domattina, intanto ecco il mio biglietto da visita con il numero di cellulare. Se dovesse avere qualunque preoccupazione, mi chiami. Sua madre se la sta cavando bene, per ora. Confido che migliori entro un paio di giorni, con i farmaci che le stiamo dando. Lei continui a farla camminare.»

«Non la ringrazierò mai abbastanza», disse Gwen, stringendo tra le dita il biglietto.

«Con altri pazienti questa tattica non funzionerebbe, ma sua madre è forte. Con il giusto sostegno, il suo fisico reagirà.»

«Lo spero», replicò Gwen, preoccupata ma al tempo stesso rassicurata dalla sua calma.

«Normalmente tendono a ridurre la durata delle visite in terapia intensiva. Ho chiesto di permettere a lei e al marito di restare accanto alla paziente: tenetela impegnata e poi fatela riposare, ha bisogno anche di sonno. È importante che cammini tre volte al giorno. Quello che mangia è meno rilevante; come le ho detto, è probabile che l'antibiotico le causi mal di stomaco, comunque quello che le serve lo assume via flebo.»

Gwen lo ringraziò per l'ennesima volta, e lui si allontanò con un sorriso affabile, salutandola con la mano mentre entrava in ascensore.

Portarono la cena a Gabrielle, che però non aveva appetito e assaggiò giusto qualcosa. Alle nove si mise a dormire, così Gwen e Federico andarono a casa per riposare un po'.

«Tornerò domani mattina, tu vieni quando vuoi», disse lei al compagno della madre. Poi aggiunse: «Quel dottore mi piace, a te come sembra?»

«Gentile», rispose lui, cauto. «Pensi che Gabrielle si rimetterà?»

«Me lo auguro davvero. Dobbiamo fare in modo che cammini tre volte al giorno.»

Accompagnò Federico al loft in taxi, poi si fece portare a casa, a Central Park West. L'uomo le aveva detto che sarebbe tornato in ospedale durante la notte. Lei chiamò le infermiere diverse volte, per avere notizie, e loro la tranquillizzarono assicurandola che dormiva e che il marito era con lei.

Alle nove del mattino Gwen tornò dalla madre, proprio quando lei si svegliò. Non sembrava molto più in forma della sera precedente, e la tosse persisteva, però non aveva febbre.

Il dottor Stubbs andò a visitarla un'ora più tardi. Le disse che aveva guardato le sue sculture online, e che erano spettacolari.

«Le saldature le faccio da sola», dichiarò lei, orgogliosa. «Prima che venga eseguito lo stampaggio in fonderia, in bronzo. È un processo complicato.»

«Ne sono certo. Mi piacerebbe molto visitare il suo studio, un giorno o l'altro.» Il suo tono esprimeva ammirazione e rispetto.

«Ne sarei felicissima.» Gabrielle gli sorrise. «Dovrebbe dare un'occhiata anche alle fotografie del signor Banducci. Sono molto belle, e più delicate del mio lavoro. Sono dense di significato.»

«Lo farò», promise il medico, poi Gwen lo seguì fuori della stanza.

«Il resto degli esami è regolare. La polmonite c'è ancora, ma l'antibiotico dovrebbe cominciare a fare effetto.»

«Noi continuiamo a farla camminare», disse Gwen. A un tratto si accorse che lui era in imbarazzo.

«Mi sento un idiota... Non vado spesso al cinema, ma il suo nome lo conosco, naturalmente. Un'infermiera mi ha detto chi è. Non so come ho fatto a non riconoscerla. Ero concentrato su sua madre.»

«Questo conta molto di più, per me.» Gli sorrise. Era piacevole non essere riconosciuta, ogni tanto. Quando succedeva, poteva essere una persona normale e non una star o un oggetto di curiosità. «Grazie di non avere capito chi sono», disse.

«La fama dev'essere un fardello pesante, certe volte», commentò lui, comprensivo.

Gwen annuì. «Le sono davvero grata per tutto quello che sta facendo per mia madre, e per il suo atteggiamento. La gente, anche alcuni medici, a volte non tentano neanche di far stare meglio le persone molto anziane.»

«Sì, è uno dei mali orribili della nostra società. Le persone che hanno superato una certa età hanno moltissimo da offrirci e da insegnarci. Guardi sua mamma: è un'icona nel suo campo, ed è ancora in attività. Vorrei ce ne fossero di più come lei... è una questione di fortuna e di salute, ma anche di atteggiamento, che gioca un ruolo importante, molto più del resto.»

Promise di tornare nel pomeriggio, e quando si ripresentò Gabrielle aveva già fatto tre lunghe passeggiate, aveva ripreso colore e aveva appetito. L'antibiotico non le aveva dato nessun disturbo allo stomaco.

Il dottor Stubbs non si trattenne molto, ma era soddisfatto dai progressi. Anche le inalazioni la stavano aiutando: respirava meglio e tossiva meno.

Il giorno successivo, Gabrielle sembrava avere in parte recuperato le forze e disse di voler tornare a casa. Aveva troppo lavoro, per starsene lì a ciondolare, dichiarò. La tosse non era più così profonda. Fece una lunga conversazione con il dottore a proposito del suo lavoro, ed entro sera era praticamente tornata lei.

Stubbs le auscultò il petto e si ritenne soddisfatto.

«Stiamo vincendo noi, signora Waters. Sta lentamente migliorando.»

«Bene, mi mandi a casa, allora.»

«Non ancora, ma accadrà presto. Non voglio rischiare una ricaduta: dobbiamo curare del tutto la polmonite, prima di dimetterla.»

A Gwen confidò che pensava di trattenerla in ospedale l'intera settimana.

Quella sera, Federico si fermò un po' di più, dicendo a Gwen che voleva parlare con Gabrielle.

Quando rimasero soli, la guardò serio.

«C'è una cosa che voglio da te», esordì.

«Di cosa si tratta?» chiese lei, sorridendo.

«Il medico dice che sei una donna forte, che potresti vivere ancora dieci, dodici anni. E, se è così, voglio che ci sposiamo. Mi hai respinto per quasi quindici anni, ne ho abbastanza. Voglio fare di noi due persone rispettabili.

Desidero che tu sia mia moglie. L'infermiera ha chiesto se sono tuo marito, e ho dovuto dirle che sono il tuo fidanzato: è umiliante.»

Gabrielle rise. «Sono d'accordo», rispose sommessamente.

«Davvero? Cosa ti è successo?»

«La polmonite mi ha spaventata. Credo di essere pronta per il matrimonio.»

«Ce ne hai messo di tempo», la canzonò, poi si chinò e la baciò. Si era aspettato di dover discutere, invece non ce ne fu bisogno. «Devo chiedere di mandarci subito il cappellano?»

«Certo che no», ribatté, indignata. «Non voglio l'estrema unzione, voglio un matrimonio. Un vero matrimonio, con un bel vestito. Non mi sposo da quasi cinquantotto anni, voglio fare le cose per bene. Di sicuro non mi sposo con questa», concluse indicando la camicia da notte, e Federico scoppiò a ridere.

«Quando, allora?» Voleva fissare una data, visto che finalmente le aveva strappato un sì.

«Non lo so... In agosto, magari, così avremo il tempo di organizzare tutto.»

L'idea gli piaceva: un mese prima della sua mostra.

«Fa troppo caldo per viaggiare, in quel periodo. La mia mostra sarà a settembre. Potremmo posticipare la luna di miele fino a ottobre. Dove ti piacerebbe andare?» le domandò.

«A Parigi», rispose lei, senza alcuna esitazione. «Dove

ci siamo conosciuti.» Per un attimo sembrò una ragazzina, e lui si chinò e la baciò di nuovo.

«Ti costringerò a mantenere la promessa, lo sai. Non riuscirai a tirarti indietro.» Era forte e determinato quanto lei, quando decideva di esserlo, per questo andavano d'accordo: erano una coppia equilibrata.

«Non voglio tirarmi indietro», lo rassicurò con un sorriso. «Siamo fidanzati!» esclamò poi, e scoppiarono a ridere entrambi. «Adesso puoi dire che sei il mio promesso sposo.»

Il giorno seguente informarono Gwen, che si offrì di organizzare il ricevimento a casa sua. Fissarono una data a fine agosto e decisero che sarebbero andati a Venezia, la città natale di Federico, dopo essere stati a Parigi.

Gabrielle lo disse al dottor Stubbs, quando passò per la consueta visita. «Ci sposiamo», gli annunciò con un enorme sorriso. «Quasi sessantacinque anni dopo il nostro primo incontro a Parigi, alle Belle arti, dove studiavamo entrambi. Federico aveva soltanto vent'anni, ne ha otto meno di me. Dovrà venire anche lei, dottore, visto che mi ha salvato la vita.»

«Direi che siamo in via di guarigione, se stiamo programmando un matrimonio», commentò Stubbs, lieto delle condizioni della sua paziente.

17

GWEN aveva ordinato i fiori per la cerimonia: ghirlande di rose bianche e orchidee sulle scale e sopra le porte, e mazzi di minuscole orchidee bianche *Phalaenopsis* e mughetti sui tavoli. Il profumo dei mughetti pervadeva le stanze. Gabrielle e Federico avevano scelto cinquanta tra gli amici più cari, che avevano accettato con gioia l'invito. Erano scrittori, artisti, attori, curatori di musei, galleristi, molti famosi e altri no, di ogni età. Gwen aveva fatto preparare cinque tavoli rotondi nella sala da pranzo. La cerimonia si sarebbe svolta nel soggiorno, officiata da un pastore; Gabrielle scese le scale da sola in un abito di pizzo color champagne, con un bouquet di orchidee color foglie di tè. I lunghi capelli bianchi erano raccolti in un perfetto chignon a conchiglia. Era una sposa stupenda.

Olivia era rientrata dalla Francia una settimana prima, con Jean-Pierre. Erano abbronzatissimi dopo il viaggio in Costa Azzurra e in Corsica che avevano fatto in agosto, e soprattutto dopo l'ultima settimana che avevano trascorso sullo yacht del padre di lui, in Italia. Lei era raggiante, e la madre e la nonna furono concordi nell'affermare non l'avevano mai vista così felice.

Gwen era elegantissima e raffinata nel completo di seta blu navy di Chanel. Disse che lei e Gabrielle si erano scambiate i ruoli, ed era lei a interpretare il ruolo della madre della sposa. Jeremy Stubbs, con cui era uscita a cena qualche volta, le rimase accanto per buona parte della serata, ancora sorpreso di avere avuto l'opportunità di conoscerla. Entro due settimane, sarebbe partita la pre-produzione del suo nuovo film.

Lo sposo, con un rametto di mughetti nel bavero della giacca, sembrava l'uomo più felice della Terra mentre guardava Gabrielle scendere le scale con eleganza e raggiungerlo. Per lui era il primo matrimonio, e non aveva voluto rinunciare alla giacca da tight e ai pantaloni gessati. Commossi, si scambiarono le promesse e, quando il pastore li dichiarò marito e moglie, Federico pianse.

Lo champagne era ottimo e il cibo delizioso, quattro musicisti suonarono musica da camera durante la cerimonia e per il rinfresco, poi furono sostituiti da un gruppo più vivace. Gli ospiti si trattennero finché la festa divenne un tè danzante, che a Gabrielle rammentò la gioventù. Avevano prenotato la luna di miele per ottobre, dopo la retrospettiva di Federico.

Fu un matrimonio raffinato e intimo, e l'appartamento di Gwen si rivelò l'ambientazione ideale. Lei aveva invitato anche qualche amico del mondo del cinema, celebri registi o star internazionali. Presentò Jeremy a tutti: una sequela di nomi e volti famosi.

Gli sposi trascorsero la prima notte di nozze al *Four Seasons*, e l'indomani tornarono al loft di Bowery.

Nel pomeriggio Gabrielle era già al lavoro. Federico le sorrise, deliziato all'idea che fosse finalmente sua moglie.

Il giorno delle nozze di Federico e Gabrielle, Eileen andò con i ragazzi a Boston, per aiutare Pennie con il trasferimento al campus. Aveva noleggiato un furgone per trasportare tutto quello che la figlia aveva voluto portare con sé, e Max si era unito a loro per dare una mano. Pennie e i fratelli avevano capito che era qualcosa di più dell'assistente della mamma e, una volta abituati all'idea, non fecero obiezioni. A loro piaceva perché era gentile, oltre che divertente.

Quell'estate avevano organizzato due matrimoni e diverse cene, e la settimana seguente si sarebbero occupati di un importante evento di beneficenza a New York. L'attività di Eileen stava decollando: a Greenwich tutti parlavano di loro come dei nuovi strepitosi organizzatori di eventi. Eileen non poteva più trascorrere molto tempo con Jane, ma l'amica la comprendeva ed era elettrizzata per lei.

Paul li avrebbe incontrati a Cambridge, con Matilde, dopo un weekend a Cape Cod, poi Mark e Seth sarebbero rientrati a Greenwich con loro. I figli di lei erano con il padre. Quei cinque si divertivano parecchio, insieme, e avevano trascorso l'estate a casa di Paul, in piscina. Eileen era felice per lui, e il divorzio sarebbe diventato definitivo entro un mese e mezzo.

Arrivarono a Cambridge verso le undici e raggiunsero il dormitorio di Pennie in Straus Hall, uno dei migliori, vicino al centro di Harvard Yard. Pennie avrebbe avuto due coinquiline, che aveva già conosciuto via Skype, e il padre rimase sconcertato quando la ragazza gli disse che i dormitori erano misti. Era distratta e un po' disorientata mentre guardava arrivare tutte le matricole con i bagagli e le famiglie al seguito. Notò diversi gruppetti di ragazzi e alcuni le parvero decisamente attraenti. Quella mattina aveva ricevuto un messaggio da Tim, che le augurava buona fortuna. Durante l'estate lo aveva visto qualche volta, e tutto ciò che era successo tra loro un anno prima pareva lontano e quasi irreale.

Olivia era solo un ricordo per Paul, e Matilde sembrava la compagna perfetta.

Max era stato un'aggiunta inaspettata e importante alla vita di Eileen, oltre alla nuova e fiorente attività.

Pennie era sulla soglia di un futuro pieno di promesse: entrò nei saloni consacrati di Harvard, e sentì che il sogno diventava realtà.

Fu una giornata sfiancante. Max si occupò di collegare e connettere tutti gli apparecchi, Eileen e Matilde del guardaroba, mentre i ragazzi erano fuori a giocare in attesa che sistemassero tutto. Paul montò una libreria e portò un piccolo frigorifero, poi diede una mano a Max con lo stereo e con Internet.

Mentre loro lavoravano nella sua stanza, Pennie andò a un corso di orientamento, e nel pomeriggio fecero un picnic tutti insieme. Infine, venne il momento dei saluti. La ragazza strinse forte la madre, poi si scambiarono uno sguardo commosso. Stava per spiccare il volo, ed Eileen si augurò che per la figlia tutto andasse bene e facesse le scelte giuste.

Abbracciò il padre, ringraziò Max e Matilde e corse a salutare Seth e Mark. Poi sparì nell'edificio in cui avrebbe vissuto per un anno, dove avrebbe conosciuto nuovi amici e iniziato a costruire il suo futuro.

I gemelli salirono sull'auto del padre e partirono. Max si mise al volante del van vuoto, e nel lasciare il campus Eileen pianse, ma per poco: tutto quello che stava accadendo era come sarebbe dovuto essere. E per lei era più facile, perché Max era al suo fianco.

«Stai bene?» le domandò con un sorriso tenero.

Lei annuì, si asciugò le lacrime e si soffiò il naso. «Mi mancherà moltissimo», mormorò, triste ma al tempo stesso felice per Pennie.

«Tornerà più spesso di quanto credi. E le mancherai anche tu.»

Eileen sapeva che non sarebbe più stato come prima. Gli anni sarebbero volati, e la figlia avrebbe seguito la propria strada. Il momento che aveva tanto atteso, e sognato, finalmente era giunto: era diventata adulta.

Per Eileen fu bello fare la strada del ritorno con Max. Sarebbe stata immensamente triste, senza di lui. Era un uomo saggio, e la differenza di età non importava a nessuno dei due.

«Sai, spero non sia troppo rude da parte mia», fece lui, cauto, mentre erano bloccati nell'ingorgo di auto di genitori in partenza, tutti accomunati dalle stesse emozioni: senso di distacco e orgoglio. «Paul è una brava persona, ma proprio non riesco a immaginarti con lui. Siete così diversi...»

«Infatti. Non ci saremmo mai dovuti sposare, o avremmo dovuto rompere molto prima. Lui è molto più felice, adesso, e lo stesso vale per me. Matilde è sicuramente più adatta a lui.»

«Sì, ha più il suo stile», concordò Max, sorridendole. Matilde era più mite, meno esuberante ed energica di Eileen. «E io ho più il tuo?» le chiese.

«Così sembra, no?» replicò lei, sorridendo a sua volta e chinandosi a baciarlo.

Eileen non avrebbe potuto prevedere nulla di quello che era successo. Un anno prima, Pennie era rimasta incinta e aveva perso il bambino; lei era sposata con Paul ed era convinta che così sarebbe stato per sempre, era depressa a causa del quarantesimo compleanno imminente, lui la tradiva a sua insaputa ed era follemente innamorato di Olivia. Si chiese se fosse andato tutto per il meglio anche per lei. La vita aveva un suo modo di risolvere le cose, meglio di quanto potesse immaginare o progettare una persona. Ogni cosa, nella vita di

Eileen, era cambiata in meglio, e lei vedeva un futuro luminoso davanti a sé.

«Siamo pronti per l'evento di martedì?» le chiese Max.

«Credo di sì, ho controllato tutte le liste.»

Era sicuro che l'avesse fatto, la conosceva, ormai. Il *New York Magazine* l'aveva contattata per un'intervista, sostenendo che erano i party planner più in voga del momento. L'evento di beneficenza sarebbe stato una grande vetrina per loro, che li avrebbe esposti all'attenzione di tutte le persone che contavano a New York. La rivista voleva lo scoop prima di tutti gli altri. Stavano pensando di metterli in copertina vestiti da chef, se l'evento si fosse rivelato un successo. L'articolo sarebbe stato pubblicato in ottobre, un mese perfetto per loro, dato che avevano altri due matrimoni. E altri due ancora in settembre, prima dell'uscita della rivista. Stavano cominciando a guadagnare sul serio. Eileen aveva trovato la professione che aveva sempre sognato, solo in un campo diverso da quello originario.

«Pensi mai di aprire un ristorante?» le chiese Max in tono casuale, quando raggiunsero l'autostrada che li avrebbe riportati in Connecticut.

«Forse un giorno, non ora. Mi sto divertendo troppo a fare quello che facciamo.» Aveva pensato di occuparsi di cene per un certo numero di persone, ma il matrimonio Melling li aveva fatti decollare. «Magari quando sarò più vecchia», aggiunse, con un sorriso. Soltanto un anno prima era spaventata all'idea di compiere quarant'anni, pensando che il meglio fosse ormai alle spalle. Invece la sua vita aveva preso una piega inaspettata e piacevolissima.

«Te lo chiederò di nuovo tra qualche anno», le disse allora. «Quando saremo diventati grandi, se mai succederà», aggiunse, e risero entrambi.

18

L'ARTICOLO dedicato a Eileen e Max apparve sul *New York Magazine* di ottobre. Erano in copertina, schiena contro schiena, con casacca e cappello da chef. L'evento di beneficenza era stato un enorme successo.

Le carte del divorzio erano arrivate quella settimana, e non fu poi un avvenimento degno di nota, dopo tutto quello che era accaduto. Per un attimo Eileen provò nostalgia, ma passò subito e mise via i documenti. Era libera.

Pennie amava stare a Harvard. Apprezzava i corsi e ogni tanto usciva con un ragazzo. Sarebbero andati a trovarla tutti insieme una settimana più tardi, per trascorrere un weekend in famiglia. Sembravano passati pochi giorni da quando l'avevano accompagnata al campus, in agosto. Nel frattempo, Eileen e Max avevano una lunga lista di party, matrimoni ed eventi da organizzare.

* * *

Gwen era impegnata sul set del nuovo film, ma chiamò Gabrielle e Federico la sera prima che partissero per la luna di miele. Avrebbero cenato con Olivia e Jean-Pierre a Parigi. Olivia era tornata là, e con il fidanzato aveva invitato la nonna e Federico in un ristorante inaugurato da poco.

Gwen usciva ancora con Jeremy, e si vedevano ogni volta che era libera dalle riprese. Lui un giorno era andato a trovarla sul set, ed erano finiti su *Page Six* quando erano stati visti al *Mercer* di SoHo, una domenica mattina per un brunch. Per la stampa, era «l'uomo del mistero», poiché nessuno sapeva chi fosse, il che andava benissimo a entrambi. Stavano tentando di mantenere una certa riservatezza. Appena ne avessero avuto il tempo, sarebbero andati a fare visita a Olivia a Parigi. Gabrielle non si era sbagliata riguardo alla carriera e alla vita sentimentale della figlia.

In volo, i neosposi bevvero champagne e parlarono del successo della mostra di lui, nonché di quella che avrebbe organizzato più avanti. Poi si misero a dormire, in modo da essere riposati quando fossero atterrati in Francia.

Era una giornata di sole e l'aria ottobrina era frizzante. Sapevano già quali luoghi volevano rivedere, per ripercorrere le orme del passato quando, ancora studenti, si erano conosciuti.

Al controllo passaporti, l'agente della polizia doganale guardò Gabrielle con aria sorpresa.

«Complimenti, Madame!» le disse, poiché trovava difficile credere che avesse novantatré anni.

Lei sorrise, con noncuranza, e si sentì giovane come quando era stata per la prima volta alle Belle arti. «È soltanto un numero», replicò. E subito aggiunse, orgogliosa: «Siamo in luna di miele».

Federico la guardò, raggiante. Era sempre un uomo affascinante, e lei aveva un luccichio malizioso negli occhi, quando si voltò verso il marito.

«Congratulazioni!» esclamò l'agente, mentre riconsegnava loro i passaporti.

Si diressero veloci al ritiro bagagli, impazienti di dare inizio al loro viaggio di nozze.

L'agente li seguì con lo sguardo, sorridendo e augurando loro tanta felicità.

Finito di stampare presso Grafica Veneta S.p.A.
Via Malcanton, 2 – Trebaseleghe (PD)
Printed in Italy

Prova d'acquisto
978-88-200-7097